東野圭吾
Higashino Keigo

夢幻花

むげんばな

王蘊潔——譯

牽牛花中沒有黃色，但其實在江户時代，曾經有過黃色牽牛花，那爲什麼現在沒有？無法用人工的方式復育嗎？思考這個問題後，懸疑的香氣裊裊升起。

——東野圭吾

序章 / 01

麻雀在庭院內嘰嘰喳喳叫不停。前幾天，心血來潮地撒了一把米，麻雀樂不可支地吃了起來。可能就是前幾天那隻麻雀，而且聽起來不止一隻，該不會呼朋引伴一起來吃大餐？

和子把做好的菜放在餐桌上，眞一從珠簾外走了進來。他已經換好衣服，也繫上了領帶，只不過裡面穿的是短袖襯衫。九月初，天氣還很熱。

「喔，今天有蛤蜊味噌湯，眞是太棒了。」眞一拿了座墊，盤腿坐了下來。

「宿醉有沒有好一點？」和子問。

昨晚，眞一滿臉酒氣地回家。他受同事之邀，在路邊攤喝了不少日本酒。

「喔，沒事。」雖然他這麼說，但雙手先拿起了味噌湯，代表酒還沒有完全醒。

「別喝太多酒，你現在可不是只要養我一個人而已。」

「好，我知道。」眞一放下味噌湯的碗，拿起了筷子。

「你眞的知道嗎？」

和子端坐在餐桌前，雙手合十，小聲說著：「開動了。」

「雖然是知道，卻是欲罷也不能啊。」眞一哼了起來，植木等〈史答拉節〉中的這句歌詞已經變成了流行語。和子瞪了他一眼，他調皮地「哈哈哈」笑了起來，和子也跟著露出笑容。她喜歡丈夫這種開朗的個性。

吃完早餐，眞一站了起來，拿起放在房間門口的公事包。

「今天晚上呢？」和子問。

「應該會很晚回家。我會在外面吃飯，回家後就直接洗澡。」

「好。」

眞一在建設公司上班。東京要在兩年後舉辦奧運，聽說他每天都有堆積如山的工作要處理。

隔壁房間傳來柔弱的哭聲。剛滿一歲的女兒醒了。

「她好像醒了。」

和子探頭向隔壁房間張望。女兒坐在被子上。

「早安，睡得好嗎？」和子抱起她回到眞一身旁。

「嗨，爸爸要去上班囉。」眞一摸了摸女兒的臉，穿上了鞋子。

「我們送爸爸去車站。」和子說完，穿上了拖鞋。

他們住的是日式平房，但不是自己的房子，而是公司的宿舍。他們的夢想是能夠早日買房子。

鎖好門，一家三口準備走去車站。七點剛過，路上還沒有什麼行人，看到鄰居在門前灑水，彼此打了招呼。

快到車站時，遠處傳來奇妙的聲音。好像有人在吵架，也有女人的聲音，高亢的聲音好像女高音歌手。

「發生什麼事了？」眞一問。

和子也不知道發生了什麼事，偏著頭納悶。不一會兒，聲音就消失了。

他們來到商店林立的站前路，商店都還沒有開門。

「眞想看電影。」眞一看著建築物牆上貼的海報說。那是勝新太郎主演的電影海報。

「我也想看……」

「是啊，在她長大之前，恐怕暫時沒辦法看電影。」眞一看著和子抱在懷裡的女兒，女兒不知道什麼時候又睡著了。

匡啷一聲，旁邊的小巷子裡突然竄出來一個男人。他穿著紅色背心，手上拿著一根長棍。

和子他們停下腳步。他們不知道那個男人是誰，男人也看著他們。

數秒後，眞一大叫起來：「快逃。」

和子完全搞不清楚狀況，但下一秒，恐懼貫穿了全身。

男人手上拿的是武士刀，而且刀上沾滿了血，背心上也全是血，所以看起來是紅色。

和子太害怕了，完全無法發出聲音，也無法動彈。

男人衝了過來。他的雙眼通紅，顯然已經失常，不像是人類的眼睛。

眞一擋在和子和女兒面前保護她們，但是，男人並沒有停下腳步，維持原來的速度撞上了眞一。

她看到武士刀的刀尖從丈夫的背後露了出來。她難以相信眼前的景象。丈夫的背漸漸被染紅了。

眞一倒在地上的瞬間，和子情不自禁想要衝過去，但看到男人把武士刀從他身上拔出來時，終於知道自己該做的事。她緊緊抱著女兒，轉身拔腿就跑。

但是，腳步聲緊追在後。她心想，恐怕逃不掉了。

和子蹲了下來，緊緊抱著女兒。

她的背立刻感受到衝擊，好像有一雙被火燒過的巨大鐵筷插進後背，她很快失去了意識。

序章 / 02

每年七夕前後，蒲生一家都會一起出門去吃鰻魚飯，這已經成爲多年的慣例。蒼太對這件事本身並沒有任何不滿，只是對吃鰻魚飯之前的活動很不以爲然。

每年的這個時期，台東區入谷都會舉辦牽牛花市集，一家四口在牽牛花市集逛兩個小時左右後，才會前往位在下谷一家歷史悠久的鰻魚飯專賣店。一家四口的成員是父母、哥哥和蒼太，父母有時候會穿浴衣。全家人先搭地鐵到入谷車站，沿著擠滿牽牛花業者和攤販的言問大道一路散步過去。

蒼太今年十四歲，小時候對這件事並沒有特別的感覺，現在卻對這個多年的慣例越來越不耐煩。他並不討厭廟會，只是不喜歡和父母一起行動。如果不是爲了吃鰻魚飯，他絕對不會同行。

蒼太搞不懂這種事爲什麼會成爲蒲生家的慣例，他曾經問過父親眞嗣，眞嗣回答說，並沒有特別的理由。

「牽牛花市集是夏日風情詩，是日本的文化，享受這種樂趣根本不需要理由。」

蒼太老實說出了自己的心裡話，自己完全不覺得有什麼樂趣可言，父親冷冷地說：

「那你就別去啊，但也別想吃鰻魚飯。」

蒼太很納悶，爲什麼哥哥要介對這件事完全沒有任何不滿。要介比蒼太大十三歲，今年已經二十七歲。他學歷很高，目前在當公務員，而且相貌也不差，不可能沒有女人緣。事實上，至今爲止，他似乎也交過幾個女朋友，卻每年都參加這個家庭活動，從不缺席。照理說，七夕的晚上不是都想和女朋友在一起，哪有時間陪家人呢？

但是，蒼太並沒有當面問過哥哥這個問題，因爲他從小就很怕這個比他大很多歲的哥哥，如果當面問哥哥，很擔心又會被嘲笑說，居然問這種蠢問題。

而且，每次來到牽牛花市集，要介總是像眞嗣一樣熱心地觀賞牽牛花。看他的表情不像是在賞花，而是在尋找什麼。他的眼神也像是科學家。

「一年一次全家一起散散步也不錯啊。」母親志摩子也不把蒼太的不滿當一回事，「聽那些賣牽牛花的人聊天，不是很有趣嗎？我覺得很有意思啊。」

蒼太嘆了一口氣，不想再反駁了。母親嫁給父親之前，蒲生家就已經有了牽牛花市集巡禮的習慣，她似乎從來沒有對此產生任何疑問。

今年一家四口再度前往入谷。言問大道上實施交通管制，單側三個車道像往年一樣人滿爲患，不時看到身穿浴衣的女子穿梭在人群中。有不少警車在現場，這裡由警官負責維持治安。

牽牛花市集有超過一百二十位業者設攤，眞嗣和要介每年都走訪每一個攤位，有時候還會和攤位老闆簡單地攀談幾句。但是，他們從來不買花，只是純觀賞而已。

蒼太無可奈何地看著整排牽牛花花盆，發現大部分牽牛花都很大，只是花都閉合起來。聽說牽牛花只有早上才開花，他搞不懂看這些感覺好像快凋謝的花有什麼樂趣可言。

沒想到有很多人在買花，攤位的老闆告訴他們：「接下來花會越開越多。」每盆花上都掛著「入谷　牽牛花市集」的牌子。似乎有很多人是爲了這塊牌子特地來這裡買花。

走了一會兒，蒼太的右腳越來越痛。小趾頭側邊被鞋子磨到了。他今天穿了新球鞋，而且爲了耍酷沒穿襪子。如果說出來，一定會挨罵，所以他一直忍著沒說。

鬼子母神神社前擠滿了人，抬頭一看，掛了不少燈籠。

右腳越來越痛。他脫下球鞋一看，小拇趾旁的皮果然磨破了。

他告訴母親志摩子說，自己的腳很痛。她看到兒子的腳，露出爲難的表情，走去告訴走在前面的眞嗣他們。眞嗣露出不悅的表情對志摩子嘀咕了幾句。

志摩子很快就回來了。

「爸爸說，既然這樣，你就先休息一下。你知道怎麼走去吃鰻魚飯的店吧？爸爸叫你在通往那條路的轉角那裡等。」

「知道了。」

太好了。蒼太暗想道。這下子不用忍著腳痛繼續逛，也不必被迫觀賞牽牛花了。言問大道上有中央分隔島，走累的人都坐在那裡休息。蒼太也找了一個位置坐了下來。

他才坐了一會兒，就有人在他旁邊坐了下來。他的眼角掃到對方的浴衣和木屐，木屐的鞋帶是粉紅色，感覺是一個年輕女子，或是年輕女孩。

蒼太脫下鞋子，再度確認自己的右腳。雖然沒有流血，但磨破皮的地方通紅，他很想找一塊OK繃來貼。

「一定很痛吧。」旁邊的人說道。蒼太忍不住轉過頭，穿著浴衣的年輕女孩看著他的腳。她的臉很小，一雙眼尾微微上揚的鳳眼令人聯想到貓。她的鼻子很挺，應該和蒼太年紀差不多。

他們眼神交會，她慌忙低下頭，蒼太也轉頭看著前方。他覺得胸口有一股膨脹的感覺，身體很熱，尤其耳朵特別燙。

他很想再看一次她的臉。再看一次吧。但他擔心會讓對方感到不舒服。

就在這時，有人快速經過他們面前，同時有什麼東西掉在地上。

蒼太剛才一直在注意身旁的女孩，所以反應慢了半拍，過了幾秒的時間，才發現掉在眼前的是皮夾。他伸手撿了起來，當他抬頭看向前方時，搞不清楚到底是誰掉的。

「應該是那個大叔，穿白色T恤的人。」身旁的女孩用手指著說。她剛才似乎看到了。

「嗯？哪一個？」蒼太重新穿好鞋子。

「那裡！剛好經過路邊攤。」

蒼太不太清楚到底是哪一個人，但還是撿起皮夾跑了起來。右腳的小拇趾頓時感到一陣劇痛。他的臉皺成一團，拖著右腳。

身穿浴衣的女孩從後方追了上來，「你知道是哪個人嗎？」

「不知道。」

「那怎麼還給人家。」

她露出嚴肅的表情看向遠方，把頭轉來轉去巡視了好一會兒，終於張大了眼睛。

「在那裡！就在掛著紅色布簾的攤位前，那個穿著白色T恤，脖子上掛著毛巾的人。」

蒼太看向她說的方向，那裡的確有一個攤位掛著紅色布簾，攤位前也的確有一個人符合她描述的特徵。那個男人五十歲左右，身材很瘦。

他忍著腳痛，快步走向那個攤位。那個男人一邊和他身旁的女人說話，一邊把手伸進褲子後方的口袋。他驚訝地轉過頭，開始摸其他的口袋，這才終於發現自己掉了皮夾。

蒼太和身穿浴衣的女孩跑到那個男人面前，「呃」了一聲。

「嗯？怎樣？」男人皺著眉頭轉頭看向他們。他的眼睛很紅。
「請問這個是不是你掉的？」蒼太遞上皮夾。
男人同時張大了眼睛和嘴巴，可以聽到他呼吸的聲音。
「對啊，咦？我是在哪裡掉的？」
「就在前面。」
男人接過皮夾，另一隻手按著胸口。
「啊，太好了，差一點就完蛋了，我完全沒有發現。」
他身旁的女人苦笑著說：「你小心點嘛，做事冒冒失失的。」
「是啊，眞是太好了。謝謝，多虧了你們這對小情侶。」
聽到男人這麼說，蒼太不由得心跳加速，立刻想起身旁穿著浴衣的女孩。
「這個，一點小意思，」男人從皮夾裡拿出一張千圓紙鈔，「你們去喝杯飲料吧。」
「不，不用了。」
「不用客氣，我既然拿出來了，就不會再收回去。」
男人堅持把千圓紙鈔塞進蒼太手中，帶著身旁的女人離去。
蒼太看著身穿浴衣的女孩問：「怎麼辦？」
「那你就收下啊。」
「那我們一人一半。」

「不用給我。」

「爲什麼？」

「又不是我撿到的。」

「但如果只有我，不可能找到那個大叔。——對了。」蒼太看著附近的攤位，「那我們先用這個去買東西，像是果汁什麼的。」

女孩似乎並不反對。

「那……霜淇淋？」

「霜淇淋嗎？這裡有賣霜淇淋的攤位嗎？」

「那裡有便利商店。」

「喔，對喔。」雖然這裡在舉行廟會，但沒有人規定非要在廟會的攤位上買東西。他們去便利商店買了兩個霜淇淋，把找零的錢一人一半。兩個人站在車水馬龍的昭和大道人行道上，一起吃著霜淇淋。

「你一個人來的嗎？」她問。

「怎麼可能？」蒼太說，「陪家人一起來的，等一下要一起吃飯。這是每年的慣例，我覺得很麻煩。」

「是喔，」她瞪大了眼睛，「原來還有別人家也這樣。」

「所以，妳家也一樣？」

「是啊。雖然我也搞不懂是怎麼回事，反正從我小時候開始，家人就每年都要我來牽牛花市集，說是從小在這裡長大的人應盡的義務，眞是太古板了。」

「妳家住在這附近嗎？」

「對，在上野。」

那的確很近，走路應該就可以到。

「我家住在江東區，妳聽過木場嗎？」

「我知道，美術館就在那裡吧？」

「對。所以，妳不是和家人一起來的嗎？」

「應該還在那裡吧。我走累了，所以休息一下。你呢？」

「和妳差不多，因爲我的腳受傷了。」他指了指自己的右腳。

「喔，原來是這樣。」她笑了起來。這是她第一次露出笑容，蒼太的心臟噗通跳了一下。

「我叫蒲生蒼太。」他說話的聲音有點發抖。這是他第一次向女生自我介紹。

「蒲生……？」

「很奇怪的姓氏吧？聽起來好像蒲公英生的。」

她搖了搖頭，「不會啦。」

蒼太告訴她自己的姓名漢字，在說明「蒲」這個字時說：「就是浦安的浦再加一個草字頭。」

她也自我介紹說，她叫伊庭孝美，在說「孝」字時，笑著補充說：「就是孝順的孝，雖然我爸媽常說，應該是不孝順的孝。」

聊了一陣子，蒼太得知她也讀中學二年級。他們相互問了學校的名字，聽到蒼太讀的私立學校名字，孝美說：「原來你功課很好。」

「也沒有啦，妳讀的才是女子貴族學校。」

「現在也不像大家以爲的那樣，其實我原本想讀男女同校的學校。」孝美說完，皺了皺眉頭。

霜淇淋已經吃完了，但蒼太還想和她聊天，至少不希望就這樣分手。

「請問，」他舔了舔嘴唇，鼓起勇氣問，「妳有沒有用電子郵件信箱？」

「當然有啊。」

「那我們要不要交換信箱？」蒼太知道自己的臉紅了。

孝美眨了眨眼睛，端詳了蒼太之後，點了點頭，「好啊。」她從手上的小拎包裡拿出粉紅色手機。

「喔，原來妳有手機。」

「因爲有時候補習班晚下課，所以家人叫我帶手機。」

「眞好，我爸媽還不給我帶手機。」

「還是不要帶比較好，不然就像毒品一樣，整天離不開手機。」
雖然蒼太知道，但還是希望自己有手機。如果自己也有手機，現在就可以和孝美交換電話了。
蒼太平時都用電腦寄電子郵件，他把電子郵件信箱告訴孝美。她用熟練的動作操作手機。
「我馬上寄一封電子郵件到你的信箱，你回家後確認一下。」
「好，我回家之後，馬上回信給妳。」
「嗯。」孝美點了點頭，又低頭看著手機，「這麼晚了，我差不多該走了。」
「我也該走了。」
「那改天見。」她輕輕揮了揮手，轉身離開了。蒼太目送著她的背影離去，走向相反的方向。
他很快和家人會合，走向鰻魚飯店。母親志摩子問他剛才做了什麼，他只回答說，沒做什麼。父親和哥哥似乎對他的行動不感興趣。
回家之後，他立刻回到自己的房間。他剛才把鰻魚飯吃得精光，卻食不知味，滿腦子都在想孝美的事。
他打開父母在他進入中學時送他的電腦，立刻查看了電子郵件。雖然還有同學寄給他的郵件，但他暫時沒時間理會，迅速在收件匣中尋找。

找到了——

郵件的主旨是「我是孝美」，除了「請多關照」的內容以外，附了一個眨眼的表情符號。蒼太覺得胸口揪了一下。

那天晚上之後，蒼太的人生改變了。每天都快樂得不得了，甚至覺得自己周圍空氣的顏色也不一樣了。

每天一放學，他立刻坐在電腦前檢查電子郵件。每天必定會收到孝美的電子郵件，蒼太當然也會每天寄給她。雖然沒寫什麼重要的內容，無非就是足球比賽中想要頂球時，和同學撞到了頭，或是反穿T恤，整天都沒有發現，回家後才覺得丟臉這類無關緊要的事，但他爲能夠和孝美靠電子郵件保持聯絡這件事感到高興。無論再無趣的內容，她都會回信，蒼太又再度回信，有時候一天會相互聯絡超過十次。

時間一久，漸漸對只是互通電子郵件無法感到滿足。他很希望像七夕那天晚上一樣，能夠見面聊天。

他在電子郵件中提到這件事，收到了孝美的回答。「好啊，我也想和你見面。」蒼太看到後，忍不住在電腦前握緊了雙拳。

學校已經開始放暑假，他們決定在上野公園見面。出門時，他對母親志摩子說，約了同學去玩。

出現在上野公園的孝美穿著藍色T恤和短褲，和之前穿浴衣時不同，感覺很活潑，短褲下的兩條腿又細又長，蒼太心跳加速，不敢正視她。蒼太更不敢直視她的臉，忍不住移開了視線。

「蒲生，你這個習慣很不好，說話的時候必須看著對方的眼睛。」面對面坐下時，孝美指正他。

「啊，對不起，妳說得對。」蒼太道歉後，直視孝美的臉。和她四目相接時，心慌意亂地想要低下頭，但拚命忍住了，也再度確認了她很漂亮，一雙大眼睛亮閃閃的，蒼太覺得自己的整個心好像都快被吸進去了。她的皮膚光滑細緻，左右完全對稱的五官輪廓令人聯想到白色陶瓷花瓶。

「怎麼了？」孝美露出狐疑的表情問。

「不，沒事。」他又把視線移開了。

兩個人聊了很多事。原來孝美家連續好幾代都是醫生，她或是弟弟必須繼承家業。

「要當醫生嗎？聽起來好像很辛苦。」

「你家呢？」

「我爸是警察，但他今年退休了，所以可能該說他是房東。我家有房子租給別人。」

「啊，你家果然很有錢。」

「沒這回事。」

和孝美聊天很開心，時間過得很快。當天道別前，他們約定了下次見面的時間。

五天後，他們又見面了，還是約在上野公園。孝美穿了一件洋裝，髮型和之前稍微不一樣，看起來很成熟。

她很博學，也很擅長聊天，更擅長傾聽。蒼太向來對自己的談話技術沒有自信，但和她在一起，總是可以侃侃而談，一定是她很懂得引導。

這一天的時間也過得很快，而且有了重大的進展。孝美開始用「蒼太」稱呼他，他也叫她「孝美」。雖然有點害羞，幸好很快就習慣了。他爲這件事雀躍不已。

之後，他們每週都會約時間見一次面。雖然蒼太很希望多見面幾次，只是因爲孝美上才藝課很忙，很難抽空見面。他們除了約在公園見面以外，也一起去看了電影，只是蒼太對這件事很後悔。電影雖然很好看，但看電影的時候不能和孝美聊天，即使見了面，也似乎失去了意義。

一踏進家門，雖然才剛道別，卻又想見面了。他立刻打開電腦，寄了電子郵件。今天眞開心，希望改天再見面。他滿腦子都想著孝美，他知道這樣很不正常，卻無法控制自己的心情。

然而，這種玫瑰色的日子突然畫上了句點。

某天吃完晚餐，蒼太正打算回房間，父親眞嗣叫住了他，指著客廳的沙發說：「等一下，我有話要對你說，你先坐下。」

父親臉上沒有表情，這件事令蒼太感到不安。

哥哥要介可能知道是什麼事，不發一語地走出客廳。母親志摩子在廚房洗碗。

蒼太在沙發上坐了下來，坐在他對面的眞嗣開了口。「你在和女生交往吧？」

聽了父親的話，蒼太忍不住站起來，「爲什麼……？」

父親怎麼會知道孝美的事。他只想到一個可能。

「該不會是看了電腦裡的電子郵件……？」

如果父親眞的偷看了郵件，他絕對無法原諒，但父親接下來說的那句話，剝奪了蒼太反駁的機會。

「當初買電腦時就曾經有言在先，我會隨機抽查電腦裡的內容。」

「啊……」

父親說得沒錯，當初的確這麼約定。當時覺得無所謂，經過了一年的時間，他已經把約定忘得一乾二淨。所以說，父親之前也一直偷看自己電腦裡的內容嗎？

「聽媽媽說，你最近不太對勁，經常跑出去，也不專心讀書。雖然我不太願意，但還是去檢查了你的電腦。這是我第一次做這種事。」

蒼太把頭轉到一旁，雖然他很不甘心，卻又無法抱怨。

「蒼太，你還是中學生，交女朋友還太早了。」

「我們又沒做什麼不規矩的事，只是見面、聊天而已。」

「目前有這個必要嗎？你不是還有很多其他該做的事嗎？」

「我有啊，我讀書也沒偷懶啊。」

「你別說謊了，一天寫好幾次電子郵件，怎麼可能專心做功課？」

蒼太聽了，狠狠瞪著父親。想到父親看了每一封電子郵件，怒氣再度湧上心頭。

「你這是什麼表情？」眞嗣也回瞪著他。

蒼太站了起來，大步走向房門。

「喂，我還沒說完。」

他無視父親的叫聲，走出客廳，衝上樓梯。他走進自己的房間，打開電腦，把電子郵件軟體內和孝美之間的信件全都刪除了，然後，他又寫了一封新的電子郵件，郵件的內容如下：

『妳好嗎？我遇到了一件超不愉快的事，超火大的。雖然不方便透露詳情，但我覺得大人眞的太卑鄙無恥了。我很想早日和妳見面，因爲我相信，只要見到妳，就可以忘記這件不愉快的事。』

文章的最後加上了代表憤怒的表情符號，然後寄了出去。孝美看到後，一定會馬上回信。

寄出去後，他又把寄件備份也刪除了。如果早就這麼做，就不會被父親發現了。他對自己之前太大意，竟然沒有想到這件事感到生氣。

在等待她回信期間，他在網路上閒逛。雖然暑假作業還沒做完，但他完全沒有心情。

他不斷告訴自己，現在只是因爲太生氣，所以不想寫暑假作業，絕對不是因爲在等孝美的回信。

好奇怪——他看了時鐘，忍不住納悶。寄出電子郵件已經快一個小時了，孝美仍然沒有回信。以前很少發生這種狀況。

蒼太心想，她可能正在洗澡，決定再等一下。

但又過了將近一個小時，仍然沒有收到孝美的回信。他終於忍不住又寫了一封。

『我剛才寄了郵件給妳，妳有沒有收到？我有點擔心。』

在按下傳送鍵時，不祥的預感掠過蒼太的心頭。孝美是不是發生了什麼意外？所以無法回覆自己的郵件。

他擔心不已，一直坐在電腦前。結果，那天晚上他沒有洗澡，一直在等孝美的回信。

翌日下午，蒼太出了門。他走去車站，因爲那裡有公用電話亭。

他在上午時又發了一封電子郵件給孝美，希望孝美告訴他，到底有沒有收到郵件，但孝美仍然沒有回信。

他走進電話亭，插入電話卡，按了孝美的手機號碼。他很擔心電話不通，但很快聽到了鈴聲。鈴聲響了四次後就接通了。

「喂。」電話中傳來一個聲音。的確是孝美的聲音。

「喂？是我，蒼太。」

「嗯。」孝美輕聲回答，聽起來並沒有對蒼太打電話這件事感到意外，似乎在接電話前，就知道是蒼太打來的。

「你怎麼了？我從昨晚寄了好幾封郵件給妳，有收到嗎？」

孝美沒有回答。蒼太以爲收訊不好，她沒有聽到，對著電話叫著「喂！喂！」。

「我有聽到，」孝美說，「電子郵件也有收到，對不起，我沒有回信。」

她說話的語氣很僵硬，有一種拒人千里的感覺。

「發生什麼事了？」

孝美再度陷入沉默。蒼太忍不住焦急起來。沒錯，一定發生了什麼事。

「孝美——」

「聽我說，」孝美開了口，「我想，我們就到此爲止吧。」

「到此爲止……」

「我們以後不要再見面了，不要見面、不要互傳郵件，還有，也不要打電話。」

「……這是怎麼回事？」

「所以，」她的語氣有點不耐煩，「就到此爲止。我們還是中學生，要專心讀書，也有很多其他要做的事。」

「爲什麼？」

蒼太搞不懂眼前的狀況，爲什麼孝美突然說這些話。

他突然想起父親昨晚說的話，恍然大悟。

「該不會是有人對妳說了什麼？我爸爸有和妳聯絡嗎？」

「不是你想的那樣，怎麼可能嘛，是我自己覺得這樣比較好。」

「但是，上次不是很開心嗎？」

「我也覺得很開心，但很多事並不是開心就好。」

「眞的要到此爲止嗎？不能再見面了嗎？」

「對，蒲生，這樣對你也比較好。」

「妳叫我蒲生……」

「眞的很感謝，那就這樣了。」

「不，等一下——」

電話掛斷了。

蒼太握著電話，愣在電話亭內。他搞不懂發生了什麼事，爲什麼會這樣？

回家的路上，他忍不住思考著。是父親從電子郵件中查出了孝美的身分嗎？然後聯絡對方的父母，討論如何不讓他們繼續見面嗎？但是，父親不可能查出孝美的身分，因爲就連蒼太也不知道她家住在哪裡。伊庭的姓氏雖然不常見，但應該不至於罕見，而且，剛才她在電話中也否認了。

之後，他又連續寄了幾封電子郵件，但孝美始終沒有回信。打她的手機也不接，她似乎拒絕接公用電話的來電。他仍然不願放棄，繼續打電話，最後終於聽到電話彼端傳來「您撥的號碼是空號」的聲音。

於是，蒼太還不到一個夏天的短暫戀情畫上了句點，回到了認識孝美之前的生活，但是，他的生活中有一件事發生了改變。

明年開始，再也不去牽牛花市集了——他下定了決心。

1

接到母親打來的電話，知道這件事時，秋山梨乃正走在新宿的街頭。新宿大道上依舊人山人海，如果要注意別撞到迎面走來的人，就可能聽不清楚母親在電話中說的話。所以，她接起電話的同時，走進了旁邊的小巷子，仍然無法立刻理解母親在電話中說的內容。她停下腳步問：「啊？妳說什麼？」

「我不是說了嗎？」母親素子的聲音有點緊張，「尚人死了，聽說是從窗戶跳樓自殺的。」

梨乃握緊電話，愣在原地。

當天晚上，她回了橫濱的老家。她目前獨自住在高圓寺，但家裡沒有適合參加守靈夜和葬禮穿的衣服。她穿了三年前，祖母去世時買的黑色洋裝，原本擔心穿不下，但現在身上的肌肉比以前少了很多，所以穿起來反而有點鬆垮。

鳥井尚人是梨乃的表哥。父親正隆有一個妹妹，尚人是她的長子。

聽父親正隆說，尚人是在天亮前，從位在川崎的公寓跳樓身亡。那時候，姑姑、姑丈和表弟知基都在各自的房間內睡覺，所以，當然沒有人發現他跳樓。樓下的住戶聽到動靜後被吵醒，發現地上有一具滿是鮮血的屍體，立刻報了警。當警官上門調查，問鳥井家是否有人不見了之後，姑姑去尙人的房間察看，發現房間內沒有人，窗戶敞開著，才發現尙人死了。

「不知道佳枝得知墜樓的是尙人的時候是怎樣的心情，光是想像這一幕，身體就忍不住發抖。」素子一臉沉痛的表情，身體也忍不住搖晃了一下。佳枝是尙人的母親，也就是梨乃的姑姑。

警方調查了尙人的房間，並沒有發現遺書，但認爲沒有他殺的跡象，意外墜樓的可能性也很低，所以判斷應該是自殺。

「聽說他們完全搞不懂尙人爲什麼會自殺，前一晚全家人一起吃晚餐，尙人的樣子並沒有什麼異常。不知道到底是怎麼回事。」正隆眉頭深鎖地說。

翌日，梨乃和父母一起搭計程車前往殯儀館。三個人在車上都沒有說話。梨乃回想起和尙人之間的回憶。對梨乃來說，尙人是爲數不多的同輩親戚之一，小時候經常在一起玩，兩家人也曾經一起去旅行。當初也是因爲比她大一歲的尙人去上游泳課，她才會受到影響，開始學游泳。

不一會兒，他們就到了殯儀館。梨乃向姑姑和姑丈表示哀悼時太難過了，不敢正視他們的臉。佳枝好不容易擠出來的聲音中帶著哭腔。

失去了哥哥的知基坐在離大家有一段距離的地方。梨乃走過去向他打招呼，他「嗨」了一聲，臉上的表情稍微柔和下來。他比梨乃小兩歲，上個月才終於成爲大學生，但身材很瘦，所以看起來像中學生。

梨乃坐在他旁邊，抬頭看著祭壇上的尙人遺照。相框中的尙人面帶笑容，一頭金髮，耳朵上戴著耳環。梨乃想起之前他在live house表演時，有許多女孩子熱情地爲他歡呼。

「眞令人難過。」梨乃看著遺照嘟噥道。

知基吐了一口氣，「我還無法相信，覺得很不眞實。」

「聽我說，我相信已經有很多人問你相同的問題……」

「自殺的原因嗎？」

「嗯。」

知基搖了搖頭，回答說：「不知道。我完全不知道我哥在想什麼，看起來他每天都過得很充實，但沒有人知道他到底過得好不好。也許他在爲我們完全無法想像的事煩惱。」

「是啊。」梨乃回答。事實上，她也的確這麼認爲。時下年輕人的自殺率增加，但很少有家屬知道他們自殺的動機。

尙人無論做什麼事都很出色，他在學校的成績優異，有繪畫的才能，運動能力也很強，但並不是沒有煩惱。

去年，他向大學申請退學。雖然他具備了多方面的才華，但他最終選擇了音樂作爲自己的志業。他從高中時代就和朋友組了樂團，如今終於下定決心要向職業樂團進軍。梨乃曾經多次去現場聽他們的演奏，雖然她對音樂一竅不通，仍然可以從他們身上感受到光芒，所以，發自內心地祈禱他們可以成功——

祭壇旁掛了一張放在畫框裡的畫，巨大的老鷹試圖抓一隻小兔子。

「這是尚人畫的嗎？」

「對啊，」知基回答，「他讀小學的時候畫的。」

「小學時？是喔。」她重新打量著那幅畫，發現動物畫得栩栩如生，自己絕對畫不出來，「他最近沒有畫嗎？」

「嗯，我記得他在中學的時候就沒再畫了。」

「爲什麼不畫了？」

「不知道。我問過他一次，他叫我少囉嗦。」

「是喔……」

身旁有動靜，梨乃抬頭一看，身穿禮服的秋山周治嘴角露出落寞的笑容。

「爺爺。」梨乃叫了一聲。周治是正隆和佳枝的父親。

「你受驚了，」他拍了拍知基的肩膀，在椅子上坐了下來，「有沒有好好吃飯？這種時候，你要更加堅強，雖然會難過，但小心別搞壞身體。」

「我知道，其他親戚也說，我以後就是家裡的長子了，但是，即使突然這麼對我說，我也……」知基低下頭，雙手抱著頭。

「不必勉強，現在只要考慮自己的事就好。」周治看向祭壇，「尚人今年幾歲了？比梨乃大一歲吧？」

「對，今年二十二歲。」

「二十二歲。雖然不知道他到底發生了什麼事，但接下來才是人生的美好時光啊。」

周治把手伸進上衣的內側，拿出一個信封，「這個也沒辦法交給他了。」

「這是什麼？」

周治「嗯」了一聲，從信封裡拿出一張紙。

「你們還記得以前大家一起去這家餐廳吃過嗎？梨乃，妳應該也有去。」

那是位在日本橋的一家名叫『福萬軒』的知名西餐廳餐券。

「我記得，」梨乃說，「大家一起去的，那裡的炸牛排咖哩好吃得要命。」

「沒錯沒錯，」周治瞇起眼睛，「尚人也這麼說，上次見到他時，剛好聊起這件事。他說忘不了當時吃的炸牛排咖哩，想帶樂團的朋友一起去吃，還說那家餐廳太貴，要等賺到大錢後才有辦法去。」

「原來是這樣，所以，你打算送他這些餐券嗎？」

「對，可惜來不及了。我今天帶來，打算把這張餐券放進棺材。」

周治把餐券裝回信封，放回內側口袋，然後轉頭看向梨乃。「梨乃，妳最近好嗎？」

「嗯……馬馬虎虎。」

「游泳呢？已經完全不游了嗎？」

一旁低著頭的知基驚訝地抬起頭看著梨乃他們。可能是因爲聽到了「游泳」這兩個別人不敢在她面前提起的字，但周治可能並沒有意識到自己說了不該說的話，目不轉睛地看著她的眼睛。

她沒有移開視線，點了點頭說：「對，完全沒游了，對不起。」

周治突出下唇，把手放在臉旁輕輕搖了搖。

「不必道歉，既然妳這麼決定了，這樣就好。」

梨乃點了點頭，垂下眼睛，她不忍心讓年邁的祖父爲自己擔心。

她從小就很會游泳，在游泳班立刻被轉到選手組。第一次參加比賽時，在三年級組中獲得第三名。四年級的夏天參加了全國比賽，她挑戰了五十公尺的自由式，獲得第六名。

之後的發展也很順利，她沒有經歷太大的瓶頸，不斷挑戰大型比賽，都得到了出色的成績。上中學後，她開始朝向參加奧運的目標邁進。事實上，她也獲選爲青年組的日本代表，曾經去海外遠征。

高中時代是她的黃金時期。她連續三年參加了全國高中運動大會，每一年都獲得優勝，甚至有時候在多個項目中獲得優勝。

高中三年級時，她參加了亞運會，而且在個人混合泳接力賽中獲得金牌。她至今仍然無法忘記當初回到成田機場時的情景。當她得知大批媒體是在守候自己，忍不住目瞪口呆。

她的父母也興高采烈。當她去參加國際比賽時，無論去哪個國家，都會前往聲援。父親正隆的年假幾乎都消耗在這件事上。

回想起來，那時候是巔峰時期。當時做夢也不會想到，三年後會是如今的狀況，更無法想像自己竟然無法游泳——

「梨乃，」聽到叫聲，梨乃回到了現實。周治的手放在她肩上。

「很多事並不是只有唯一的答案，所以不必急著下結論。無論妳做怎樣的決定，我都會支持妳，也會一直爲妳加油。」

梨乃笑了笑，「我沒事，爺爺，謝謝。」

周治頻頻點頭。

「梨乃，妳目前住在高圓寺嗎？」

「對啊，是女子專用公寓，怎麼了？」

「那離我家很近，既然妳不游泳了，應該有時間吧？下次記得來家裡玩。」

「喔，對喔，我記得爺爺家以前有很多花。」

「現在也有很多花，妳可以來看。」

「好，我一定去。」

「眞希望尚人也可以看看那些花。」周治抬頭看著遺照，眨了眨眼睛。

守靈夜從六點開始。梨乃他們走去家屬席，看著弔唁客在僧侶的誦經聲中爲尚人上香。果然大部分都是年輕人。最近即使不使用聯絡網，類似的消息也會透過電子郵件或是社群網站迅速傳播。

弔唁客中，有三個男人特別引人注目。他們全身黑衣，但戴著這種場合忌諱的項鍊、耳環這些閃亮的東西，而且其中兩個人明顯化了妝。

不知道他們是誰的人或許會皺眉頭，但梨乃認爲他們是用自己的方式向尙人道別。這三個人是尙人參加的樂團成員。

他們用笨拙的手勢上完香，向尙人的父母深深地鞠躬。梨乃坐在自己的位置上，清楚看到佳枝用手帕按著眼角。

誦經、上香結束後，一起去隔壁房間準備的弔唁席，梨乃和知基一起坐在那裡，樂團的三個人走了過來。

「梨乃，好久不見了。」在樂團擔任主唱和吉他手的大杉雅哉最先向她打招呼，他個子很高，但長瀏海下的巴掌臉小得令人嫉妒。他們曾經在live house見過幾次，所以梨乃也認識他們。

「嗯，」梨乃點了點頭後問：「你們什麼時候知道的？」

「昨天白天。原本約好要練習，但阿尙一直沒來，所以就打了他的手機，是伯母接的，哭著說，尙人死了……」雅哉咬著嘴唇，他似乎也忍著淚水。

「你們也不知道原因嗎？」

雅哉和另外兩個人互看了之後，微微偏著頭說：

「警察也問了我們這個問題，還有最後一次見到他時的情況。我們就仔細討論了一整晚，是不是有什麼徵兆，阿尙是不是發出了類似SOS的訊號，但完全想不到任何原因。」

「這一陣子阿尙特別活躍，」說話的是貝斯手阿哲，他是一個小個子的年輕人，「live house的情況很好，也有主流唱片公司注意到我們，眞的是正要起步的時候，我們還想問，爲什麼偏偏在這種時候。」

「他果然是天才，」鼓手阿一重重地嘆了一口氣，他吐出的氣中有酒精的味道，「我們搞不懂天才在想什麼。」

「就這樣了結了嗎？」阿哲嘟起了嘴。

「不知道的事，再想也沒用啊。」

「你們別吵了。」雅哉勸阻他們，又向梨乃和知基道歉，「不好意思。」

「你們的樂團怎麼辦？」

雅哉皺著眉頭，摸著耳環。

「現在還沒有想，少了阿尙，並不只是少了鍵盤手這麼簡單。妳也知道，這個樂團一開始是我和阿尙兩個人組成的。」

「我哥也曾經說，因爲有雅哉，所以他才能堅持這麼多年。」知基說，「所以，我相信我哥很感謝你……」說到這裡，他忍不住哭了起來。

「謝謝你這麼說，但是沒有意義，他已經不在了。」雅哉的聲音清澈高亢，但他嘀咕的這句話很沉重，彷彿沉入了聽者的心底。

2

尙人葬禮的四天後，梨乃去了西荻窪的祖父秋山周治家。並沒有特別的事，只是爲了守靈夜時的約定。

秋山周治住的是純日式的木造房子，房子並不大，小小的門旁掛著寫了「秋山」的門牌。自從祖母三年前去世後，周治一個人住在這裡。梨乃記得自己最後一次來這裡時還在讀高三。

周治正在院子裡修剪花草，「午安。」梨乃在他背後打招呼。

祖父回頭對她露出笑臉，「妳來了，歡迎。」

梨乃走進院子，草皮周圍種植了很多五顏六色的花，而且長方花盆和圓花盆裡也都種滿了花。院子雖然不大，但宛如一個小型植物園。

梨乃對花名一無所知，只認得白色的鈴蘭。

「爺爺，這種花叫什麼名字？」她指著開了好幾朵紅色的盆栽問。

「這叫天竺葵，現在正是花開得最好的季節。」

「這個呢？」她又指著長方盆中的紫花問。

「這是馬鞭草，也叫五色梅，和妳的感覺很像。」

有一個很小的花盆，只冒了幾片淡綠色的葉子。「這是什麼花？」
「這個嗎？」周治走了過來，看著花盆內，「現在還不知道會開什麼花。」
「嗯？會有這種事嗎？」
「但我知道大致的種類。」周治說得很含糊，似乎有什麼隱情。
「爺爺好像很樂在其中，你眞的很愛花。」
周治瞇起眼睛點了點頭。
「人會說謊，所以和人打交道很麻煩，但花不會說謊，只要充滿眞心照料它們，一定會有所回報。」
「是啊。」
可能最近有人說謊騙了爺爺。梨乃心想。
進屋後，周治去廚房燒開水，從櫃子裡拿出即溶咖啡的罐子。
「爺爺，我來泡咖啡。」
「不，不用，妳坐在那裡就好。」
「但我坐在這裡也不安心啊。」
秋山家的客廳是面向院子的和室，可以欣賞到周治剛才在修剪的花草。
矮桌上放了一台筆電，她碰了觸控板，螢幕上出現了紅花。就是剛才周治告訴她的天竺葵。

「哇，好漂亮，爺爺，你很會拍照。」

「嗯，是嗎？但我希望可以拍得更好。」

「這樣已經夠好了，我可以看其他照片嗎？」

「好啊，沒問題。」

梨乃接連打開收在同一個資料夾內的檔案，爺爺拍了各種不同種類的花，看到這些五彩繽紛的花卉，非常理解爺爺想要記錄下來的心情。

「爺爺，你打算怎麼處理這些照片？」

「這些照片喔……」周治用托盤端著兩個馬克杯走了進來，「希望有朝一日，可以用某種方式呈現。」

「某種方式呈現？」

周治拿起放在一旁的筆記本。

「這裡記錄了每種花的生長情況，在花的照片旁，配上這些紀錄，應該可以看得很清楚。我有個朋友開了一家小出版社，我正在和他討論，看能不能用寫眞集的方式出版……」

「借我看一下。」

打開筆記本，發現上面用鉛筆記錄了密密麻麻的內容，除了日期和花名以外，還記錄了栽種的方式。

「爲什麼用手寫？可以用電腦打字啊。」

「因爲我經常在院子裡做事，手寫比較方便。」

「輸入電腦後，之後整理起來更簡單。」說到這裡，她想到一個主意，「對了，爺爺，你可以開一個部落格，把花卉的照片都上傳到部落格，順便把這些紀錄寫上去，既方便整理，又可以和其他同好分享，一舉兩得啊。」

「部落格就是網路日記嗎？我不喜歡那種東西，而且很麻煩。」周治說完，喝了一口咖啡。

「並不會太麻煩啊，而且，有很多人都喜歡種花，如果可以和他們交流，不是很好玩嗎？要不要我幫你？」

「妳嗎？」

「我之前開過部落格，所以知道怎麼弄。既然有這麼多漂亮的照片，不和大家分享太可惜了。」

周治抱著雙臂，發出呻吟。

「的確，即使自費出版寫眞集，以我的預算，最多只能印一百本左右。」

「那就交給我處理。別擔心，我一定幫你設一個很漂亮的部落格。」

「但是妳不是很忙嗎？」

梨乃放下舉到嘴邊的馬克杯。

「怎麼可能？我每天閒得發慌呢。」
「妳是大學生，那就用功讀書啊。」
「爺爺，你好壞喔，你明明知道我不會讀書。」
哈哈哈。周治張著嘴笑了起來。
「妳不是不會讀書，只是還沒找到自己想學的東西。」
「是嗎？我也有想學的東西嗎？」
「每個人都有想學的東西，只是並不容易找到而已，如果不費心尋找就無法找到。」
梨乃雙手握著馬克杯，自從放棄游泳之後，自己從來沒有尋找過任何東西。
「不必著急，」周治露出溫柔的眼神，「你有足夠的時間，如果妳願意在此之前爲爺爺開部落格打發時間，那就拜託妳吧。」
梨乃嘴角露出笑容，「嗯」了一聲。
那天之後，她每個月去周治家兩次。因爲她希望部落格除了照片和資料以外，還希望稍微記錄爺爺的生活，而且，也希望有時間和爺爺討論一下未來的方向。爺爺以前是食品公司的技術人員，退休後仍然以派遣的方式繼續工作了六年。
這樣的生活持續了兩個月。那天，梨乃像往常一樣去祖父家，發現周治在客廳旁的書房內，正在看一本厚實的書。
「怎麼了？在查什麼東西嗎？」

梨乃問。周治心不在焉地應了一聲。

筆電放在矮桌上，螢幕上有一張以前沒有看過的照片。

「這是什麼？新開的花嗎？」

周治抬起頭說：「嗯，是啊。」

「是喔。」

「妳第一次來的時候，不是有一盆花剛冒芽嗎？今天早上開花了。」

「喔，原來是那盆。」她想起那盆小盆栽，每次來的時候，都發現稍微長大了，幾個星期前，周治換到了大花盆裡。

那是黃色的花，細細的花瓣扭向各個方向，葉子也很細長。梨乃對植物很外行，完全猜不出那是什麼花。

梨乃看向院子，立刻發現了那盆花，但並沒有開花。

「花呢？」

「嗯，很遺憾，已經枯萎了。」

「原來是這樣。」

梨乃從皮包裡拿出隨身碟，插進電腦，迅速複製了圖片檔案。

「所以，這到底是什麼花？」

「嗯，這個嘛，」周治把書放回書架，走到客廳，「現在還不能隨便說。」

「喔？什麼意思？」

「因爲我也不太確定，所以正在調查，接下來、接下來要好好調查才行。」

周治看著電腦的眼神閃亮著，梨乃發現他很興奮。她第一次看到祖父這樣的表情。

「那部落格上要怎麼寫？就寫種類不明嗎？」

梨乃問，周治立刻露出嚴肅的表情。

「不，不可以，不要在部落格上提到這株花的事。」

「啊？爲什麼？」

「詳細情況不方便透露，總之，一旦公佈，事情會鬧得很大。暫且當成是爺爺和妳之間的秘密，沒問題吧？」

周治的語氣很嚴肅，但眼中充滿期待。也許對他來說，這是一件開心的事。

「好，那我不會告訴任何人。」

「對不起，但我相信以後妳就會知道原因。」周治充滿憐惜地用指尖撫摸著電腦螢幕上的黃花。

3

起點槍聲響起，全身的肌肉立刻有了反應。雙腳蹬地的時機恰到好處，伸直的指尖最先接觸水面，她保持著不會受到水中阻力影響的姿勢，在浮出水面的同時，雙手雙腳同時動了起來。所有的動作都很順暢，她看到了隔壁水道的選手，自己稍微領先對方。

之後也順利前進，踢腿的節奏很棒，全身沒有任何疲勞感，接下來要全力衝刺，順利的話，可以刷新自己的紀錄。

終點越來越近，就在眼前了。她使出最後的力氣。

但是，不知道爲什麼，她遲遲無法前進。短短的距離變得很遙遠，其他選手接二連三抵達終點。頒獎儀式已經開始了。

她用手腳拚命掙扎，身體卻不斷下沉。她聽到有人發出笑聲。

下一剎那，所有的水都消失了。她終於發現自己並不是眞的在游泳，只是回想起以前游泳時的事。不，也不是這樣。

又來了——又做惡夢了。她每隔幾天就會做這個夢，雖然每次的內容不太一樣，但都是無法抵達終點的結局。

雖然已經醒了，但梨乃仍然閉著眼睛。她想繼續入睡，希望這次可以做一個比較好的夢。

只可惜越睡越熱，無法再度入睡。汗水讓脖子感覺很不舒服，她只好張開眼睛，緩緩坐了起來。一看枕邊的時鐘，快十一點半了。今天早上五點多才睡，已經睡了超過六個小時，最近這段日子，算是睡得比較多的。

她坐在床上，想起了今天的行程。下午有一節要上的課。

她看向旁邊的桌子，桌上放著啤酒和燒酒蘇打水的空罐。想到要喝這麼多才能醉，就忍不住痛恨自己酒量太好。

她緩緩站了起來，走去盥洗室洗了臉，看著鏡子中的自己，覺得不像是二十歲的皮膚，身材也不像運動員。

她稍微化了妝，換好衣服後走了出去。天空中烏雲密佈，今天似乎也會下雨。大學快要放暑假了，但氣象局還沒有宣佈梅雨季節結束。

梨乃從女性專用公寓走到大學只要十分鐘，她在半路的漢堡店吃了午餐後走去學校。

梨乃目前讀三年級，除了游泳隊員以外，並沒有好朋友，只是她離開了游泳隊，所以即使去學校，也是獨來獨往，刻意避開游泳池和社團活動室。雖然即使遇到游泳隊的成員，也不會有任何不愉快，相反地，他們總是很關心她。她並不是討厭他們，而是內心感到很抱歉，所以總是避不見面。

走進學校大門後，她一邊走，一邊打電話。

「喂？」電話中傳來周治慢條斯理的聲音。

「啊，爺爺嗎？是我。」

「喔，原來是梨乃。」

「今天放學後，我想去你那裡，可以嗎？」

「好啊，我今天沒什麼事。」

「那我上完課後去，我會買點心，爺爺，你想吃什麼？」

「不要太甜的，最好選西點。」

「好。」

掛上電話後，她看了一下時間。快一點了。

她坐在階梯教室角落聽課。這堂課是從文化人類學領域，分析文化和個性之間的關係，她完全沒有興趣。她忍不住納悶，當初自己爲什麼會進文學院，而且竟然讀國際文學系。她再度體會到，自己在報考時眞的沒有經過大腦思考，當初挑選這所大學，完全是因爲這裡游泳隊的練習環境很理想。

自己並不是不會讀書，而是沒有找到想學的東西——她想起周治的話。雖然這句話激勵了她，但也在訓誡她，一味逃避不是辦法。

她努力忍著睡意，撐完了九十分鐘的課。其他學生個個雙眼發亮地走出教室，難道接下來有什麼好事在等他們嗎？

走出學校，往車站的路上逛了幾家小店，看到一件可愛的洋裝，但看到只有一個尺碼就放棄了。

她在車站前的蛋糕店買了鬆餅。搭電車時，手機收到了電子郵件。是母親傳來的。她在打開之前，就大致猜到會是什麼內容。果然不出所料，母親問她下次什麼時候有空回家。在尚人的葬禮後，她就沒再回過家。

她隨著電車的搖晃，思考著要怎麼回覆母親。要說自己忙著寫報告，最近沒空嗎？母親應該不會追問在寫什麼報告吧？

下了電車後，她從車站走去周治家。走進大門，看著院子走向玄關時，忍不住停下了腳步。她上一次來是三星期前，感覺和上次不太一樣，卻又說不出哪裡不一樣。

她內心帶著這種奇怪的感覺伸手打開玄關的門，門一下子就打開了。爺爺總是這麼不小心。周治向來不鎖門。

走進屋內，看到周治平時穿的拖鞋和鞋子雜亂地丟在脫鞋處。以前從來沒有這麼亂過。

右側書房的紙拉門敞開著。平時那裡都關著，她好奇地看向室內，忍不住倒吸了一口氣。紙箱和紙袋散亂在榻榻米上。

書房的隔壁就是客廳，但兩個房間之間的紙拉門關著。

「午安。」梨乃對著屋內打著招呼，脫下了球鞋。屋內沒有回應，她直接走了進去。

她穿過書房，打開了紙拉門，叫了一聲：「爺爺。」

四方形的矮桌像往常一樣放在客廳中央，上面放著茶杯和保特瓶。

她感覺腳底很冷，低頭一看，發現踩在腳下的座墊角落濕了。她慌忙把腳移開了。

周治躺在矮桌的另一端，似乎睡著了。站在梨乃的位置只能看到他的腳。

「原來在睡覺，小心會感冒。」

她一邊說，一邊走了過去，立刻停下腳步。她聞到一股異臭。

她戰戰兢兢地走了過去，看著周治的臉，立刻感覺到好像有什麼東西快從喉嚨深處噴出來了。

周治張著眼睛，皮膚是灰色的。那不是梨乃熟悉的祖父的臉，而像是把一張黏土製成的精巧面具硬生生地扭成一團。

這種時候該怎麼辦？要打電話去哪裡？——梨乃從皮包裡拿出手機，發現自己的手在發抖。

4

聽到被害人的姓名，早瀨亮介懷疑自己聽錯了。他在趕往案發現場的車上打開手機，確認了通訊錄中的「秋山周治」，上面有電話號碼和地址。

果然沒錯。手機中輸入的資料和此刻正在趕往的地方地址一樣。這意味著並不是同姓同名的其他人。

那個老人被殺了嗎？

「怎麼了？」坐在旁邊的後輩刑警問。

「不，沒事。」早瀨把手機放進上衣內側口袋。

後輩重重地嘆了一口氣。

「命案嗎？分局好一陣子都沒有成立搜查總部，這下子高層又要緊張兮兮了。如果很快就破案，問題還不大，如果拖了很久，上面又要繃緊神經了。」

「對啊，分局的秋季運動會恐怕又要停辦了。」

早瀨半開玩笑地說，沒想到後輩很嚴肅地回答：「是啊，一想到這件事，心情就很沉重。」

一旦成立搜查總部，轄區分局的警官就必須整天忙於協助處理各種雜務，而且被要求徹底節省經費。因爲搜查總部營運的各種費用大部分都要由轄區分局負擔。

來到命案現場，看到刑事課長和股長站在玄關前。課長正在打電話。

「這麼晚才來。」股長對早瀨他們說。

「我們在調查那起肇事逃逸的案子，今天早上不是報告了嗎？」

「是喔，結果怎麼樣？」

「已經取得了證詞，資料應該都已經準備齊全了。」

「好，辛苦了。這樣就可以了結那起案子，現在開始偵辦這起案子。」

「他殺嗎？」

「對，被害人是獨居老人。」

課長講完電話後，看著股長說：

「警視廳打來電話，鑑識和機動搜查人員很快就會到，我們也要配合進行第一波搜查，我先回分局了。」

股長還來不及回答「知道了」，課長就一路小跑地離開了。聽到要設立搜查總部，他似乎興奮起來。

「可以看一下現場嗎？」早瀨問股長。

「不行，在鑑識結束之前不能進去。你目前先負責一下那個。」股長指了指停在一旁的警車，「她是發現人。」

早瀨定睛細看，發現一名年輕女子坐在後車座。

年輕女子名叫秋山梨乃，是被害人的孫女。早瀨帶她到西荻窪分局的接待室，爲她倒了一杯熱茶。她在警車上時始終呆若木雞，幾乎沒有說一句話。喝了幾口茶後，才終於開口說：「謝謝。」

「能夠說話了嗎？」

「是。」她點了點頭。

早瀨問了幾個問題，她斷斷續續地答了話。或許是因爲打擊太大了，記憶都很零碎，但總算漸漸釐清了發現屍體的經過。

中午十二點五十分左右，秋山梨乃打電話給被害人，問他晚一點可不可以去他家。被害人說沒問題，今天沒有特別的事。她逛完街後去了秋山家，在下午四點三十分左右，發現了被害人的屍體。在她打完電話後不到四個小時的時間內，到底發生了什麼事。

「妳經常到被害人家嗎？」

「被害人……」

「就是妳爺爺，妳經常到秋山周治先生的家嗎？」

「也沒有很經常……一個月一兩次而已。」

「是爲了照顧他嗎？」

「照顧?不是，我爺爺很健康。」
「那爲什麼?」
「爲什麼……」秋山梨乃露出訝異的表情，「一定要有理由嗎?」
「不，那倒不是，只是覺得很難得。現在很少有孫女會定期去探望獨居的老人。」
她似乎終於理解了，點了點頭說：「一方面也是因爲部落格的關係。」
「部落格?」
「我爺爺喜歡種花，花開得很漂亮時，就會拍下照片建檔。我之前告訴他，既然有這些照片，不妨和大家分享，建議他開了部落格。」
「原來如此，所以，妳爺爺開了部落格嗎?」
「他說太麻煩了，不想開，所以就由我代他開設、管理部落格，把花的照片上傳到部落格。」秋山梨乃似乎終於平靜下來，開始侃侃而談，但似乎再度感到難過，語尾帶著哭腔。
「現場有遭到破壞的痕跡，請問有沒有發現什麼?比方說，手提式保險箱不見了之類的。」
「爺爺家應該沒有保險箱之類的東西，但碗櫃的抽屜敞開著，壁櫥裡的東西也都拿了出來。」
「有沒有什麼東西不見了……」

她搖了搖頭。

「不知道，我不太清楚爺爺家有什麼。」

早瀨皺著眉點了點頭，每個月只去一兩次，的確不知道家裡有什麼。

「妳爺爺會隨時鎖門嗎？」

秋山梨乃皺起眉頭，輕輕嘆了一口氣。

「他經常不鎖門，我提醒他好幾次，請他注意安全，但他總是叫我別擔心，家裡沒什麼東西可以偷。早知道我應該多提醒他……」

住在同一個地方多年的老人經常有這種情況，因爲至今爲止沒有發生任何事，就過度相信以後也不會有任何事發生。

「最後一次見到妳爺爺是什麼時候？」

秋山梨乃想了一下，「我記得是三個星期前。」她似乎在向自己確認。

「當時，妳爺爺有什麼不對勁嗎？」

「並沒有……」她說了這句話後，露出突然想到什麼的表情。

「怎麼了？」

「不，不是什麼重要的事。我想起他爲有一朵花開了感到很興奮。」

「花？」

「是一種新的花，好像以前沒有開過，我爺爺看起來很高興，但沒想到會發生這種事……」她再度哽咽，說不下去了。

早瀨不忍心繼續問下去。反正只是單純的強盜殺人案，即使調查殺人動機或是死者的交友關係，應該也查不出任何線索。

有人敲門。早瀨向她說了聲「對不起」後站了起來。

門外站著一名女警官，說死者家屬來了。

「家屬？」

「是被害人的兒子。」

原來是秋山梨乃的父親，早瀨說：「請你帶他來這裡。」

幾分鐘後，女警官帶了一名中年男子走了進來。他肩膀很寬，個子也很高。身材高眺的秋山梨乃可能是繼承了父親的基因。

男人遞上的名片上寫著「秋山正隆」的名字，他在一家外食產業的知名企業上班，而且擔任重要職務。

早瀨向他請教了秋山周治的日常生活。

「六年前，他還以派遣的方式在原本任職的公司繼續上班，現在完全退休了，靠退休金和年金生活，日子過得很自由自在。」秋山正隆回答說。

「他的退休金存在銀行裡嗎？」

「應該是吧。」

「家裡放多少現金？有沒有放備用金之類的。」

「不清楚，」秋山正隆偏著頭，「應該沒有放多少錢。」

「最近有沒有什麼投資行爲……比方說，買了什麼不動產，或是投資了黃金之類的？」

「沒有聽說，我父親對投資不感興趣。」

「是嗎？」

之後，早瀨問了秋山周治的交友關係，平時和誰來往，和誰的關係特別好，但秋山正隆並沒有提供任何有助益的回答。一問之下才知道，他每年只有中元節、新年才和父親見面，他前後說了三次「因爲我工作很忙」。

「我爺爺不太擅長和別人打交道。」秋山梨乃終於忍不住插了嘴，「花是爺爺的聊天對象。我爺爺家的院子裡不是種了很多花嗎？他在修剪那些花草時最開心，他總是對我說，花不會說謊。所以，我猜想只有花才知道命案眞相。」

5

早瀨在半夜十二點多才回到自己所租的套房。明天早上就要成立搜查總部，他剛才在分局忙著做相關的準備工作。警視廳搜查一課的搜查員已經來到分局，所以忙著向他們說明了詳細的案情。

他打開了房間的燈，先開水龍頭喝了一杯水，然後解開領帶，從上衣內側口袋拿出記事本放在桌上，脫下上衣，丟在床上。袖子剛好掃到放在枕邊的相框，相框倒了下來。

早瀨咂著嘴，解開襯衫的釦子走向床邊，把相框扶了起來。照片上是兒子裕太。那是裕太小學四年級時拍的，目前已經讀中學了，雖然他很想要一張兒子最近的照片，但遲遲開不了口。

他和妻子四年前分居，裕太和妻子同住。分居的原因是因爲早瀨外遇，對方是交通課的女警官，兩個人的關係持續了兩年多，不小心被妻子發現了。早瀨拿錢給女警官這件事也讓妻子更火冒三丈。

妻子沒有提出離婚，因爲她知道，一旦離了婚，她和兒子的生活就會陷入困窘，但也不願意和外遇的丈夫住在同一個屋簷下。

「請你搬出去。對你來說，這樣也比較方便吧？可以隨時和喜歡的女人見面。」妻子面無表情地說，早瀨完全沒有反駁的餘地。

目前，他的薪水有一大半都寄給他們母子當作生活費，妻兒住的公寓貸款還沒繳完。早瀨的手頭只剩下每個月能夠在狹小的租賃公寓節衣縮食過日子的錢。他和造成夫妻分居的女警官很快就分手了，其實當初也不是那麼喜歡她，原本只打算玩玩而已，沒想到不小心陷得太深。

他知道自己做了蠢事，只是對眼前的狀態並沒有太多不滿。這是自作自受，而且自己也不太適應婚姻生活。雖然目前經濟有點拮据，但並不至於無法忍受。

裕太是他唯一的牽掛。

他們夫妻都沒有對他詳細說明分居的理由，但裕太升上中學後，應該隱約察覺到父母之間發生了什麼事。早瀨猜想自己和妻子的行爲必定對兒子的內心造成了很深的創傷，對此深感不安。

分居時，和妻子之間的約定之一，就是早瀨不得主動去找裕太。只有妻子或裕太想要見他時，他們才能見面，但裕太可能察覺父母之間發生了什麼事，知道和父親見面會造成母親的不悅，所以不可能主動提出要見面。事實上，在和妻子分居後的兩年，他都沒有見過兒子，只從妻子口中得知，他就讀了本地的一所中學。妻子也是因爲兒子在入學時，需要由他辦理一些手續，才會告訴他這件事。

沒想到他在意外的狀況下再度見到兒子。有一天，他的手機接到了妻子打來的電話。

妻子在電話中說話好像在放連珠砲，而且說話的內容毫無條理，他遲遲無法瞭解情況。

在他追問幾次後，才終於知道發生了什麼事，同時覺得情況很不妙。他的腋下也忍不住冒出了冷汗。

裕太因爲偷竊被抓了。他在家電量販店偷了藍光DVD。

他難以相信。雖然沒有和裕太同住，但他自認爲瞭解兒子，相信兒子不會做這種事。

聽妻子說，兒子否認自己偷竊，宣稱不是他偷的，但他的反應反而讓店家的態度更加強硬，揚言要報警。

早瀨沒有時間遲疑，對妻子說，馬上會趕過去。然後立刻掛上了電話。

他來到家電量販店的辦公室，看到妻子和兒子都在那裡。裕太比他最後一次見到時長高了，長相也比之前更成熟，但他沒有正眼看趕來的父親。

早瀨向店長表明了身分，要求店長說明情況。店長原本露出怯懦的表情，但說話的語氣越來越強勢。可能得知小偷的父親是警察，心裡更加火大了。

店長說，裕太準備離開時，店裡的警報器響了，但他繼續走出店外。警衛追上前去叫住了他，把他帶回店內，檢查了他的手提包，發現裡面有一張全新的藍光DVD，而且用鋁箔紙包了起來，明顯就是這家店裡的商品，警報器感應到上面的防盜標籤，所以才會發出聲響。

「他是故意偷竊，」店長咬牙切齒地斷定，「他以爲只要用鋁箔紙包起來，警報器就不會感應到，可惜我們店裡的防盜系統沒這麼簡單。」

裕太用力搖頭。

「我不知道，我沒偷這個，相信我，我沒偷東西。」

店長惡狠狠地瞪著裕太。

「因爲金額不高，如果他坦承偷竊，向我們道歉，我也會給他一個機會，沒想到他死不認錯，我就不得不公事公辦了。偷竊眞的令我們傷透腦筋。」

但是，裕太仍然不承認，他哭著抗議，自己絕對沒偷東西，一定是有人把東西放進了他的手提包。他提了一個男用托特包，別人的確很容易趁他不備，把東西塞進去，而且他正在用耳機聽音樂，即使有人對他惡作劇，他也可能沒有察覺。

早瀨請店長給他看店裡的監視錄影，因爲如果裕太沒有去DVD賣場，就可以證明他是無辜的。

但是，他的期待落了空，錄影的影像中清楚地留下了裕太出現在藍光DVD賣場的身影，而且裕太背對著攝影鏡頭，似乎拿起了商品。

早瀨完全沒有辯解的餘地，況且，商品就在裕太手提包裡這個事實擺在眼前，根本無法抵賴。

店長揚言要報警。

「本來就應該這麼做，警方要求我們，即使遭竊物品的金額再小，也一定要通報。你也是警官，應該瞭解吧。」

因爲的確如此，所以早瀨無法反駁，然而，一旦報警，裕太就會留下偷竊罪的前科，不知道會有什麼後果，搞不好連早瀨的工作也保不住了。

妻子向早瀨露出求助的眼神，可能覺得他這個父親該做點什麼，但是早瀨想不出什麼好方法，低頭看著垂頭喪氣的兒子。

他很希望兒子趕快認錯。因爲商品的金額並不高，只要下跪道歉，應該可以獲得店家的原諒。難道要叫兒子先道歉嗎——？

就在這時，店長接到一通電話。店長在說電話時，臉上的表情越來越驚訝，掛上電話後，對早瀨他們說：「警方想要瞭解你兒子的事。」

早瀨的心一沉，難道店長以外的人已經報了警嗎？

但事實並非如此，聽店長說，附近發生了一起傷害事件，警方在調查那起傷害事件，想要向他兒子瞭解情況，而且，那起傷害事件似乎和這次的偷竊也有關。

「到底是怎麼回事？」早瀨問，店長也偏著頭納悶。他似乎無法消化前一刻的憤怒情緒。

早瀨他們搞不清楚狀況，等了一會兒，轄區警局的刑警出現了。他聽店長和裕太說明了偷竊騷動的經過後，點了點頭。

「原來如此，這樣就合情合理了。」

刑警說，一名老人在離這家店五十公尺的人行道上，遭到兩個年輕人毆打。目擊者立刻報了警，但警官趕到時，兩名年輕人已經離開了。老人在跌倒時撞到了腰部，無法動彈。救護車立刻趕到現場，在前往醫院的途中，老人向護送他前往醫院的警官出示了手機的畫面，上面拍到了兩個逃逸的年輕男子。警官問老人，是不是被那兩個人毆打，老人回答說：「對」，而且還說出了更令人意外的事。他說，此刻附近的電器行應該有一名少年被懷疑偷東西，那名少年是無辜的，是那兩個逃走的年輕人偷了商品，放進他的手提包。老人去追那兩個年輕人，在路上警告他們，其中一個年輕人惱羞成怒，毆打了他。

「所以，」刑警笑著看向裕太說，「他並沒有偷竊。」

眼前的逆轉簡直就是奇蹟，裕太並沒有感到高興，而是一臉呆然，難以相信眼前發生的事。妻子終於忍不住放聲大哭，緊緊抱住兒子。店長一臉茫然地摸著頭。

誤會澄清後，裕太終於重獲自由，表示想要當面向老人道謝。早瀨和妻子也沒有異議，向刑警打聽了老人所住的醫院後，立刻去了醫院。

那個老人就是秋山周治。他躺在醫院的病床上，臉上貼的濕布遮住了一半的臉，但他精神很好。

「是嗎？終於澄清誤會，證明不是你偷的，太好了。」

聽秋山說，原本他以爲是朋友之間在玩耍。兩個年輕人從貨架上偷了商品，放進了另一個人的手提包。秋山以爲他們等一下會告訴那個年輕人，讓他嚇一跳，但在仔細觀察後，發現拿手提包的少年似乎並不是他們的朋友。不一會兒，那名少年走出店外，警報器響了，被警衛叫住。那兩個年輕人躲在店內看到了這一幕，若無其事地走了出去。秋山終於發現那不是遊戲，而是惡劣的惡作劇，不，是犯罪。

「但是，即使我向店家證明，也拿不出證據，甚至可能被懷疑和這個少年是同夥。最重要的是，我無法原諒那兩個人。於是，我就追了上去，想要抓住他們。沒想到反而被他們攻擊。」秋山說完，笑了起來。

早瀨覺得他是一個富有正義感的人。換成是別人，恐怕會擔心惹上麻煩而轉身離開，即使是有骨氣的人，也只會向店家說明實情，很少有人會去抓眞正的小偷。

裕太連連鞠躬，說一定會報答他，但秋山搖了搖手，皺著眉頭說，不必考慮這種事。

「以後要小心點，這個世界上有些人對陷害他人樂在其中，實在很令人痛心。」

「我會記住。」裕太一臉乖巧地回答。

那兩個年輕人很快就被抓住了。秋山拍的照發揮了重要的作用，因爲其中一個年輕人身上穿著高中制服。兩個人想要確認用鋁箔紙包起防盜標籤是否有效，所以把商品丟進剛好在他們旁邊的裕太的包裡。如果裕太順利走出電器行，他們打算威脅裕太，把商品搶回來。但因爲警報器響了，所以他們一臉事不關己地走了出去，沒想到被一個陌生的老人叫住，命令他們回去電器行道歉，於是就火冒三丈，動手打了老人。

自從那次去醫院後，早瀨沒有再和老人見過面，但聽妻子說，裕太寫了感謝信給老人。

如今，那個老人被人殺害了。

早瀨伸手拿起放在桌上的記事本。一打開，看到自己潦草的記錄文字。上面記錄了命案現場的情況。

聽鑑識人員說，凶手並非強行闖入，所有的窗戶都從內側鎖住了，所以唯一的可能，就是從大門走進去的。聽老人的孫女說，他經常不鎖門，任何人只要有心，都可以輕易走進老人家中。

死者在中午十二點多時和孫女通了電話，屍體的發現時間是下午四點三十分左右，發現屍體時，距離死後至少超過兩個小時，所以研判行凶時間是下午一點到兩點三十分之間。解剖後，可能有助於進一步縮小範圍。

目前無法斷定凶手是不是熟人，也可能是陌生人謊稱借廁所，進入老人家中後，才露出強盜的眞面目。因爲秋山抵抗，才動手殺了他。

室內完全沒有找到現金、銀行存摺和提款卡之類的東西，可以認爲是凶手拿走了，但目前無法證明只是單純的強盜殺人。

矮桌上放著茶杯和一個保特瓶，保特瓶裡的茶還沒有喝完。上面只有被害人的指紋，茶杯中留了三分之一的茶。

偵查員趕到命案現場時，榻榻米上放著蛋糕店的盒子，裡面裝著鬆餅。目前已經知道那是他孫女帶去的，奇妙的是，矮桌旁的座墊濕了。屍體雖然有漏尿現象，但座墊離屍體很遠，而且也確認座墊上的並非尿液。雖然猜想可能是寶特瓶中的茶，只是眼前還無法瞭解正確的情況。

看著密密麻麻的文字，他覺得眼睛有點痛，於是闔起記事本，放回桌子上。他用指尖揉著眼皮，轉動著脖子，聽到關節喀答喀答的聲音。

只能說，這個世界很不公平，很多壞蛋很長壽，像秋山這樣充滿正義感的人卻遭遇不幸。

他突然想起秋山的孫女說的話。我爺爺不太擅長和人打交道——

早瀨覺得很有可能。有強烈正義感的人往往也要求周圍的人不可以做不公不義的事，然而，眞正能夠做到的人少之又少。也許在秋山眼中，周圍的人都很不誠實。

不知道我在兒子眼中是怎樣的父親。早瀨的腦海中閃過這個念頭，但很快搖了搖頭。自己只是名存實亡的父親，根本沒資格想這種事。

6

「……所以，本公司的宿舍和其他福利方面，都絕對不會輸給其他企業，甚至可說有相當高的水準，這也是本公司引以爲傲的地方。我剛才也再三強調，在對外關係上，公司方面也會盡最大的努力，不會讓員工感到抬不起頭。因爲目前處於非常時期，所以會有不少閒言閒語，但並不會立刻關閉所有的設施，所以，本公司的存在價值完全沒有下降，衷心希望各位同學可以用積極的態度加以考慮。」戴著眼鏡的男子流利地說完這番話，巡視了整個教室後鞠了一躬。他的頭頂有點稀疏。

「有沒有什麼想要問的？」坐在角落的教授問。他說話有一口大阪腔。

但是，教室內有十幾名大學生和研究所學生，沒有人舉手。

教授不滿地皺起眉頭，「怎麼？沒有問題嗎？不可能吧。」

於是，一個學生戰戰兢兢地舉起了手。

「震災後，不，應該說，福島核電廠的意外發生後，請問貴公司有多少人離職？」

講台上的男子露出困惑的表情，教授也面露苦色。

「我不瞭解正確的人數，但每年都有一定人數的員工離職，只是並沒有因爲那次意外造成離職潮。」

「所以說，還是有幾個人辭職了。」身旁的藤村在蒼太的耳邊小聲說道。

之後又有兩名學生發問，都是有關核電廠意外造成的影響。戴眼鏡的男子一再強調，因爲和本公司無關，所以並沒有造成太大的影響。

這名男子是專門製造、管理核電廠配管設備公司的人，今天來蒼太他們的大學說明公司的情況，目的當然是爲了徵才。

蒼太從第二物理能量工學系畢業後，目前正在讀研究所。所謂第二物理能量工學系，簡單地說，就是以前的原子能工學系，爲了聽起來不刺耳，所以改成目前的名稱，可見招生受到了很大的影響，才會需要在系名上動腦筋。蒼太入學時，核能被認爲是前途無量的行業。石化燃料的時代已經結束，太陽能和風力發電也有限，再加上減碳這張王牌，成爲促進核能發展的動力，所以，當初蒼太也因爲「這個領域未來充滿希望」，選擇就讀這個系。

但是，之前的那場震災和核電廠意外，完全撕毀了這張通往未來的地圖。許多學生似乎都有同感，以前這個科系的學生都會在教授的推薦下，進入核能相關企業工作，如今有越來越多的學生想要進入和核電廠無關的公司，這種趨勢恐怕會持續，所以，有些相關企業開始進入校園積極徵才，這次的說明會也是如此。其他系的學生都因爲畢業後找不到工作而發愁，比起來實在很諷刺。

說明會結束後，蒼太和藤村一起走去大學附近的定食餐廳。

「蒲生，你有什麼打算？」藤村停下筷子問他。

「你是說找工作嗎？」

蒼太問，藤村點了點頭。

「我爸媽希望我找和核電廠無關的公司。」

「是啊，現在大家都這麼想。」

藤村喝了口茶，撇著嘴角說：

「我們讀了好幾年的書，都在學核能，居然要去完全無關的行業上班嗎？感覺很可惜，又好像很空虛，我無法接受。」

蒼太吃完豆皮烏龍麵定食後，把免洗筷丟進大碗中。

「我雖然也有同感，但考慮到將來，就無法說這些話了。畢竟大家對核電廠太排斥了，如果以後結婚，還會在對方家人面前抬不起頭，一旦生了小孩，也會擔心小孩會被欺負。到時候你能夠忍受嗎？」

藤村皺起眉頭，「說到底，還是要考慮這些問題。」

「我們被騙了，國民雖然也覺得受騙了，但我們是最大的受害者，什麼夢想核燃料循環，根本沒有夢想，也沒有希望。」蒼太氣鼓鼓地說。

「蒲生，你也打算和核能斷絕關係嗎？」

「當然啊。」

「是嗎？那我們都浪費了時間，早知道就不該進研究所。」

「那倒未必，我們讀四年級時還沒有發生那場地震，所以如果大學畢業就找工作，應該會毫不猶豫地進入核電廠相關企業，這樣不是更慘嗎？」

「對，也可以這麼想。」

蒼太和藤村早就已經大學畢業了，目前正在讀研究所。碩士課程已經修完，打算攻讀博士。大震災和福島核電廠意外就是發生在這個時候，他們感覺像是因爲不知道未來該怎麼辦，才繼續留在大學內。

「但是，像我們這種特殊技術人員能夠找到工作嗎？」藤村露出窩囊的表情。

「只能找找看了，反正就當作和其他人一樣就好，其他系的學生也都爲了找工作拜訪很多家公司。」

「那倒是，只能努力找找看了。對了，你打算回東京嗎？」

蒼太輕輕呻吟了一下，對他來說，這個問題更難回答。

「考慮到工作的問題，回東京應該比較有利，但這麼一來，離老家很近，讓我心情有點沉重。」

「你幾乎很少回家，」藤村一臉很受不了的表情，「這麼討厭家裡嗎？」

「不是說討厭，只是覺得合不來，可能犯沖吧。」

藤村笑了起來。

「怎麼可能有這麼可笑的事？那是你從小長大的家，和家人不是有血緣關係嗎？怎麼可能合不來？」

「就是會啊，我也說不清楚。」

「是喔。」藤村似乎無法接受，頻頻偏著頭納悶。

和藤村道別後，他踏上了回家的路。蒼太他們的學校位在東大阪市，他租的房子離大學有兩站的距離。

當初他決定考這所大學時，很多人問他爲什麼要讀大阪的學校。尤其母親志摩子堅決表示反對。

「考慮到日後就業問題，很多外地學生都來讀東京的大學，你爲什麼偏偏跑去大阪讀書？」

「因爲我想讀核能方面的科系，那所大學最好啊。而且，我想要瞭解一下東京以外的城市，大阪是日本的第二大都市，去體驗一下那裡的生活，應該對我有幫助。」

他用這個理由堅持到最後，但只是他的藉口。眞正的理由只有一個，就是他想要離開那個家。如果讀東京的大學，父母一定要求他住在家裡。

進大學至今已經六年多，這六年來，他回家的次數屈指可數，每次回家最多住兩三個晚上，住在家裡的時候也很少和父親、哥哥聊天。

沒錯，他並不討厭那個家，只是不想看到那兩個人——眞嗣和要介。

但目前的情況稍微不同，他只是要避開要介而已。因爲眞嗣在兩年前罹患胰臟癌去世了。

差不多該對畢業後要不要回東京這個問題做出決定了。既然要離開原子能工學這個領域，就無法繼續留在大學內。

他躺在床上思考這些事，手機響起了來電鈴聲。一看螢幕，發現是母親志摩子打來的。他忍不住聳了聳肩，大致猜到了志摩子打電話來的目的。

「喂。」

「蒼太嗎？是我。」電話中傳來志摩子的聲音。

「嗯，有什麼事嗎？」

「什麼嘛，你也太冷漠了。這個週末會回家吧？」

「我很忙啊。」

他重重地嘆了一口氣，故意讓志摩子聽到。星期天是父親的三年忌。

「你在說什麼啊？當初是配合你的時間決定日子的，學校不是從下個星期就開始放暑假了嗎？」

「我又不是大學的學生，暑假和我們沒有關係。而且，即使不去學校，也有很多事要做啊。」

「不行，你一定要回來，否則我在親戚面前會抬不起頭。當初你去大阪——」

「好，好，我會回去，我回家就行了吧。」他慌忙說，如果不及時阻止，母親會一直抱怨下去。

「別忘了帶西裝回家，我會幫你準備領帶。」

「好。」

「還有，」志摩子說完，停頓了一下，「工作找得怎麼樣？」

蒼太撇著嘴角，他不想談這件事。

「現在正在考慮很多地方。」

「是嗎？會不會很難找？」

「當然不簡單，但只能儘量找啊。」

「是啊。聽我說，要介說，如果你要在東京找電力方面的工作，他可以幫忙。」志摩子說話時有點呑呑吐吐。

「什麼意思啊？為什麼哥哥會認識電力方面的人，不是完全不同的領域嗎？」

「他好像有什麼人脈，所以想問你有沒有意願。」

「開什麼玩笑，我怎麼可能連這種事都要哥哥幫忙。你幫我告訴他，不要老是把我當小孩子。」

「要介是在擔心你。」

「不必他操心，工作我會自己找，如果沒有別的事，我要掛電話了。」

「好……那就週末見。」

「嗯。」蒼太冷冷地應了一聲後掛了電話。

志摩子八成不會把蒼太的話直接告訴要介，應該會婉轉地說，蒼太想自己先找找看。志摩子向來這樣，無論說話、做事都對要介察言觀色。

他想起藤村說的話。

怎麼可能有這麼可笑的事？那是你從小長大的家，和家人不是有血緣關係嗎？

也許該對藤村說實話，正因爲不是他想的這樣，所以才複雜。

7

「我完全沒有任何線索，聽到這起命案時，我眞的嚇了一跳，一開始還不太相信。眞的太可憐了。」

那個男人說話時聲音起伏，臉上的表情變化也很豐富。他的年紀不到五十歲，個子不高，但頭很大，額頭也很寬，所以，臉上的金框眼鏡看起來特別小。

早瀨低頭看著放在桌子上的名片，上面印著「久遠食品研究開發中心　分子生物學研究室　室長　福澤民郎」。

秋山周治在六年前，都在福澤所在的那個部門工作，退休之後，以派遣的身分繼續留在原部門工作。以前秋山還在那裡的時候，部門名稱叫「植物開發研究室」，在他退休之後，改成了目前的名字。

聽福澤說，舊名稱時代的最大目標，就是培育自然界所沒有的新種植物，但直到最後，都無法研發出得以商品化的成果，性急的高層決定從花卉生意中撤退，因爲這個方針的改變，所以沒有和秋山續約，部門的名字也改了。

「當時，秋山先生周圍有沒有發生什麼問題？無論公私方面都可以，如果有什麼事讓你留下印象，請你告訴我們。」

坐在早瀨身旁發問的是警視廳搜查一課的刑警柳川。他三十多歲，但一臉凶相，胸膛很厚實，渾身散發出一種威嚴。不知道他是否認爲笑容有損於他的威嚴，所以整天板著一張臉。在搜查總部決定他和早瀨一組時，他也只是面無表情地微微點頭說了聲：「請多關照。」

聽到柳川的問題，福澤微微偏著頭。

「我不太清楚，根據我的記憶，好像並沒有發生什麼問題。」

「即使不是什麼大事也無妨，像是糾紛之類也可以，就算是小事也好。」

柳川說話的語氣毫不掩飾內心的不耐，福澤猛然坐直了身體。

「如果是小事，就更……因爲秋山先生六年前退休，我並沒有直接和他共事過。」

「那可不可以請你找曾經和秋山先生共事的人來這裡？」

「喔，嗯……找誰好呢？可不可以請你們等一下？」

「沒問題。」

福澤起身，匆匆走了出去。

柳川喝完茶杯裡的茶，「啊」地嘆了一口氣走到窗邊，「看來這裡也不會有太大的收穫。」他並不是對早瀨說話，而是在自言自語。

柳川似乎對搜查總部派他調查死者的交友關係感到不滿。如果是仇殺事件，幾乎都可以藉由調查死者生前的交友關係找到凶手，偵查員調查起來也會很投入，但非熟人所爲的命案幾乎不可能靠這種方式破案。柳川認爲這次的事件很可能是隨機犯罪，早瀨其實也有同感。

命案發生至今已經五天，已經向家屬和附近的居民瞭解過情況，但至今爲止，並沒有聽到秋山周治和任何人發生過糾紛，應該說，他幾乎不和別人來往。早瀨再度想起秋山梨乃說過的話。「花是爺爺的聊天對象」，也許眞的是這樣。

敲門聲後，門打開了，福澤走了進來，一個矮小的男人跟在他身後。他穿著工作服，看起來很安靜。

福澤介紹說，他叫日野和郎，秋山周治在這裡工作時，他們曾經一起從事研究工作。

柳川重新坐在沙發上，對日野重複了剛才問福澤的問題。

「並沒有發生過什麼大問題，」日野用緩慢的語氣說，「但曾經發生過小衝突。」

柳川微微探出身體，「衝突？和誰？」

「和上面的人，」日野指了指天花板，「因爲我們遲遲無法做出成果，從某個時期開始，上面的人就開始囉嗦，刪減預算，人員也減少了，我們根本沒辦法做研究。於是，秋山先生一個人去向上面抗議，說其他部門更浪費預算，爲什麼不去刪那些部門的預算。雖然他平時沉默寡言，但那種時候說起話來頭頭是道。」

早瀨聽了，覺得很像那個老人的作風。原來他在公司任職時，也是富有正義感的人。

「他有沒有和誰結怨？」

聽到柳川的問題，日野斬釘截鐵地回答：「沒有，包括我在內，有很多人都受過他的恩惠，相反的情況就……」

「是嗎？」柳川興趣缺缺地用指尖抓了抓眉毛旁，可能是因爲沒有問到對偵辦工作有幫助的消息，「秋山先生退休後，你有沒有和他見過面？」

「呃……」日野的眼睛看向右上方，「在他退休的隔年，我曾經和他見過一次。關於他寫的報告，有幾件事要請教他。」

「你們有沒有電話聯絡過？」

「正確的情況我記不太清楚了，但應該聯絡過幾次，也是爲了報告的事。」

「最近一次聯絡是什麼時候？」

「嗯，是上個月月底，他打電話給我。」

「有什麼事？」

「他問我最近植物開發的動向，我沒有掌握任何新消息，所以並沒有幫上忙。」

從這個人身上似乎問不到什麼有用的消息。柳川似乎也有同感，迅速瞥了早瀨一眼，似乎在問他，有沒有什麼要問的？

「要不要問他當天的行動？」早瀨小聲對柳川說。

「對喔。」柳川說完後，把目光移向對面兩個人。

「可不可以請教一下你在七月九日那天的行動？從正午開始到……嗯，差不多下午三點左右。」

七月九日是秋山周治遇害的日子，福澤和日野的臉色頓時變了。

「正午我在員工食堂吃午餐，」日野開始說明，「下午一點半有一個會議，我記得是在三點左右結束。」

「沒錯，」福澤看著自己的記事本說，「我也參加了那個會議，有會議紀錄，只要看會議紀錄就知道了。」

「好的，那等一下請讓我們看一下。另外，如果有秋山先生在這裡工作時的員工名冊，也想要借用一下。」柳川說。

「應該有。」福澤回答。

「另外，秋山先生有沒有留下什麼私人物品？」

「私人物品嗎……」

「像是書信或是日記之類的都可以。」

「應該沒有這種東西，但可能有一些報告或是論文之類的。」

「那些資料都在我那裡。」日野回答。

「那也可以借給我們嗎？當然，我們不會洩漏出去。」

「呃，這個……」日野看著福澤，似乎在徵求他的意見，也許是機密內容。

「沒問題，並不是什麼極機密的內容。」福澤用輕鬆的語氣回答，他似乎並不重視秋山的研究內容。

準備這些資料要將近一個小時，於是，早瀨和柳川下去一樓的大廳等待，柳川沒有坐在沙發上，用手機開始打電話。可能是和搜查總部聯絡。

「……對，白跑一趟了。因爲死者六年前退休，也沒什麼朋友。……我會把有助於瞭解當時工作的資料帶回去，但恐怕無法發揮什麼作用。……啊，什麼？……喔，是嗎？……好，那我去瞭解一下情況。」

掛上電話後，柳川低頭看著早瀨。

「剛才找到了死者在案發前一天去咖啡店消費的發票，他似乎經常去那家店，也許有熟識的店員。我現在去那裡，這裡可以拜託你嗎？」

柳川似乎覺得那裡比較有搞頭，所以把帶無用的資料回去這種麻煩事推給轄區刑警。

「好，沒問題。」早瀨回答。雖然自己的警階比較高，也比較年長，但在和柳川說話時都使用敬語。

「那就拜託了。」說完，搜查一課的刑警大步走向大門。

十分鐘後，福澤出現了，遞上手上的紙袋說：「全都在這裡了。」

「謝謝，我會盡快歸還。」

「不用不用，」福澤搖著手說，「不必著急，六年前的報告已經不是最新技術了，而且，對本公司來說，那個部門也已經裁撤了。」

「但是，聽日野先生剛才的談話，似乎目前仍然會運用到他的報告。」

福澤露出了苦笑。

「不是運用，只是整理當時的檔案，總之，當時留下了很多資料。」

早瀨拎起紙袋，的確很沉重。

他向福澤道了謝，走出了「久遠食品研究開發中心」的大樓，他正打算攔計程車，手機響了。一看螢幕，不禁感到有點意外。上面顯示的是「家裡」。當然不是指早瀨目前住的公寓。

「喂。」他接起電話。

「喂，是我。」電話中傳來一個陌生的男人聲音。

「啊？你是誰？」

「是我，裕太。」

早瀨停下腳步，「喔……」

裕太不知道什麼時候已經變聲了，他一下子說不出話。

「喂，你知道我是誰嗎？」

「嗯，知道，最近好嗎？」

「嗯，普普通通啦。」

「是嗎？」父子之間的談話很不熱絡。裕太以前從來沒有打電話給他，他不知道該說什麼。

「爸爸，你在調查那個案子嗎？」裕太語帶遲疑地問。

「哪個案子？」

「就是那個啊，」裕太停頓了一下說，「秋山先生的命案啊。」

早瀨吃了一驚。「你知道那起命案？」

「當然知道啊，網路上都有消息。」

「喔，也對……」

「遭到殺害的是秋山先生，就是那位秋山先生吧？住址也一樣。」

「嗯。」

因爲命案現場是在家中，所以網路報導應該粗略提到了發生的地點。

「因爲好像是你們的轄區，所以我想你可能也在偵辦這起案子。」

早瀨吐了一口氣，「嗯，對啊，我在偵辦這起案子。」

「是嗎？我果然猜對了，情況怎麼樣？」

「什麼情況？」

「凶手啊，有希望抓到嗎？」

早瀨皺起眉頭，他不知道該怎麼回答。

「目前正在努力偵辦，就是要早日抓到凶手，我也正在爲調查奔波啊。」

「我知道，但感覺怎麼樣？有沒有鎖定可疑嫌犯之類的？」裕太低沉的聲音問道。早瀨發現那個聲音和從錄音機中聽到的自己的聲音很像。

「這種事就不需要你操心了。」

他用老套的話安撫道，沒想到遭到兒子的反駁。「那怎麼行？秋山先生是我的恩人，想到當初如果沒有他，不知道會有什麼後果，我現在仍然心有餘悸。所以，我絕對不能原諒殺害他的凶手。」裕太用強烈的語氣說道。

早瀨握緊電話，沒有說話。他不知道該說什麼。

對裕太來說，的確是這樣，因爲他差一點就被栽贓，背負竊賊的污名。一旦發生這樣的事，可能會大大扭曲他的人生。

「喂，爸爸，你有沒有聽到？」

早瀨清了清嗓子後開了口。

「對，我在聽，我很瞭解你的心情。」

「那就一定要抓到凶手，最好是你親手抓到他。」

「這——」他原本想說「不太可能」，但把後半句話吞了下去，「好，我會努力。」

「拜託了，你是我爸，要代替我這個兒子報答秋山先生。」

「好，我知道了。你找我就是爲了這件事嗎？」

「對，我不想影響你辦案，那就先這樣了。」

要多注意自己的身體。早瀨這句話還沒說完，電話就掛斷了。

要代替兒子回報秋山先生——。

早瀨搖了搖頭，拎起裝滿柳川認爲「恐怕無法發揮作用」的資料的紙袋，緩緩邁開步伐。

8

出殯後，在前往火葬場之前，梨乃走進化妝室。她看著鏡子中的自己，忍不住嘆了一口氣。這是今年第二次穿這件黑色洋裝，尙人的葬禮結束時，她做夢都沒有想到會這麼快又再度穿上這件衣服。

周治的守靈夜和葬禮都在橫濱的殯儀館舉行，喪主正隆覺得在自家附近舉辦比較方便。

由於無法大肆張揚，所以只有家人和親戚參加葬禮。正隆說：「因爲情況特殊」，他似乎不想讓外人知道父親是強盜殺人案的受害人。

走出化妝室，正準備前往火葬場時，聽到背後傳來一個聲音，「請問……」一個矮小的老年男子有所顧慮地走向她。

雖然今天的葬禮只有通知親戚參加，但還是有幾名弔唁客來參加，不知道他們是從哪裡得知的消息。眼前這個老人也是其中一人，梨乃記得他剛才上了香。他站在原地不動，凝望周治遺照的眼神很嚴肅，合掌祭拜後，遲遲沒有抬起頭。

「請問是秋山先生的孫女嗎？」老人問，「我記得……妳叫梨乃？」

「是。」聽到對方叫自己的名字，她有點不知所措。

「這是我的名片。」

他遞上的名片上寫著「久遠食品研究開發中心　分子生物學研究室　副室長　日野和郎」。

「秋山先生在公司的時候曾經很照顧我，我對於發生這樣的事深表哀悼。」日野鞠了一躬後，抬頭看著梨乃，「秋山先生經常提起妳，雖然我知道這麼做很失禮，但還是忍不住向妳打聲招呼。」

「爺爺提到我……」

「他經常上網查游泳比賽的相關報導，每次看到有關於妳的消息，就會保存在資料夾中，在工作之餘一次又一次地看。他曾經說，他目前最大的期待就是妳能夠去參加奧運，如果這個願望能夠成眞，即使自己的研究工作無法立刻做出成果也無所謂。」

梨乃說不出話，默默地眨了眨眼睛。她太意外了。她在當選手時，周圍的每個人都整天說希望她進軍奧運，只有周治例外。梨乃從來沒有聽他提過奧運這兩個字。

「妳怎麼了？」日野問。

「不……我還以爲爺爺對我游泳的事沒有太大的興趣。」

日野連連點頭。

「秋山先生曾經說，周圍的人都一直激勵妳，一定會造成妳的壓力，所以他絕對不在妳面前提這件事。」

果然是這樣。梨乃對此並不意外。這兩個月和周治頻繁接觸後，親身感受到他眞心爲自己這個孫女的將來感到擔心。

「我只是想告訴妳這件事，對不起，耽誤妳時間了。」日野鞠了一躬，準備轉身離去。

「呃……你剛才提到研究，請問我爺爺是做什麼工作？」梨乃慌忙問道，「因爲是食品公司，所以是研究食物嗎？」

日野瞇起周圍都是皺紋的眼睛，露出淡淡的笑容。

「雖然有時候間接和食物有關，但這並不是我們研究的目的。我們是在開發花卉。」

「花卉？」

「研發新品種的花卉，用科學的力量研發出以前沒有的花卉。」

「啊……是生化科技之類的嗎？」

梨乃說了一個一知半解的名詞，日野笑著點頭。

「沒錯，幾年前，曾經有一家酒廠開發出藍玫瑰，那是自然界沒有的花卉。」

「喔，我聽過這件事。」

「秋山先生也曾經挑戰過藍玫瑰，我也曾經協助他。」

「是嗎？」

「只可惜最後被其他公司捷足先登了，」日野露出寂寞的苦笑，「那時候，大家都安慰秋山先生，之前的研究絕對不會白費。事實上，他的確累積了很多知識。」

「我相信我爺爺在九泉之下聽到你這麼說，也會感到高興。」

日野皺了皺眉頭，聳了聳肩。

「眞的太遺憾了，不知道是誰幹了這麼傷天害理的事……我希望可以早日逮捕凶手。」

「謝謝。」

「那我就告辭了。」日野說完，轉身離開了。梨乃目送著他矮小的背影，內心感到一絲溫暖。周治在公司也受到同事的尊敬，而且在工作的時候，也很關心正在專心練游泳的孫女。

沒想到周治之前的工作是開發花卉——

梨乃似乎稍微瞭解了他熱心栽培花卉的理由。當然，他說的「花不會說謊」也是理由之一，但可能除此以外，還想要延續之前在公司當研究人員時的夢想。

她突然想起那朵花，就是周治說，先不要上傳到部落格的黃花。不知道那朵花現在怎麼樣了。

在火葬場看到周治的棺材送進焚化爐後，梨乃就和其他親戚一起在休息室等待。大家都愁眉不展，說話也有一搭沒一搭的。雖然休息室內準備了簡單的餐點和飲料，但很少有人吃。

梨乃站在窗邊看著外面。外面有一個花圃，夏日的陽光照射在五顏六色的鮮花上。如果周治在這裡，一定會如數家珍地告訴她這些鮮花的名字。

案發至今已經六天了，梨乃他們完全不知道辦案的進度。那天之後，刑警沒有再找過她，聽父親正隆說，警方認爲是單純的強盜殺人，並非熟人所爲。

周治的後腦勺有遭到毆打的痕跡，旁邊丟了一個威士忌的酒瓶，警方認爲那是凶器，但後腦勺上的並不是致命傷，死因是窒息而死。研判可能是周治被毆打昏倒後，凶手用手掐住了他的脖子。

除此以外，梨乃他們目前只知道現金、皮夾和筆電遭竊，室內不見這些物品，但有可能其他東西也被偷了，只是因爲並不知道原本家裡有什麼，所以也無法正確把握到底被偷了什麼。

有一隻拿著杯子的手伸到梨乃面前，杯子裡裝了柳橙汁。轉頭一看，發現是知基。

梨乃說了聲「謝謝」，接過了杯子，喝了一口果汁，忍不住嘆著氣。剛才沒有發現自己口渴了。

這次她並沒有和知基多聊，因爲正隆簡化了儀式，所以葬禮從頭到尾都很倉促。

「梨乃，妳沒事吧？」知基問。

「什麼事？」

「因爲是妳發現了外公，所以我猜想妳是不是受到很大的打擊。」

「喔。」梨乃微微偏著頭，「的確很受打擊，但現在有一種奇妙的感覺，會懷疑這一切不是現實。不過，既然舉辦了這個葬禮，就代表是現實。」

「梨乃，聽說妳常去外公家，我也應該多去看他。以前我經常和哥哥一起去他家住。」知基低頭看著手上的杯子，「現在說這些也太遲了，外公和哥哥都死了。」

聽了知基的話，梨乃忍不住覺得悲劇似乎有連鎖效應。對知基來說，短短三個月就失去了哥哥和外公。

「尙人自殺的事，之後有沒有知道什麼？」

梨乃想要瞭解尙人自殺的動機，知基露出不抱希望的表情搖了搖頭。

「最近我們家裡也很少談這個話題。」

「是喔……」

「有時候我忍不住想，搞不好在那個世界的哥哥本身也無法說清楚。」知基露出淡淡的微笑，「對了，上次家裡人舉辦了尾七，我媽提到一件奇怪的事。」

「什麼事？」

「她說我哥在死前喝了可樂。」

「可樂？」

「桌子上放了杯子，裡面有沒喝完的可樂。我媽哭著說，可能他在死前想要喝可樂，老實說，我覺得有點怪怪的。這種事根本不重要啊，那天雅哉他們也有來，聽了有點不知所措。」

「可樂……喔。」

梨乃忍不住想，自己臨死前不知道想要喝什麼。

「啊，對了，」知基似乎想起了什麼，「他們找到鍵盤手了。」

「啊？」

「雅哉打電話給我，『動盪』樂團已經找到了代替我哥的鍵盤手，他們已經開始練習了。」

「喔，原來是這樣。」

「動盪」是尙人之前參加的樂團名稱。

「雅哉說，雖然不知道能不能成功，但目前先用這種方式重新開始。他們會在最近表演，找我去看，梨乃，妳要不要去？」

「這個嘛……」

老實說，梨乃有點提不起勁，之前是因爲尙人的加入，她才會去聲援。

「我和妳的想法一樣，」知基說，「說句心裡話，對我來說，沒有哥哥的『動盪』根本就是另外一個樂團了，不管他們怎麼發展，都和我無關，但想到雅哉他們的心情，就忍不住難過。如果我不去，他們一定會很介意，也不知道這個樂團是否該持續下去。」

「對喔……也許你說的有道理。」

「所以，我決定去爲他們加油，請他們連同哥哥的份好好努力。」知基揚起下巴，對著天空說。他說話的語氣好像在宣誓。

看著臉上還帶著少年稚氣的表弟，梨乃忍不住感到佩服。哥哥自殺至今不到三個月，知基已經克服了悲傷，而且正在努力長大。

「好，」梨乃說，「我也和你一起去，等他們表演的時間決定後，你再通知我。」

「嗯。」知基點了點頭。

不一會兒，工作人員走了過來，說已經做好讓家屬撿骨的準備。梨乃、知基和其他親戚一起走去焚化爐。

火葬的所有步驟都結束後就散會了，梨乃和父母一起回了橫濱的家，但換好衣服後，決定立刻回位在高圓寺的公寓。母親不滿地問她，爲什麼不住一晚再走？她說還有很多事情要處理，執意離開了。

她並不討厭父母，發自內心地感激他們這些年的支持，但正因爲這樣，如今面對他們時深感痛苦。他們一定整天在想，放棄游泳的女兒以後要怎麼辦，自己卻無法消除他們的煩惱，她覺得這樣的自己很窩囊，也很沒出息。

而且，她還有另一個理由要在今天趕回東京。因爲她想確認一件事。

梨乃換了幾班電車，但沒有回高圓寺，而是在西荻窪車站下了車。她走在六天前走過的路上。回想起來，她很慶幸那天去爺爺家。如果自己沒有去，周治的屍體可能至今仍然沒有被人發現。

不一會兒，她就到了周治家。原本猜想可能有警官守在那裡，但門前沒有人。梨乃巡視了周圍後，走進了大門。

院子內放滿了盆栽，所有的植物看起來都有點垂頭喪氣。因爲這幾天沒有人照顧，所以是理所當然的。她想立刻爲這些植物澆水，但在此之前，她有一件事情要做。梨乃從自己的記憶中喚醒最後一次看到這個院子時的影像。

果然沒錯——她終於確信。

那盆花不見了。那盆黃色的花不見了。

9

「眞的不見了嗎？會不會是妳爺爺把那盆花放到別的地方了？」制服警官打量著院子問道，他的年紀大約三十出頭。

梨乃搖了搖頭。

「不可能，因爲那盆花很重要。」

但是警官露出不以爲然的表情偏著頭，梨乃忍不住焦急起來。

這時，又來了另一名警官。他的年紀稍長，頭髮有點花白。

「怎麼樣？」年輕警官問他。

「我稍微察看了一下房子周圍，沒有異狀，和案發當時差不多。」

「所以，我覺得是在案發時被偷的。」梨乃說。

年長的警官皺起眉頭，「怎麼可能？強盜殺人的凶手不會偷這種東西吧？」

「但是……」

「況且，妳當時爲什麼沒說？」

「那時候我沒注意，今天突然想起這件事。」

「今天才想起？」

「當時只覺得有哪裡不對勁，但一下子沒有想起來。不是經常會有這種情況嗎？」

「我能理解妳說的，但也可能在案發之前被偷了。既然就這樣放在院子裡，根本不知道是什麼時候被人拿走的。」

「但是，我沒有聽爺爺提過這件事。」

「可能只是沒有向妳提起而已。」

「但是……」梨乃說到一半，不知道接下來該說什麼。

她發現那盆花消失後，立刻向轄區分局報了警。原本以爲偵辦這起強盜殺人案的刑警會趕來，但警方似乎認爲她提供的消息並不重要，只派了兩名意興闌珊的警官來這裡做筆錄。

兩名警官離開前對她說，如果還發現什麼狀況，記得和他們聯絡。也許他們內心對梨乃爲這種無聊的事讓他們跑一趟感到很生氣。

梨乃帶著難以釋懷的心情回到了高圓寺的公寓，把行李丟在一旁，倒在床上。

無論怎麼想都太奇怪了。這不可能是有人惡作劇，那盆花爲什麼消失了？

她很在意那朵黃花，那到底是什麼花？

上次梨乃說要把照片上傳到部落格時，爺爺慌忙制止了她。那件事會不會和這起命案有關？

她坐了起來，打開桌上的電腦。

爺爺拍攝的花卉照片保存在梨乃的電腦內。那張黃花的照片也存在裡面，隨時可以上傳到部落格。

鮮豔黃色的花瓣細細長長，好像觸手般伸向四面八方，可能有人會覺得很詭異。

爲什麼爺爺不希望這張照片上傳到部落格？不僅如此，就連花卉的名字，他也說不能輕易說出口。

到底是怎麼回事？當她偏著頭納悶時，突然閃過一個念頭。

要不要把這張照片上傳到部落格？爺爺曾經說，一旦公佈，事情會鬧得很大，但如今爺爺已經離開人世了，事到如今，無論發生了什麼事，也不至於引發什麼大問題，而且，她也很好奇到底會發生什麼事。

她覺得這個主意不壞，立刻行動起來。

雖說是部落格，但平時很少寫像樣的文章，只是貼上照片後，附上爺爺生長記錄筆記上所寫的內容，只有花的種類、產地以及照顧方法而已。

梨乃決定這次寫一些內容，考慮了一下後，她寫下了以下的部落格文：

『各位午安，我是本部落格主人的孫女，感謝各位經常造訪。有一個令人難過的消息，我爺爺日前離開了人世，所以，日後這個部落格不會再更新內容，但爲了能夠和更多人分享爺爺留下的照片，這個部落格暫時還不會關閉。這次的照片是爺爺最後培育的花，因爲他已經離開人世，所以我不瞭解詳細情況，如果有人知道關於這種花的情況，歡迎用電子郵件等方式賜教。』

文章取名為「名不詳的黃花」。

不知道會有怎樣的回應。

但是，她並沒有抱著太大的期待。這只是業餘花卉愛好者的部落格，應該不會有什麼人看。她以前曾經查過瀏覽人數，人數少到讓她懷疑是不是計算錯誤。

她坐在電腦前發呆，手機響了。看到螢幕上顯示的內容，她遲疑了一下。螢幕上顯示了「小關」的名字。

她深呼吸了一下，才接起電話。「喂？」

「喔，是我，小關。」

「是，好久不見。」她自己也意識到語氣很僵硬。

「怎麼樣？最近還好嗎？」

「很好啊，整天忙著讀書和玩樂，歌頌著美好的大學生活。」她在說話時，不由得感到空虛。

「是嗎？那就太好了。」

「教練，你聽起來也很不錯。」

「是啊，我還是老樣子，整天鞭策這把老骨頭繼續努力。我打這通電話沒什麼特別的事，只是想知道妳最近好不好。」

「謝謝，我很好，每天都很開心。」

「那我就放心了。」說完，小關停頓了一下，用低沉的聲音說：「梨乃，妳偶爾也來這裡露個臉啊。」

梨乃抿著嘴唇，她不知道該說什麼。

「不要因爲放棄游泳了，就連人際關係也斷了，大家都很擔心妳，也很想念妳。即使來了，也不需要下水，有時間來走一走，找大家聊聊天嘛。」

「……謝謝。」

「不必著急，等妳有心情的時候再來。」

「好，我會考慮。」

「那改天再聯絡。保重身體，好好加油。」

「好，教練，你也要多保重。」

掛上電話後，梨乃重重地嘆了一口氣。她發現自己的腋下被汗水濕透了。

小關是梨乃讀小學時參加的游泳班教練，即使在上了中學和高中參加游泳隊後，她仍然每週去游泳班幾次，請教練指導她的游泳。她之所以能夠在游泳方面小有成就，完全是小關的功勞。

但是，她已經有將近一年的時間沒有和這位恩人見面。不，她覺得自己沒臉見他。如果教練罵她，她心裡恐怕還好受些，但教練越是用溫柔的話安慰她，越讓她覺得自己很悲慘。

不知道一年後，自己在做什麼。

10

把照片上傳到部落格的翌日就收到了回應。梨乃的電腦收到了一封電子郵件，內容如下：

『冒昧寫這封電子郵件，我是住在東京的蒲生。

我看了部落格，可以感受到妳對令先祖的深厚感情，衷心祈禱他在另一個世界安息。寫這封電子郵件的目的，是關於妳最後上傳的照片。關於那朵花，我有重要的事想要和你討論。

我知道提出這樣的要求很失禮，但是否可以見一次面。無論妳指定任何時間和地點，我都會前往。

我絕對不是可疑人物，在此留下我的電子郵件信箱、手機、住家的電話和地址，請妳和我聯絡。靜候佳音。

蒲生要介

＊恕我冒昧，請問令先祖是因病去世嗎？請問是什麼疾病？另外，關於那張黃花的照片，強烈建議妳立刻刪除，同時即時關閉該部落格。』

梨乃重複看了幾次，不禁感到愕然。

這封電子郵件的內容不像是惡作劇。對方留下了自己的姓名和電話，而且，最好刪除照片的建議和周治之前說的話完全一致。

她完全沒有料到上傳照片後，會收到這樣的反應。也許那朵花眞的隱藏了什麼秘密。

梨乃立刻上了網，原本只打算刪除那張照片，但越想越不對勁，最後乾脆關閉了部落格。

之後，她又重新看了那封電子郵件。

那個叫蒲生的人詢問周治的死因這件事也讓她感到好奇。對方似乎認爲周治很可能是病故，但他爲什麼想知道病名？

左思右想後，梨乃決定寄電子郵件回覆對方，問他到底要討論什麼事，以及那朵花是否涉及什麼問題。

梨乃很快就收到了回覆。回覆中寫道，因爲事情太複雜，無法用電子郵件詳細說明，即使寫了，恐怕也無法讓人相信，所以務必見面詳談。最後還補充說，我絕對不是想欺騙妳。

梨乃不禁煩惱起來，對方可能發現自己是年輕女子，所以不懷好意，但是，她很想聽對方說到底是什麼事，也許對方能夠猜到那盆黃花爲什麼會消失，搞不好可以提供周治遭到殺害的線索。

去和他見一面。梨乃下了決心。約在白天人多的地方見面，應該不必擔心遭遇危險。

她用電子郵件表達了自己的意思後，立刻收到了回信。對方很高興，而且鬆了一口氣，之前似乎擔心她心生畏懼而拒絕。

梨乃和他約定在表參道上的一家露天咖啡店見面。爲了方便聯絡，也留了手機號碼。她打算一旦遇到麻煩，就立刻去換手機。她沒有告訴對方自己的眞實姓名。

翌日下午，梨乃前往約定的地點。表參道上依然人山人海，有年輕人，也有老人；有正在約會的情侶，也有像是觀光客的團體，各式各樣的人在街上走來走去，也有不少外國人，簡直就像來參加廟會。

她來到約定的那家咖啡店，有一半的桌子坐滿了。

數公尺前方，一個身穿西裝的男人倏地站了起來，看著梨乃。他的桌子上放了一個褐色小紙袋。那是他們約定的暗號。

當她走近時，他恭敬地低下頭說：「請問是黃花的小姐嗎？」

「是，你是蒲生先生……嗎？」

「對，勞駕妳跑這一趟，深感惶恐。」他很流利地說出這句硬邦邦的話，可能平時很習慣這麼說吧。「請坐。」

梨乃坐了下來，他舉起一隻手，叫來了服務生。

「請點喜歡的飲料，不要客氣。」

雖然他這麼說，但梨乃不可能點太貴的飲料，最後點了一杯柳橙汁。

他從上衣口袋裡拿出名片。梨乃接過名片，迅速看了一眼。『Botanica Enterprise　代表　蒲生要介』。

「Botanica是？」

「植物學的意思，我們公司專門蒐集世界各地有關植物學的資訊。」

梨乃甚至不知道有這種企業，只能不置可否地點點頭。

他又從皮夾裡拿出汽車駕照放在她面前。

駕照上的照片正是眼前這個人，名字也的確是蒲生要介。梨乃根據他的生日計算了一下，他今年三十七歲。

「怎麼樣？」

「我知道，這是你的眞名。」

「太好了，至少先證明了這件事。」他露齒而笑，把駕照收了回去。

梨乃憑直覺認爲蒲生要介很値得信賴。他的五官很精悍，姿勢很挺拔，而且整個人感覺很清爽。不知道是否從事什麼運動，體格也很好。

「我要報上姓名嗎？」

他搖了搖頭。

「現在還不需要，等妳完全相信我之後再說。我仔細看了令先祖拍的照片，每一張照片都很出色，我很驚訝，也很佩服他居然培育了這麼多稀有品種。令先祖似乎很喜歡花。」

「那是他最大的樂趣，雖然他從來沒有提過，但我相信他很希望和世界各地的人分享自己悉心培育的花卉，所以由我在部落格上介紹。」

「請問令先祖的年紀……？」

「七十二歲，我也是在葬禮時，才知道他的正確年紀。」

「這種情況很常見。七十二歲嗎？恕我冒昧，請問有沒有聽令先祖提過MM事件？兩個英文字母的M。」

「MM事件？我沒聽說，那件事怎麼了？」

「不，如果沒聽過就算了。只是閒聊，請忘了吧，但是，眞是太遺憾了。令先祖是什麼時候去世的？」

「就是不久之前，」梨乃掐指計算著，「還不到一個星期。」

「是嗎？是因爲生病嗎？」

「不，」梨乃回答之後，抬眼看著對方的臉，「你爲什麼這麼在意我爺爺的死亡原因？」

「不，我並沒有很在意，只是好奇是生什麼病而去世的。如果讓妳感到不舒服，我向妳道歉，妳也不需要回答。」

騙人。梨乃忍不住想道，這個話題當然不可能到此爲止。

柳橙汁送了上來。她拿起杯子，沒有用吸管就大口喝了起來。然後露出有點不知所措的表情看著蒲生說：「我爺爺不是生病死的。」

「是嗎？所以是意外身亡？」

「不是。」梨乃搖了搖頭，巡視周圍後，壓低聲音說：「他是被人殺害的。」

蒲生臉上的表情頓時消失了，那並不是驚訝，梨乃感到有點意外。通常聽到這種事，不是都會露出膽怯的表情嗎？

「在家裡嗎？」蒲生的聲音似乎比剛才更冷靜。

「是。我爺爺一個人住，白天時強盜闖進家中殺害了他。目前還沒有抓到凶手。」

「是嗎？眞是太令人痛心了。令先祖住東京嗎？」

「對，有什麼問題嗎？」

「不，只是覺得東京的治安果然不太好。」

「我也這麼覺得。當初是我發現了屍體，我一輩子也不會忘記當時的情景。更無法相信居然有人會做這麼殘忍的事。」

「是妳發現的……原來如此。」蒲生眉頭深鎖。

「蒲生先生，」梨乃正視著他的雙眼，「你是因爲看到我爺爺最後培育的黃花照片，所以才和我聯絡。你說關於那朵花有事要和我討論，請問是什麼事？」

蒲生愣了一下，眨了眨眼睛。

「對不起，」梨乃道歉說，「突然改變話題，你嚇了一跳吧，只是我並不覺得自己改變了話題。」

「妳的意思是……」蒲生露出銳利的眼神，「妳認爲令先祖遇害的事件和那朵花有關嗎？」

「目前還無法確定。」

蒲生探出身體，「可不可以請妳把詳細情況告訴我？」

但是，梨乃對他搖了搖頭。

「請你先說，因爲今天我們是爲了這個目的見面，由我先說就太奇怪了。」

蒲生露出深沉的表情，但立刻點了點頭。

「妳說得沒錯，好，就這麼辦，但是，在此之前我想請教一下，令先祖是從哪裡得到花的種子？」

「花的種子……嗎？」

「要讓花開花，必須要有種子，還是有人把那盆花送給他？」

「不，不可能，他曾經告訴我，每盆花都是他親自培育的。」

「所以，那盆黃花應該也有花種。」

「沒錯，」梨乃摸了摸耳後的頭髮，「不瞞你說，我也不太清楚，當我看到時，已經種在花盆裡了。」

「原來如此。」

「請告訴我那朵花是怎麼回事？你在電子郵件中提到，希望我立刻刪除那張照片，請問爲什麼？我爺爺也說過同樣的話，叫我不要把照片上傳到部落格，所以，在他去世之前，我都沒有上傳。」

「是嗎？令先祖也這麼說……」蒲生陷入了沉思。

「請問到底是怎麼回事？」

蒲生巡視周圍，似乎擔心被別人聽到，然後緩緩喝了口咖啡。他似乎在猶豫。

「蒲生先生——」

「不瞞妳說，」他終於開了口，「那是一種特殊的花卉，是人工培育的，自然界中並不存在這種花。」

「人工培育……」梨乃想到最近曾經聽過類似的話，「是運用生化科技嗎？就像藍玫瑰一樣？」

「沒錯，」蒲生用力點頭，「妳很瞭解嘛。」

「聽說我爺爺以前曾經做過類似的研究，只是我也是最近才知道。」

「令先祖嗎？原來是這樣。」

「所以，這代表是我爺爺用生化科技創造了那種花嗎？」

「不，應該不是這樣。去年，某個研究機構開發了那種花，製法完全保密，也還沒有公佈已經開發出這種花。」

「爲什麼我爺爺會有那種花……？」

「問題就在這裡。爲什麼極機密的花會出現在研究機構以外的地方，只有一個可能。」蒲生豎起食指，「就是有人把花種帶出來。」

梨乃忍不住皺起眉頭，「你是說，我爺爺把花種偷了出來？」

「不，我並沒有這麼說，但令先祖和偷花種的人可能有某種關係。」

「這……」

梨乃很想說，這怎麼可能，但既然周治讓那花種開了花，無法斷言完全沒有關係。

「所以，妳現在應該可以理解我爲什麼建議刪除花的照片了，幸好那個研究機構的人似乎並沒有發現令先祖的部落格。妳今後也絕對不要給別人看，不，我建議完全刪除那張照片，否則一旦被人發現，恐怕會引起後患。」

「那個研究機構是什麼地方？是哪一家公司嗎？」

「嗯，差不多吧。」

「你和那個研究機構有什麼關係？」

「關於這個問題，我無法透露詳情，只能告訴妳，我正在針對這個問題進行調查。」

梨乃把握緊的雙手放在桌上。

「我剛才也說了，那朵花可能和我爺爺的死有關。事實上，那盆花也消失了。我認爲很可能是殺害我爺爺的凶手偷走的。」

「那盆花……是嗎？」蒲生臉上的表情更凝重了。他垂著雙眼，開始沉思起來。

梨乃拿起皮包，從裡面拿出一張紙，上面寫著她的名字和電話。她把紙放在蒲生面前。「這是我的名字。」

「秋山梨乃小姐，很好聽的名字。」

「如果你查到什麼消息，可不可以通知我？任何細微的事都無妨，只要和我爺爺的命案有關，任何事都無妨。」

他輕輕搖了搖頭。

「妳最好不要再和那種花有任何牽扯，這件事就交給我吧，等我解決所有的問題時，會主動聯絡。在此之前，妳最好置身事外，這是爲妳著想。」

「你覺得我會接受嗎？根本不可能。」

「這和妳能不能接受無關，這不是小孩子的遊戲。」蒲生低沉的聲音很冷漠，讓梨乃的心一沉，忍不住挺直了身體。

「對不起，」他立刻道了歉，「俗話不是說，術業有專攻嗎？命案的事就交給警方，花的事就交給我來處理。外行人插手，很可能會造成無可挽回的後果。」

「既然這樣，那我就不會再告訴你任何事。」梨乃拿起寫了自己電話的紙。

「沒問題，不光是我，妳最好不要對任何人提起這件事。但是，請妳答應我一件事，如果發現了那個花種，請立刻通知我，沒問題吧？」

梨乃收起下巴，瞪著蒲生，「我無法答應你，你太自私了。」

「如果妳不想交給我，就請把所有花種都丟掉。我要再次重申，這是爲妳著想。」蒲生說完，抓起帳單站了起來。

11

星期六傍晚，蒲生蒼太抵達了東京車站。抵達時間一如預期，只要走到大手町，再搭地鐵就可以到家。

他隨著電車一路搖晃，回想起上次省親時的事。兩年前，半夜接到母親志摩子打來的電話，說父親眞嗣病危，請他立刻回家。翌日，他搭第一班新幹線回到家中，眞嗣的情況並沒有好轉，最後，眞嗣沒有再度清醒就離開了人世。

蒼太之前就聽說父親的身體狀況不佳，但沒想到父親罹患了癌症。

「不要告訴蒼太，目前對他來說是重要的時期，不要因爲這種事影響他讀書。」據說眞嗣這麼吩咐母親。

沒想到癌症的惡化速度超乎想像，病情越來越嚴重。在志摩子決定隔天要通知蒼太的那天晚上，眞嗣陷入病危。

蒼太的內心很複雜，對於在父親臨終無法和他交談並沒有感到太遺憾，反而有一種近似灰心的心情，覺得和父親之間的緣分不過如此而已。所以，無論在守靈夜和葬禮上，都帶著事不關己的冷漠心情。

到頭來，我和那個人之間到底算是什麼關係？

蒼太在讀小學三年級時，才知道自己是父親和續弦之間所生的孩子。告訴他這件事的並不是父親或母親，而是附近鞋店的老闆，而且並不是蒼太去那家店，只是在放學時路過那家店時，老闆看到他胸前的名牌，「喔，原來你是蒲生家第二個太太的小孩，長這麼大了。」

剛聽到的時候，他還以爲老闆是說「蒲生家第二個小孩」，但事後回想起來，才想起中間還有「太太的」這幾個字。

回家之後，他把這件事告訴了母親。志摩子露出沉思的表情後說：「我正在忙，晚一點再告訴你。」

最後是眞嗣告訴了他事情的原委。在「你要心情平靜，好好聽清楚」這句開場白後，眞嗣告訴蒼太，志摩子是他的第二任太太，前妻在生下要介的數年後病故了。

「事情就是這樣，所以，你是蒲生家的兒子這件事並沒有任何改變，你不必放在心上。」眞嗣用這句話做了結論。

蒼太聽了之後，對很多事感到恍然大悟。難怪他和哥哥要介相差十三歲，難怪志摩子對要介的態度總是有點畏縮。

那天之後，蒼太看父親和哥哥的眼神和以前不一樣了，他覺得他們父子兩人的牢固結合不容他人介入，他至今仍然可以清楚地回想起象徵這件事的景象。那就是入谷的牽牛花市集。他每次都走在眞嗣和要介的身後，走在前面那對父子的眼中完全沒有跟在他們身後的續弦和兒子。
眞嗣前年去世了，蒼太不知道要介去年和今年有沒有去牽牛花市集，他甚至不願意回想起牽牛花市集的事。
他在想這些事時，電車到站了，他拎起大行李袋站了起來。
蒼太從小長大的環境有很多老舊的日式房屋，屬於老住宅區。蒲生家的房子屋頂採用了九脊頂的樣式，在附近一帶很引人注目。
家門口停了一輛黑色計程車，司機正在駕駛座上看體育報。車前方的燈不是顯示「空車」，而是「載客中」，可能在等乘客吧。
蒼太走進純日式的大門後，默默打開了玄關的門。小時候他總是精神百倍地對著屋裡喊：「我回來了」，他不記得自己從什麼時候開始，進家門也不再吭氣了。
正在脫鞋子時，旁邊房間的門打開了。那是眞嗣以前的書房，要介從裡面走了出來。他穿著白襯衫，還繫了領帶。
「蒼太，原來是你。」要介說話時的表情並沒有太驚訝，手上拎了一個鼓鼓的紙袋，裡面似乎裝滿了書籍和資料。
「嗯，」蒼太點了點頭問：「媽在哪裡？」
「在客廳。綾子姑姑來了，正在商量明天的事。」
「是喔。」

原來停在家門口的計程車在等姑姑。蒼太腦海中閃過這個念頭時，要介開了口，「我從今晚開始加班，這幾天不會回來，一切拜託了。」

蒼太聽了，忍不住瞪大眼睛，「這幾天不回來？那明天的三年忌呢？」

「沒辦法，所以才說拜託啊。」要介沒有正視弟弟的臉，開始穿皮鞋。

「蒲生家的長子缺席嗎？」

「所以啊，」要介穿完鞋子後，直視著蒼太說：「由次子出席，有什麼問題嗎？」

「等一下，我根本不知道這件事。」

「我現在不是告訴你了嗎？這樣就夠了，既然你已經是大人了，就要好好協助媽。」

「這——」

原本他想要說「這太荒唐了」，但聽到背後有動靜。走廊盡頭的門打開了，志摩子探出頭。

「啊，蒼太，原來是你。」

「啊……我回來了。」

「你回來了。要介，你不是趕時間、車子在外面等著嗎？」志摩子看著要介說。

「我正要走，那明天的事就拜託了。」

「好，你不用擔心，我們會處理妥當的。」

要介點了點頭，瞥了蒼太一眼，簡短地說了聲：「拜託囉」，就走了出去。原來剛才要介是搭那輛計程車回家的。

要介走了之後，志摩子對蒼太又說了一次：「你回來了。」

「這是怎麼回事？哥哥不參加三年忌嗎？」

「他要工作，沒辦法參加。」

「為什麼？我也是排除萬難回來的啊。」

志摩子沒有回答，走了進去。蒼太嘟著嘴，跟在她身後。

眞嗣的親妹妹矢口綾子正坐在客廳喝紅茶，「蒼太，好久不見了。」

「姑姑，好久不見。」蒼太深深鞠了一躬。

「你好像一回來就很不高興。」

「我才沒有呢。」

「你現在的表情和小時候一模一樣。雖然個子長高了，但還是老樣子。」綾子大聲說完後，哈哈笑了起來。她的頭髮染成花俏的顏色，身上披了好幾件不知道是哪個國家的衣服。她氣色很好，皮膚也富有光澤。雖然她只比眞嗣小七歲，卻完全看不出年紀。

蒼太沒有吭氣，她皺著眉頭。

「不要鬧彆扭，小蒼，別擔心，我理解你的心情。明天會有很多親戚，所以一定要表現出你的氣勢。今天我帶來特大號的。」

綾子的伴手禮是鰻魚。她嫁入日本橋一家歷史悠久的日本料理店，她的丈夫也會親自下廚。

「謝謝。」蒼太道了謝。他覺得自己的回答很蠢。

蒼太回到自己的房間，正準備要把行李拿出來，聽到敲門聲。「我是姑姑，可以進去嗎？」是綾子的聲音。

蒼太打開門，「怎麼了？」

「嗯，我想在回家之前和你談一談。可以嗎？」

「當然可以啊。」

綾子跪坐在房間的正中央，一臉懷念地環視著八帖榻榻米大的房間。

「你知道這個房間以前是我住的嗎？」

「我聽說過。」

「那時候還沒有這麼漂亮的壁紙，」綾子說完後笑了笑，立刻恢復了嚴肅的表情，「小蒼，你不打算回家嗎？」

「呃……」

「你不可能一直都留在大學吧？以後有什麼打算？」

這個問題很難回答。蒼太摸著自己的頭髮。

「無論你做什麼，我都覺得沒關係，只在意你對要介的看法。你果然不喜歡他嗎？」

蒼太驚訝地抬起頭，綾子的嘴角露出笑容，「果然是這樣。」

「不，不是這樣……」

「沒關係，不必掩飾，志摩子告訴我了。你雖然不討厭他，卻不知道怎麼和他相處吧？或者說合不來。」

綾子說對了。蒼太對志摩子察覺到自己的想法並不感到意外，身為母親，當然會發現。

蒼太沒有回答，綾子緩緩站了起來，走到窗邊，拉開了窗簾，看向窗外。

「從這裡看出去的景色沒有太大的改變，不管過了多久，還是老街的景象。」

「姑姑……」

「小蒼，我也和你一樣。雖然我和你爸爸是親兄妹，有時候覺得和他之間有隔閡。雖然不是一直都這樣，但有時候就是覺得和他之間好像隔了一道牆，又覺得他好像有什麼事在隱瞞我。」綾子背對著窗戶，看著蒼太說。「但是，那是不可觸碰的部分。」

「啊？」他看著姑姑的臉。

「那是我小時候的事，院子裡有一棟小房子，大人叮嚀我，不可以去那裡，只有爸爸和哥哥可以去。他們父子兩人不時走去那裡，不知道在裡面幹什麼。我很好奇，想要去偷看，結果被發現了，挨了一頓臭罵。」她凝望遠方後，再度看著蒼太，「如今說這種話，或許你沒什麼眞實感，但當繼承人並不是一件容易的事，除了財產以外，更必須繼承義務和責任。在這一點上，你和我都很輕鬆，不需要考慮這種事。」

姑姑的話完全出乎他的意料。向來開朗的姑姑第一次和他聊這類事情，最讓他驚訝的是，原來自己身邊有人和自己有相同感受。

「也許你不太能接受，但我希望你知道一件事，我們這些親戚根本不在意你媽媽是續弦這件事，對你也一樣，只覺得你是蒲生家的次子，所以，你不需要感到自卑。」

蒼太不知道該如何回答，所以沒有吭氣。綾子不知道對他的反應有何解釋，笑著拍了拍他的肩膀說：「趕快回來東京，讓你媽媽放心吧。」說完，她站了起來，「那就明天見囉。」

聽著姑姑走下樓梯的聲音，他猜想應該是志摩子爲這件事向她求助。

12

翌日的三年忌在埋葬蒲生家祖先的寺院舉行，歷代祖先的墳墓都在寺院旁的墓地內。法會結束後，又去掃了墓，之後去了熟識的料亭用餐。這場小型法會只有不到二十名親戚和朋友參加，志摩子代表蒲生家致詞，蒼太只要默默坐在那裡就好。

吃完飯，志摩子說要回去寺院打招呼，蒼太和她道別後，獨自返回家中。他穿著西裝很熱，就脫下上衣，搭在肩上，又覺得繫領帶很不習慣，邊走邊解開了領帶。

來到家門口時，發現有一個年輕女人站在門口。她一頭短髮，個子很高，身材很勻稱。T恤外穿了一件白色襯衫，緊身牛仔褲裹住的雙腿很修長。

女人似乎在猶豫要不要按裝在門柱上的門鈴。

「呃，」他在女人的背後開口問道，「有什麼事嗎？」

女人驚訝地挺直身體，慌忙轉過頭。她的五官看起來很年輕，年紀大約二十歲左右。

「啊！」她用手掩著嘴，「對不起。」

「不，不用道歉……找我家有什麼事嗎？」

「喔，對，請問……」她用手掌指著門，「這裡是蒲生要介先生的府上吧？」

「要介是我哥哥。」

「喔，原來你是他弟弟……」

「妳呢？找我哥哥有事嗎？」

女人尷尬地抿著嘴，蒼太立刻覺得好像在哪裡見過她，卻又想不起來。

「請問，」她看向房子，「公司也在這裡面嗎？」

「公司？」

「我是問波坦尼卡安特普來茲。」

雖然她說話的速度並沒有很快，但蒼太聽不清楚她在說什麼，所以就問：「妳說什麼？」

她從皮包裡拿出一張名片，看到名片上的內容，蒼太瞪大了眼睛。

「這是什麼？Botanica Enterprise是什麼？」

「你不知道嗎？」她驚訝地皺起眉頭。

「不知道，也沒有聽過。」

聽到蒼太的回答，她一臉呆然，眼神飄忽起來。蒼太看著她的表情，突然想起來了，情不自禁地「啊」了一聲。

「妳該不會姓秋山吧？」

她的表情立刻緊張起來。蒼太看到她的表情，立刻確信自己沒有猜錯。

「我果然猜對了。秋山小姐……妳是游泳選手秋山梨乃小姐吧？」

她沒有回答，把名片收回皮包後，轉身準備離開，蒼太慌忙抓住她的肩膀。「妳等一下。」

「放開我。」她甩開蒼太的手，狠狠瞪著他。

「啊，對不起，但是爲什麼奧運選手會來找我哥哥？難道和奧運有關嗎？」

「怎麼可能嘛，況且我已經不是奧運選手了，也不再游泳了。」

「喔……是喔，那爲什麼？」

她不悅地把頭轉到一旁，「我有事要找蒲生要介先生。」

「我哥哥不在，這幾天都不會回家。剛才的名片是怎麼回事？是我哥哥給妳的嗎？」

「是啊……爲什麼你不知道？」

「我還想問妳呢。我哥哥根本不是公司職員。」

「那他是幹什麼的？」

蒼太不知道該不該回答，但如果自己隱瞞，就無法從她口中問出任何情況。

「蒲生要介是公務員，而且是在警察廳上班的公務員。」

住家附近新開了一家咖啡店，蒼太和秋山梨乃一起走進店裡，面對面坐在桌子旁。

「感覺很奇怪，我居然和以前只能從網路和電視上看到的人在一起。」

梨乃喝了一口拿鐵，撇著嘴角。

「你居然會認出我，通常大家都不記得。」

「是嗎？我們之前經常討論妳，說參加奧運的女子游泳候補選手中，有一個超漂亮的正妹。啊，這不是奉承話。」

梨乃重重地嘆了一口氣。

「雖然聽到這種評價不至於不高興，但身為選手，還是應該讓人注意到成績和名次。」

「但正因爲妳的成績和名次也很厲害，所以才能成爲候補選手啊。」

「曾經有一段時間而已，但無法持續下去，就失去了意義。」梨乃皺了皺鼻子，在面前搖著手，「別說這些了，我更想知道你哥哥，到底是怎麼回事？」

「在回答之前，請先讓我發問，妳和我哥哥是什麼關係？你們是在哪裡認識的？」

「他什麼都沒跟你說嗎？」

「我昨天剛回來家裡，我和哥哥已經兩年沒見面了，之前的感情也很淡薄。我對那個人不太瞭解。」

「那個人……他不是你的親哥哥嗎？」

「說來話長，總之，希望妳先說說和我哥哥的關係。」

「一定要我先說嗎？」

「如果我沒有搞清楚這件事，也不知道該告訴妳什麼啊。」

梨乃皺著眉頭想了一下，隨即看向蒼太。

「好吧，現在和你耍心機也沒用，那我把告訴你哥哥的事也告訴你，你也不可以對我有任何隱瞞，你答應嗎？」

「好，我答應。」

梨乃喝了一口拿鐵潤了潤喉，開始說了起來。她說的內容很複雜，而且有時候前後顛倒，蒼太忍不住插嘴問了好幾次。她露出不耐煩的表情，但還是向他說明。

「以上就是我和蒲生要介先生之間的對話，知道了嗎？」

「瞭解了大致的過程。」

「我還是無法接受。雖然他叫我不要和那種花有任何牽扯，但我才不會因爲他說了那句話就退縮，因爲很可能和我爺爺的死有關。」

「所以妳來我們家，是想要向我哥哥問清楚嗎？」

「對。」她點了點頭。

「原來如此。對不起，我只好這樣了。」蒼太微微舉起雙手。

「什麼意思？」

「就是舉手投降，我完全不知道我哥哥爲什麼會對花產生興趣，也不知道他爲什麼叫妳不要牽扯這件事，更不知道爲什麼要用波坦尼卡什麼東東的假公司名字。我完全沒有頭緒。」

梨乃抱起雙臂，靠在椅子上，「你不是在裝糊塗吧？」

「我為什麼要裝糊塗？聽了妳的話，我也很驚訝，滿腦子都是問號。」

「那你可以直接問你哥哥，到底是怎麼回事。」

她的意見很中肯，但這次換蒼太把身體靠在椅背上。「如果能夠這麼做，我就不必傷腦筋了。」

「為什麼？」

「既然他為了隱瞞身分不惜印假名片，可見除非有特殊情況，否則不可能向別人透露詳情。即使我問他也沒有用，而且我剛才也說了，他這幾天不會回家。」

「什麼意思嘛，那我告訴你這些事根本沒有意義。」

「先別急著下結論，我打算趁這個機會好好瞭解那個人，妳剛才說，他自稱是植物專家。」

「正確地說，他說自己專門蒐集這方面的資訊。」

「是嗎？雖然那家叫波坦尼卡什麼東東的公司名是假的，但他的確對植物有濃厚的興趣。更正確地說，是我哥哥和死去的父親都很有興趣。」

「你父親是植物學家嗎？」

「完全不是，我老爸也是警察，但有很多植物方面的相關資料。」

蒼太在說話時，想起要介從眞嗣的書房走出來時，提了一個裝了書籍和資料的紙袋走出來，會不會是有關植物的資料？

「妳有沒有帶那朵花的照片？就是妳爺爺最後培育的黃花。」

「我手機裡有。」

「可不可以給我看一下？」

秋山梨乃把放在一旁的皮包拿了過來，從裡面拿出手機，用指尖操作後，遞到蒼太面前。「就是這個。」

蒼太接過手機，注視著液晶畫面。那是一種花瓣和葉子都極其細長的花，但是獨特的形狀喚醒了他的記憶。

「怎麼樣？」梨乃問。

蒼太舔了舔嘴唇後開了口。

「這個可能是……牽牛花。」

「牽牛花？這個嗎？你開玩笑吧？牽牛花不是應該更圓嗎？」

「廣爲人知的牽牛花的確像妳說的，但牽牛花有各種不同的品種，有一種名叫變種牽牛花的種類，很容易發生突變，經過人爲加工，可以培育出各種形態的花。以前我看過家裡的書，記得裡面有這種形狀的牽牛花，只是不記得名字了。」

「喔，原來還有這種牽牛花。」

「但是，」蒼太說，「如果這是牽牛花就很不得了，也許眞的是人工製造出來的。」

「爲什麼？」

秋山梨乃露出納悶的表情問，蒼太看著她的臉說：

「改變花或葉子的形狀並不稀奇，問題在於顏色。我對牽牛花並不是很瞭解，但我知道一件事，這個世上並沒有黃色的牽牛花。」

13

早瀨和柳川在傍晚六點多回到搜查總部，去向各方打聽的人員已經有好幾個人回到了會議室，正圍著搜查一課的主任說話。

「喔！」主任向早瀨他們舉起手，「辛苦了。」

他並沒有問他們「情況怎麼樣？」，因爲他知道他們毫無收穫。如果有什麼値得一提的事，柳川早就得意洋洋地通知他了。

柳川向早瀨使著眼色，示意他報告一天毫無收穫的工作情況。早瀨打開記事本，向前踏出一步。

「我們去見了賣主，他是三十二歲的上班族，單身，住在江東區清澄的公寓。他賣出的那台電腦是三年前買的，主要在家裡上網，但最近買了平板電腦，使用平板電腦更方便，所以就把舊電腦賣了。」

「有沒有人可以證明？」

「他有一個正在交往的女朋友，曾經去過他家幾次，他說他女友應該會記得他有這台電腦。案發當天他在公司上班，在下班之前都沒有離開。這件事已經向公司的人事部門確認無誤。我們也問了他女友的電話，要向她確認嗎？」

高大肥胖的主任皺著眉頭搖了搖頭，他的臉頰也跟著搖晃起來。

「沒這個必要吧。辛苦了，對了——」他轉頭看向直屬部下柳川，「有人要見你們，你和早瀨一起去三樓的小會議室。」

柳川訝異地皺起眉頭，「是誰啊？」

「去了就知道了，不必擔心，不是什麼重要的事。」主任說完，又和其他下屬繼續討論。

早瀨看著柳川，但警視廳的年輕刑警似乎也猜不到是怎麼回事，對他偏著頭。

「那就去看看吧。」早瀨說，柳川很不甘願地點了點頭。

在本案成立搜查總部後，早瀨才和柳川一起搭檔，所以，如果有人要見他們，代表是和本案有關的事，但早瀨完全猜不到會是什麼事。案發至今已經兩個多星期了，遲遲無法找到任何線索。

早瀨他們目前正在追查被害人秋山周治家中遭竊的物品。因爲如果是爲錢財殺人，很可能會把這些偷竊的物品變現。今天也收到業者的消息，說買到一個和遭竊筆電型號相同的筆電，所以他們去找了一個住在江東區的上班族問話。

敲了敲小會議室的門，裡面傳來「請進」的聲音。早瀨打開了門，坐在會議桌前的男人剛好站起來。他看起來不到四十歲，體格很好，穿西裝很好看。而且他眼神銳利，早瀨以爲他是刑警，但很快就發現並不是。在第一線奔波的人不可能有這種氣質。

「兩位是早瀨巡查部長和柳川巡查吧？」男人輪流看著他們兩人，他先說早瀨的名字，是因爲他的警階比較高。

「是。」早瀨回答。

「不好意思，在你們忙碌的時候上門打擾，這是我的名片。」

看到他遞過來的名片，早瀨內心不由得緊張起來。他最先看到了「警察廳」這三個字，但是對名片上出現的頭銜感到納悶。因爲上面寫的是「生活安全局」，眼前這個男人是「遏制犯罪對策室　室長　蒲生要介」。照理說，如果警察廳要插手案子的偵查工作，應該會派刑事局的人過來。

「請問找我們有什麼事嗎？」早瀨拿著名片問道。

「兩位請先坐下再說。」蒲生笑著請他們坐下。

早瀨和柳川互看了一眼，慢吞吞地坐了下來。坐下之後，發現桌上放著的檔案資料很眼熟，旁邊的筆電也打開著。

「今天請你們來，不是爲別的事，就是想瞭解目前在這裡設立了搜查總部的西荻窪獨居老人住家強盜殺人的事件。隨著人口的高齡化，獨居老人的比例迅速增加，他們也逐漸成爲犯罪的目標，除了常見的電話詐騙以外，類似本案的強盜事件也層出不窮。爲了分析這些老人爲什麼會成爲犯罪標的，所以我們開始向多位偵查員瞭解情況。不好意思，可不可以佔用你們一點時間？」蒲生口齒清晰地侃侃而談。

太奇怪了。早瀨暗自感到不解。如果是已經結案的案子也就罷了，爲什麼要調查正在偵辦的案子？

「你想要知道什麼？」因爲柳川悶不吭聲，早瀨只好開口問道。

蒲生拿起桌上的資料。

「根據調查資料顯示，你們兩位負責調查死者的交友關係。」

「是啊，有什麼問題嗎？」

本案的被害人很少和他人交往，完全沒有發現任何可能會導致命案的糾紛。搜查總部認爲，即使這起命案是熟人所爲，也不是因爲仇殺，而是爲了財物，所以將偵查重點放在現場的遺留物品，以及可能被偷走的物品上，他們兩個人目前也加入了物證組。

「根據這份報告，」蒲生低頭看著資料，「被害人在退休後，仍然以派遣的身分繼續在原本的食品公司上班。」

「是，我記得派遣期間是六年。」

「被害人的年齡是七十二歲，所以說，他六年之前還在工作。他所在的部門是植物開發研究室，請問工作內容是什麼？」

聽了蒲生的問題，早瀨拿出記事本。身旁的柳川似乎完全無意回答。

「聽說是運用生化科技培育新種植物。」

「具體培育了什麼花？」

「這個嘛，」早瀨偏著頭，「這就沒問了，我這裡有資料，查一下可能會知道。」
蒲生在手邊的筆電上敲打著，「他在職場的風評如何？」
「還不錯，應該說，大部分都是正面的評價。」
「比方說？」
「比方說……很照顧後輩，還有工作很認眞之類的，對他的技術也有高度肯定，所以，即使退休後，仍然繼續僱用他六年。」
早瀨轉頭看向柳川，問了聲：「對吧？」徵求他的同意，但柳川似乎決定當一個徹底的旁觀者。他可能猜不透警察廳的人此行有什麼目的，擔心稍不留神，可能會引起後患。
蒲生又敲打著筆電鍵盤，「他沒有仇人嗎？」
「在我們調查的範圍內，並沒有發現。」
「資料顯示，他六年前退休後，幾乎沒有和老同事見面，他沒有關係特別好的同事嗎？」
「好像是這樣，聽說他堅持不在公司外和同事來往。報告上也提到，附近的鄰居證實，幾乎沒有訪客去被害人家。」
「但並不是完全沒有，所以屍體才會被發現。」
「最近他的孫女不時去他家，但也只有他孫女而已。」
「被害人之前有手機，有沒有調查通話紀錄？」

「偵查資料上應該已經寫了。」

「我看了偵查資料，但心想可能有什麼新消息。」

早瀨搖了搖頭。

「就只有資料上所寫的那些內容而已。被害人的手機在兩年前解約，目前只有市內電話。市內電話平時也很少使用，最後一次打電話是在案發的三天前，打去聽天氣預報。那台是舊式電話，也沒有承租來電顯示功能，所以無法得知來電號碼。」

「瞭解了，」蒲生低頭看著資料，「關於遭竊的物品，除了上面所寫的內容以外，有沒有什麼新發現？」

「不，應該沒有。」

「遭竊的皮夾中應該有信用卡，目前有沒有被盜刷的紀錄？」

「沒有，如果有的話，我們就能夠循線追查。」

「但是，通常發生這種案子，凶手會在信用卡報失之前就大量盜刷。」

「可能凶手沒有預料到屍體這麼快就被發現，畢竟被害人是獨居老人，通常會在幾個星期……不，甚至可能幾個月後才會被發現。凶手覺得可以利用這段期間拚命盜刷，然後變賣後換取現金。沒想到屍體這麼快就被發現了，所以根本沒機會盜刷。」

蒲生緩緩點頭，不知道是否同意這樣的說法。

「早瀨先生，你也認爲這個案子不是熟人所爲嗎？」

「不是我個人的想法，而是目前的辦案方針。」
「原來如此，」蒲生又把視線移向柳川，「你認為呢？」
柳川露出心慌的表情，但緩緩呼吸，平靜自己的心情。
「我們只是遵從上面的命令，就這樣而已。」
蒲生面無表情地聽著，薄唇上浮現出淡淡的笑容。
「謝謝兩位的協助，對我有很大的幫助。」
「我們可以走了嗎？」柳川問。
「對，請便。」
柳川猛然站了起來，走出會議室，早瀨也跟在他身後走了出去。
回到會議室，柳川走向主任。「那是怎麼回事？」
「他問了你們什麼？」
「關於命案的偵查，他們有什麼不滿嗎？」
「你們沒有說什麼不該說的吧？」
「當然啊，萬一在紀錄上留下一些莫名其妙的內容就慘了。」
「這樣就好了，警察廳的人也有他們的苦衷，也要留下他們有在認眞工作的業績，不必放在心上。」
早瀨在一旁聽著他們的對話，感到不太對勁。那個叫蒲生的人眼神銳利，令他留下了深刻的印象。

那絕對不是追求業績的人的眼神，而是有明確的方向。果眞如此的話，他到底有什麼目的？

14

蒼太很快就找到了秋山梨乃指定的那家店。那是位在表參道大馬路旁的一家露天咖啡店。聽她說，之前和要介也約在這家店見面。蒼太巡視店內，忍不住苦笑起來，想到一板一眼的要介不知道帶著怎樣的表情，和這些歡樂的年輕人坐在一起，就覺得很滑稽。

坐下之後，他喝著金巴利蘇打，梨乃不一會兒就出現了。她看著蒼太的飲料問：「這個好喝嗎？」

「不好喝，也不難喝。」

「那我也點一樣的。」她向女服務生點了飲料後坐下來，「等很久了嗎？」

「沒有，我也才剛來。」

「老實說，我沒想到你會聯絡我。」

「爲什麼？上次分手時，不是說好會打電話給妳嗎？」

「是啊，但我以爲你只是說說而已。因爲對你來說，這並不是什麼重要的事。」

蒼太聳了聳肩，「這麼想也很正常。」

「看來眞的有複雜的隱情。」

「沒錯。那天之後，妳那裡有沒有什麼消息？」

「沒什麼特別的。警方那裡完全沒有消息，但之後我想起一件事，你哥哥問了我一件很奇怪的事。」

「什麼事？」

「他問我有沒有聽我爺爺提過MM事件。」

「MM？」

「英文字母的MM，他後來說，只是閒聊，叫我不要放在心上，我也就沒在意，你知道是什麼事嗎？」

「MM……我沒聽說過。」

「可能完全沒有關係。」

不可能。蒼太心想。既然哥哥是有重要的事約她見面，怎麼可能說些無關緊要的話？

金巴利蘇打送上來了，梨乃喝了一口說：「嗯，果然不好喝，也不難喝。」然後又問：「你那裡有沒有什麼收穫？」

「老實說，並沒有很大的收穫，但我在力所能及的範圍調查了一下。」蒼太從皮包裡拿出平板電腦，「我先說結論，我不知道那種黃花到底是什麼，我查了網路、植物圖鑑和其他各種資料，都沒有相符的內容。」

「所以，果然是人工培育的品種嗎？」

「也許吧，所以，我也朝這方向調查了一番，」蒼太低頭看著平板電腦，資料儲存在電腦內，「至今爲止，有好幾個研究機構研究如何利用生化科技，讓沒有黃色品種的花開花，研發出藍玫瑰的酒廠也是其中之一。目前已經發現了製造黃色色素的酵素，和製造這種酵素的基因，只要注入這種基因，原本紅色或藍色的花瓣就會變成黃色，目前已經使用這種技術成功開發了黃色的夏菫。」

「黃色牽牛花呢？」

「根據我目前的調查，還沒有發現有人研發出來。」

「你哥哥說，這件事完全保密，也沒有公佈已經研發出來的消息，所以才查不到吧？」

蒼太搖了搖頭。

「但這就奇怪了，我哥哥不可能知道這麼寶貴的消息。我說過好幾次了，他並不是什麼植物研究家，只是警察廳的公務員。」

「即使你這麼說，我也……」

「還有另一個可能性。」

「什麼可能性？」

「剛才我說找不到和那朵黃花相符的資料，這只是和現有的植物比對。我上次也說過，現在沒有黃色牽牛花，但以前並不稀奇。江戶時代，曾經有一個時期盛行栽培牽牛花，留下了知名的文獻，上面也記錄了黃色牽牛花的資料。」蒼太看著平板電腦說明起來。

《牽牛花押花》和《牽牛花叢》分別是牽牛花方面具代表性的資料。《牽牛花押花》是一八一八年的文獻，是押花的標本集，伊勢松坂的魚肥料商人小津家的後裔保存的。其中名爲「黃丸」的牽牛花押花名符其實，是淡黃色的花瓣。考慮到褪色的因素，推測原本應該是更鮮豔的黃色。《牽牛花叢》是一八一七年，江戶最早出版的牽牛花圖鑑，其中介紹了名爲「極黃采」的花呈現深黃色。除此以外，也在多份文獻中找到了黃色系牽牛花的資料。

「但現在已經絕種了嗎？爲什麼？」

聽到秋山梨乃的問題，蒼太偏著頭。

「這我就不太清楚了，有人說是受到明治維新的影響，也有人說是因爲第二次世界大戰的紛亂，導致失去了珍貴的種類，眞相還是一個謎。」

「所以，也可能並沒有絕種？」

「這就是我想說的。雖然因爲某種原因暫時消失了，但之後可能又復活了。妳爺爺在偶然的機會下拿到了珍貴的花種，讓它開了花。妳認爲這種推理合理嗎？」

「但如果是這樣，網路上應該有相關消息。」

「可能還沒有到那個階段。我明天要先回大阪一趟，最近會再回來，到時候我會和妳聯絡。」

「嗯，好啊。」梨乃點了點頭，抱著雙臂，「種子喔。我想起來了，你哥哥也問過種子的事，叫我一旦發現種子，就立刻通知他，或是把種子丟掉。」

「他竟然說這種話……」

要介到底在想什麼？他覺得哥哥離他更遙遠了。

「所以，」梨乃搖晃著金巴利蘇打的杯子，冰塊發出叮叮的聲音，「那天之後，你也沒有和你哥哥聯絡嗎？」

「不，見到妳的那天，我馬上打電話給他了。」

梨乃停下手，「他怎麼說？」

蒼太撇著嘴，嘆了一口氣。

「我終於瞭解什麼叫做遭到徹底無視。」

要介接起電話時，蒼太問他，「『Botanica Enterprise』是什麼？要介在電話那頭有點慌亂，但很快就恢復了鎮定，用沒有起伏的聲音問：「怎麼突然問這種莫名其妙的事？」

「你不要裝糊塗。有一個叫秋山梨乃的人來我們家找你，聽說你還印了假名片，到底在幹什麼？」

「你有向別人提過這件事嗎？」

「當然沒有啊，即使想說，也不知道來龍去脈。」

「那以後也別提，你也沒必要知道任何事。」

「什麼意思嘛，我要怎麼向秋山小姐說明？」

「不必說明，如果她說什麼，你就告訴她，有朝一日，我會向她說明所有的事情，請她耐心等待。」

「等一下，你可以先告訴我啊。」

「沒必要，這和你一輩子都沒有任何關係。」

「一輩子？」

「不好意思，我沒時間，要掛電話了，這件事到此結束，不要再打電話給我。」

蒼太對著電話說「等一下」時，電話已經掛斷了。

「——事情就是這樣。」

秋山梨乃聽了，骨碌碌地轉動著眼珠子。

「你完全被排斥了。」

「嗯，就是這樣，反正一直都這樣。」

「好奇怪的家人，但這下我終於瞭解了，你這麼拚命調查黃花的事，是基於對你哥哥的對抗心。」

「我無意和他對抗，只是想知道眞相。」蒼太把剩下的金巴利蘇打一飲而盡。

走出咖啡店，梨乃拿出手機，瞥了一眼螢幕後，看著蒼太問：

「你有時間嗎？接下來有其他安排嗎？」

「不，沒什麼特別的事，妳想到關於牽牛花的線索了嗎？」
「和牽牛花無關，是音樂方面的事。」
「音樂？」
「我要去聽朋友的現場演唱，我在想，可不可以請你陪我去。」
「喔，原來是這樣，」蒼太點了點頭，「我去沒關係嗎？」
「當然，我一個人去會有點不安。因爲樂團的成員換人了，我不知道現在變成什麼樣了。」
「喔，我可以啊。」
「謝謝，幫了我的大忙了。」
梨乃說，音樂會的會場在新宿。他們搭地鐵來到澀谷，再轉搭山手線。
梨乃在電車上告訴他那個樂團的事，她的表哥以前是那個樂團的鍵盤手，因爲她表哥離開了樂團，所以換了新的成員。當蒼太得知她表哥離開的原因是自殺時，頓時說不出話。
「對不起，會不會造成你的壓力？」梨乃一臉歉意地皺著眉頭。
「不，那倒不會，請妳……節哀。」
「所以，今天是新成員加入後的第一次表演，我必須去參加，請他們連同表哥的份好好加油。」

「原來是這樣。」

蒼太覺得她心地很善良。

表演已經開始了，會場內聚集了超過一百名觀眾。梨乃說，雖然他們是業餘樂團，但很受歡迎，這句話似乎並沒有誇張，其中有七成是女性。

主唱兼吉他手是瘦高個子的年輕人，雖然臉上化著妝，但眼睛和鼻子等五官很端正，臉只有巴掌大，想必素顏也是美男子。他的下巴骨骼很寬，音量很大，音程也很夠。蒼太對音樂一竅不通，但覺得他不輸給專業歌手。

除了主唱以外，還有貝斯手、鼓手和鍵盤手。貝斯手和鼓手都是男人，新加入的鍵盤手是女人。她的帽子壓得很低，看不清楚她的長相。

接近尾聲時，樂團演奏了一首令人印象深刻的樂曲。充滿野性狂野和莊嚴的旋律有點像非洲原住民音樂，但絕對不會感到單調，富有高低起伏，完全出乎聽眾的意料，彷彿用音樂編織出一個漫長的故事。

「好棒的樂曲。」他對身旁的梨乃咬耳朵。

她雙眼發亮，用力點了點頭，嘴巴湊近蒼太的耳邊。

「這首樂曲名叫〈Hypnotic Suggestion〉，我也最喜歡這首曲子，覺得是一首超棒的樂曲。這是雅哉和尚人兩個人共同創作的。」

「他們是……」

「主唱是雅哉，尚人就是我死去的表哥。這個樂團的所有歌曲都是他們兩個人創作的。」

「原來是這樣。」

蒼太越聽越覺得是一首出色的樂曲，會令人產生一種精神共鳴的錯覺。Hypnotic Suggestion——也許可以翻譯成催眠暗示，曲名取得太恰到好處了。

樂曲結束的瞬間，整個會場陷入一片歡呼聲。雖然會場並不大，但很擔心巨大的聲音會傳到店外。蒼太巡視自己的周圍，再度驚訝不已，因爲他發現有好幾個女性觀眾流著淚。

主唱雅哉拿起麥克風表示感謝，他每說一句話，就響起一陣歡呼。他重新介紹了樂團的成員。

「這位是我們的新成員。」他在介紹鍵盤手時說道，坐在鍵盤前的女人抬起頭，拿下帽子，面帶笑容地向觀眾揮手。

在看到她臉的那一剎那，蒼太感到全身發熱，心跳同時加速。怎麼可能——他張大眼睛細看，問自己是否產生了錯覺。

但是，鍵盤手再度戴上帽子，而且壓得低低的，低頭看著鍵盤，看不清楚她的臉。

最後的樂曲開始了，以業餘樂團的獨創樂曲來說，算是不錯的音樂，只是和〈Hypnotic Suggestion〉相比，就顯得太平凡了。更何況蒼太已經無法將注意力集中在樂曲上，在演奏過程中，他的雙眼始終盯著鍵盤手。

演奏終於結束，樂團成員走去後台。

「沒有安可曲喔，」梨乃告訴他，「他們說，要正式出道後才會這麼做。」

這個樂團似乎決定即使受到觀眾歡迎，也不要得意忘形。

「妳不去見他們……樂團的成員嗎？像是打招呼之類的。」蒼太問。當然是因爲他自己很在意樂團的某位成員。

「不用擔心，即使我不去找他們，他們也很快會走出來。」梨乃看著漸漸離去的觀眾說，很快露出喜悅的表情。「知基，」她大聲叫了起來，「知基，我在這裡。」

一個瘦小的年輕人笑著走向她，看起來像高中生，但可能實際年齡稍微大一點。

兩個人開心地聊了起來，蒼太站在牆邊，心不在焉地巡視周圍。當他看向舞台時，發現樂團成員不知道什麼時候走了回來，正在收拾樂器和器材。業餘樂團在表演後，所有事情都要自己親自動手。

但是，並沒有看到那個女人——鍵盤手的身影。蒼太覺得很奇怪，轉頭看向旁邊，忍不住嚇了一跳。因爲她就站在那裡，正在把什麼東西裝進大包包內。她個子很高，頭髮很長。

蒼太走了過去，從正面看著她的臉。雖然她長大了，但自己絕對沒有認錯。多年前的夜晚，在牽牛花市集發生的一切清晰地浮現在眼前。

不一會兒，她似乎也察覺了，抬頭看著他。一雙眼尾微微上揚的鳳眼令人聯想到貓。

她倒吸了一口氣，但下一剎那，她移開了視線，繼續低頭做事，完全沒有把蒼太放在眼裡。

眞奇怪。蒼太心想。難道她沒有想起自己嗎？

他鼓起勇氣走向前，走到她面前說：「好久不見。」

她緩緩轉頭看著蒼太，面無表情，完全感受不到任何感情。

「請問你是哪一位？」她用冷漠的語氣問。

「是我，蒲生蒼太。」

「蒲生……先生？」她微微偏著頭。

蒼太不知所措地問：「妳是……孝美吧？」

她皺起眉頭。

「你好像認錯人了，我不叫這個名字。」

「但是——」

她伸手制止了蒼太，看著舞台的方向說：「雅哉，」

正在舞台上的主唱抬起頭。

「對不起，我今天要先走了。」

「啊？爲什麼？不去慶功宴了嗎？」

「我臨時有事，要先走一步。改天再找機會吧。」她充滿歉意地對主唱合起雙手。

貝斯手的年輕人嘟起嘴，「爲什麼？我原本還很期待呢。」

「沒辦法啊，」主唱說，「好吧，那就路上小心，辛苦了。」

「辛苦了。」看起來就是伊庭孝美的女人對其他成員鞠躬道別後，抱著行李快步走向出口，完全沒有看蒼太一眼。

他呆然地目送她的背影離去，梨乃和那個叫知基的男生一起走了回來。

「他叫蒲生，是有一點交集的朋友，我請他陪我來。」

「是喔，是什麼關係？」知基笑著問梨乃。

「該怎麼說，算是金巴利蘇打關係。」

「金巴利蘇打？」

「我們剛才去了表參道的咖啡店。」

「表參道？你們還特地過來，太謝謝了。」知基做出敬禮的動作。

因爲蒼太都沒有答腔，梨乃忍不住問他：「你怎麼了？」

「那個女鍵盤手叫什麼名字？」

知基露出困惑的表情，「剛才介紹她叫景子……」

「她的本名呢？」

知基問了正在舞台上的主唱雅哉。

雅哉說，她叫白石景子。

「她怎麼了？」梨乃問蒼太。

「沒什麼，只是和我認識的人很像……」

「那你應該當面問她啊。」

「我問了，她說不是……」

「可能只是長得像而已，你上次見到那個人是什麼時候？」

蒼太偏著頭想了一下，「差不多十年前。」

「十年？那時候根本還是小孩子嘛。女大十八變，女人的長相變化會很大。」梨乃一笑置之。

15

雖然轄區的後輩刑警說他要去，但早瀨還是自己拎著紙袋走出了分局。他想出去透透氣。這一陣子，從早到晚都窩在搜查總部，整天和滿臉嚴肅的上司在一起，都快要窒息了。

西荻窪獨居老人強盜殺人案的偵查進度完全陷入膠著，既缺乏有效的目擊證詞，又無法從遺留品中找到任何線索，遭竊的物品也下落不明，偵查員都認爲偵辦工作走進了迷宮。

早瀨自己也漸漸對破案不抱希望了。回想起來，其實一開始就有這樣的預感。正確地說，當初在分局見到死者家屬時，就有這種感覺。死者家屬對死者的生活幾乎一無所知，據死者的孫女說，死者的說話對象是花。不和他人交往的孤獨老人在家中被人殺害，財物遭竊。在如今這個時代，很少有這麼簡單的犯罪，但是越簡單的犯罪線索越少，所以也越難偵破。

裕太的聲音在他耳朵深處響起。爸爸，你要代替我這個兒子報答秋山先生——

自己原本就沒臉見兒子，這麼一來，就更不敢見面了。他忍不住自嘲地笑了起來。

轉了幾班電車後，早瀨在調布車站下了車。從車站走到「久遠食品研究開發中心」要十五分鐘左右。天氣不太穩定，他打算走去計程車招呼站，但立刻改變主意，決定走路過去。今天不是辦案，不能浪費車錢。

紙袋的繩子深深卡進手指，裡面是秋山周治工作期間的職場名冊和他在當時寫的報告。案發後，爲了掌握秋山的交友關係，去向秋山任職的公司借了這些資料，今天要去歸還。

建築物出現在前方。特別強調建築物的白色牆壁，是因爲想要強調清潔感吧。走進走出的員工也都穿著白色制服。

他在警衛室表明了身分，接過訪客用徽章。建築物內有接待櫃檯，要在那裡報上拜訪的部門和對象。上次來的時候見到了福澤室長，但今天只是歸還資料，無論是誰都沒關係。

走進玄關的玻璃大門，正準備走向櫃檯時，斜前方的走廊上出現了一個之前見過的身影。早瀨立刻躲在一旁的柱子後方。

對方並沒有看到早瀨，大步走了出去。他只有一個人。

他怎麼會來這裡？

因爲幾天前才剛見過，所以不可能忘記他的長相。他是警察廳的蒲生。

早瀨想起那天蒲生也多次問及秋山周治的職場。難道是早瀨他們的回答有什麼問題嗎？難道自己的偵辦工作有什麼疏失嗎？

早瀨走向櫃檯說明了來意。櫃檯小姐用內線電話打去他要拜訪的部門後，面帶笑容對他說：

「『分子生物學研究室』的福澤馬上就來，請您在這裡稍候片刻。」

早瀨坐在大廳的沙發上等候，身穿工作服的福澤走了過來。「不好意思，讓你久等了。」

「對不起，打擾你工作了。」

「不會不會，你不必特地送來，只要郵寄給我們就行了。」

「不，這怎麼行？萬一遺失就糟了，謝謝你。」早瀨遞上紙袋。

福澤接過紙袋，在對面的沙發上坐了下來。

「怎麼樣？這些資料對辦案有幫助嗎？」

「目前還不清楚，希望日後可以發揮作用。」早瀨在回答時，覺得自己的話聽起來很虛偽。事實上，這些資料中無法找到任何線索，今後也不可能派上用場。

福澤可能並沒有察覺刑警內心的想法，開口問道：「有沒有找到可疑的嫌犯？」

「不，目前還沒有，正在逐漸縮小範圍。」早瀨隨口回答道。

「是嗎？現在治安越來越讓人無法放心了，希望可以早日抓到凶手。」

「當然，我們會盡全力完成這個目標。」早瀨打官腔說道，「對了，我可以請教一個無關的問題嗎？」

「什麼問題？」
「今天是否有警察廳的人來這裡？」
「呃……」福澤微微張著嘴，他似乎不知道該怎麼回答。
「果然有來過嗎？因爲我剛才在那裡看到認識的人。」
「喔，原來是這樣。」福澤僵硬的表情稍微緩和下來，「既然你已經看到了，就只能實話實說了。沒錯，他才剛走，只是他叮嚀說，不要讓第一線辦案人員知道他來過這裡。」
「請問是爲了什麼事而來？」
「他沒有說明詳細的情況，只說是爲了調查，和辦案沒有直接的關係。」
「調查？」
「他問了我偵查員問了哪些問題，以及偵查員的態度和問話的情況，我隱約覺得有點類似監查工作。」
不可能。這並不是蒲生所在部門的業務內容。
福澤看到早瀨陷入沉思，似乎產生了誤解，慌忙搖著手說：
「別擔心，我的回答都是一些無關痛癢的內容。」
「他還問了什麼？」
「還問了關於秋山先生的工作內容，詳細瞭解了秋山先生以前研究了哪些植物。我問他和警察廳的工作內容有關嗎？他笑著說，只是個人的興趣。」

這才是重點。早瀨心想。所謂調查，只是蒲生的藉口而已，他眞正的目的是想瞭解秋山周治投入的植物研究。

只是早瀨無法瞭解蒲生到底有什麼目的，到底想要幹什麼。

「早瀨先生，我剛才也說了，因爲他叮嚀我不要告訴偵查員，所以，千萬別透露是我告訴你的……」

「好，我知道，我不會告訴任何人。打擾你工作了，謝謝。」

他對福澤鞠了一躬，走向玄關。

16

梨乃走在街上時，接到了那通電話。因爲是陌生的號碼，原本不想接，但鈴聲響個不停，最後只好接了起來。電話接通之後，聽到對方的聲音，她有點驚訝。是刑警早瀨打來的。自從案發當晚見過之後，彼此就沒有再聯絡。梨乃想起當時似乎留了電話號碼給他。

早瀨說，有事想要請教，可不可以見面？詳細情況見面再談。

梨乃毫不猶豫地答應了。她也有很多問題想要請教。因爲警方完全沒有通知他們家屬目前的偵辦進度。

早瀨說，越早見面越好，於是決定三十分鐘後，在附近的芳鄰餐廳見面。

梨乃走在路上時，思考著早瀨找自己到底有什麼事。如果是重要的內容，也許該通知蒲生蒼太。自從上次一起去聽「動盪」樂團的演唱後，就沒有再見過他。他應該已經回大阪的大學了。

她認爲蒲生蒼太値得相信。不光是外表，他的爲人處事也很誠實。知識淵博，很値得依靠，唯一令人擔心的是和他哥哥之間的關係。聽他說話時，總覺得他們兄弟的關係似乎很敵對。聽說他們是同父異母的兄弟，只是他們的敵對並不是因爲這個關係。可能有什麼原因，但蒲生蒼太自己也不瞭解，所以更令人匪夷所思。

欠身。

她先去書店逛了一下，然後走去約定的芳鄰餐廳，剛好準時抵達。她正在飲料吧挑選飲料時，身穿灰色西裝的早瀨走了進來。他立刻發現了梨乃，擠出了笑容，向她微微欠了欠身。

他們在角落的座位面對面坐了下來，女服務生送水上來，早瀨瞥了一眼菜單，點了冰可可。他點的飲料和粗獷的外表很不搭調，梨乃忍不住對他說：「原來你喜歡甜食。」

「不，只是我懶得在點飲料上花時間。」說完，早瀨笑了笑，但隨即露出嚴肅的表情向她鞠了一躬，「對不起，今天讓妳特地跑一趟。」

「沒關係，反正我很閒。」

「是嗎？我以爲妳練習會很忙。」

「練習？」

「這個啊，」早瀨雙手做出划水的動作，不知道爲什麼，他做出蛙泳的動作。「妳在游泳界很有名吧，對不起，我之前完全不知道。」

警方似乎也調查了梨乃的背景，但仔細想一想，就覺得那是必然的。

她微微閉起眼睛，搖了搖頭，「我已經引退了。」

「喔，是嗎？」

「對了，你找我有什麼事？」因爲早瀨提到游泳的事，她說話時忍不住提高了嗓門。

「不好意思。」早瀨打了聲招呼後，拿出記事本。

「案發的六天後，妳曾經向警方通報，秋山周治先生家的花被偷走了。」

原來是這件事。「沒錯。」梨乃點了點頭。

「我想請教詳細的情況。請問是什麼時候被偷的？」

「我當時也說了，」梨乃忍不住皺起眉頭，事到如今，還在問這種事，「就是案發當天……我爺爺被殺的時候。」

「案發當天？」這次換刑警皺起眉頭，「不是案發之後，而是當天被偷走的嗎？」

「應該是。」

「但是，」早瀨低頭看著自己的記事本，「接獲通報後趕去現場的警官說，是在案發後，也就是現場保存解除後失竊的。」

「不是，我已經告訴他不是這樣，那個警察果然不可信。」梨乃咬著嘴唇，想起當時的警官一副不耐煩的表情。

冰可可送上來了，但早瀨沒有伸手拿杯子。

「既然是案發當天失竊，爲什麼一開始沒有說？」

「那時候我還沒有發現。看了爺爺家的院子，覺得哪裡不太對勁，但不知道哪裡有問題。況且，當時心慌意亂……事後才想到那盆花，不知道那盆花怎麼樣了。於是，我就在葬禮結束後去爺爺家察看，發現花不見了……因爲這些情況，所以我沒有立刻通報，但無論我怎麼解釋，趕來瞭解情況的警察都不當一回事。」

「妳爲什麼會在意那盆花？」

「我在案發後也說過，那是在我爺爺手上最後綻放的花，我爺爺很高興。」

梨乃在說話時猶豫起來，不知道該透露多少關於那盆神秘黃花的事。之前和蒲生蒼太約定，暫時不要告訴任何人那可能是夢幻的黃色牽牛花這件事，因爲他們認爲，不能忽視蒲生要介要求她「不要和那朵花有任何牽扯」的警告。

但是，如果對辦案有幫助，是不是該告訴刑警？

「那是什麼花？是什麼特殊種類的花嗎？」

「不知道。」梨乃姑且這麼回答，「我爺爺沒有告訴我。」

早瀨的眼睛似乎亮了起來。

「妳很瞭解花的名字嗎？」

「不，完全不瞭解。」

「妳曾經在其他地方看過相同的花嗎？」

梨乃覺得沒必要說謊，於是搖了搖頭，「我以前沒見過。」

「有沒有查過圖鑑或是網路？」

「有，但還是不知道。」

雖然那是蒲生蒼太調查，而不是她調查的，但她沒有向早瀨提這件事。

早瀨點了點頭，把杯子拿到自己面前，看著半空，喝著冰可可。那不是在品嚐的表情。

梨乃忍不住思考，爲什麼他現在問這件事？即使當初通報時來做筆錄的警官不把她的話當一回事，但蒲生要介也是警方的人，應該會告訴搜查總部那盆花被偷的事。

「請問，」她開了口，「爲什麼現在突然問我那盆花的事？那盆花和命案有關嗎？」

早瀨用極其緩慢的動作放下杯子，似乎在爲自己爭取時間，思考該怎麼回答。

「和命案是否有關……目前還不知道。不瞞妳說，目前案情陷入了膠著，所以決定回到原點，重新檢討目前蒐集到的所有線索，結果發現那盆花被偷的事有很多疑點，所以就來向妳請教。」

早瀨說話時直視梨乃的眼睛，很有耐心的說話語氣反而讓梨乃覺得不對勁。

暫時不要提蒲生兄弟的事——她暗自決定。既然對方不說眞話，自己也沒必要亮底牌。如果自己掌握的消息眞的有助於破案，之後還有機會發揮作用。

「關於那盆花的事我都說了，如果沒有其他的事，我要先離開了，因爲我約了朋友。」

早瀨眼皮下垂的眼睛仍然看著她，似乎對和年齡不到自己一半的小女孩耍的心機沒有興趣，不一會兒，他單側臉頰露出笑容。

「不好意思，佔用了妳這麼長時間，那我最後再請教一件事。這件事……也就是那盆花被偷的事，妳有沒有告訴過別人？」

梨乃直視著他，搖了搖頭，「不，沒有。」

「也沒有告訴家人嗎？」

「爺爺的葬禮後，我還沒有和家人見過面。」

「是嗎？」

看到刑警收起記事本，梨乃站了起來，「我可以走了嗎？」

「啊，對了，」早瀨豎起食指問，「有沒有警察廳的人來找妳？」

「啊……」

「警察廳的人，我認爲警察廳的人曾經爲了這件事來找過妳。」

梨乃的心一沉，她想起蒲生要介的臉。

她不知道該怎麼回答，早瀨偏著頭說：「沒有來找過妳嗎？眞奇怪。是一個叫蒲生的人，他說曾經找過妳。」

他認識蒲生嗎？既然這樣，應該從他口中聽說了黃花的事，爲什麼還特地來找自己？梨乃感到不解。

「怎麼樣？警察廳的人來找過妳嗎？」

早瀨再次問道，梨乃覺得說謊似乎不太妙。

「我見過蒲生先生，但他並沒有說他是警察。」

「他說他是誰？」

「是植物方面的專家……」

哈哈哈。早瀨發出乾笑聲。

「可能他覺得提到警察，妳會感到害怕，這是他們經常使用的手法。」

「他也在調查我爺爺的命案嗎？」

早瀨露出躊躇和遲疑的表情，可能正在思考要怎麼回答。

「不，沒有，」刑警終於回答，「他的目的完全不同。警察廳是根據警察法設置的日本行政機構，也就是說，他是公務員，所以不會涉入命案的調查工作。」

「那蒲生先生的目的是什麼？」

「這個嘛，」早瀨說著，皺起鼻子，「我不方便透露，否則就變成妨礙警察廳的工作。」

太奇怪了，他眞的認識蒲生嗎？

「妳和蒲生先生談了什麼？」早瀨問。

聽到這個問題，梨乃終於確信，眼前的刑警沒有從蒲生那裡得知任何事，他只知道一些片斷的資訊。

「請你自己去問他，」梨乃回答，「因爲蒲生先生叮嚀我，不要隨便和別人談這件事。」

早瀨臉上的表情消失了，隨即露出假笑。

「也對。很抱歉，眞的耽誤妳太多時間了。」

「我可以走了嗎？」

「可以，感謝妳的配合。」早瀨左手拿起桌上的帳單，右手從內側口袋裡拿出名片，「今後如果有什麼消息，請和我聯絡，不要透過分局或是其他刑警，請直接打電話給我，因爲這件事由我負責。」

梨乃接過的名片上手寫了手機號碼。

梨乃在收銀台前和早瀨道別後，走出餐廳。她不想被刑警追上，所以走進岔路，快步走回自己的公寓。

有一種難以形容的不安在內心擴散。早瀨到底有什麼目的？自己剛才的應對沒問題嗎？是不是犯下了無可挽回的大錯？

她很想見到蒲生蒼太，只要和他商量，他應該會提供妥善的意見。不知道他下次什麼時候回東京。

快到家時，放在皮包裡的手機響了。是知基打來的。她接起電話，知基問她：「妳現在方便嗎？」知基說話的語氣很嚴肅。

「可以啊，發生什麼事了？」

「嗯，我有一件事想問妳，是關於上次和妳一起來聽演唱的那個蒲生的事。」

梨乃停下腳步，握著電話的手忍不住用力。「他怎麼了？」

「他上次不是說了很奇怪的事嗎？說他認識景子。」
「景子？」
「白石景子，就是代替我哥在『動盪』當鍵盤手的人。」
「喔。」梨乃點了點頭。
「他好像是這麼說的，但是認錯人了吧？只是很像而已。」
「不，現在變得搞不清楚了……」
「啊？什麼意思？」
「妳聽我說，」知基停頓了一下，緩緩說了下去，「剛才接到雅哉的電話，他說收到景子傳來的電郵，說無法參加樂團了。」
「呃？爲什麼突然……」
「電郵上只說是因爲私人因素，沒有提任何詳細情況。雅哉又回傳了電郵給她，說想要知道是怎麼回事，她就沒再回覆，打電話也不接。那個鍵盤手完全消聲匿跡了。」

17

因爲母親身體欠佳，所以這段時間要暫時請假。當蒼太向教授提出這個要求時，教授立刻答應了。

「你的論文寫得很順利，沒問題。你有沒有和家人討論未來的方向？」

「沒有。」蒼太輕輕搖了搖頭，「上次回家時，忙於準備三年忌，根本沒時間討論。」

「那這次可以和家人好好商量，因爲這是你自己的人生。」

「好的。」蒼太回答後，走出教授的辦公室。教授之前就很賞識他，當初也是這位教授建議他留在大學，繼續從事研究，但最近教授似乎爲這件事感到很對不起他。

得知蒼太又要回東京，藤村露出驚訝的表情。

「怎麼回事？你之前不是很討厭回家嗎？你媽的身體這麼差嗎？」

蒼太不想對朋友說謊，告訴他，母親的身體很好。

「因爲家裡的事，一定要先回去解決。如果無法解決，就無法考慮將來的事。」

「是喔。」藤村似乎很想知道到底有什麼複雜的問題，但他並沒有問，「所謂家家有本難唸的經，好吧，等你回來，我們去喝酒，當然要你請客。」

「好啊，你去找一家可以無限暢飲的居酒屋。」

和藤村道別，回到自己的房間後，他首先打電話回家裡。母親志摩子立刻接了電話，他說今晚要回去。

「啊？爲什麼？發生了什麼事？」母親擔心地問。這也難怪，因爲他幾天前才剛回大阪。

「沒什麼特別的事，大學放暑假了，研究也暫時告一段落，所以我想放鬆一下。上次三年忌時，我沒有帶換洗衣服回家，而且也沒那個心情。反正是自己的家，沒關係吧。」

「是沒關係，但你上次還說最近很忙……」志摩子顯然很驚訝。

「狀況改變了啊，我上了新幹線再打給妳。」

「好，路上小心。」

「嗯。」他掛上電話後，忍不住自言自語，「什麼路上小心嘛。」對母親來說，兒子永遠都是小孩子。

他在整理行李時收到了電子郵件。是秋山梨乃傳來的。電郵中說，有幾件事想要和他商量，如果決定回東京的時間，記得通知她。

蒼太立刻回覆了她。內容如下：

『太巧了，我正在做出發的準備，等一下就要回東京。晚上會到家，到家之後再和妳聯絡。』

確認寄出後，他放下了手機，想起了秋山梨乃有點好勝的臉。他很慶幸遇見了她，如果沒有遇見她，就對要介目前的奇妙行動一無所知，每天仍然像以前一樣渾渾噩噩過日子。

如今，他最大的動力就是想要揭露哥哥隱瞞的事，他確信其中必定與自己對要介和死去的父親感受到的鴻溝有關。

當他在整理行李時，手機又響了。是秋山梨乃打來的。

「喂，你好。」

「啊……是我，秋山，你現在方便講電話嗎？」

「可以啊，我在自己房間，妳有沒有看到我傳的郵件？」

「看了，所以我覺得應該先把事情告訴你，才打這通電話。」

「怎麼了？妳在電郵中說，有很多事要和我商量，是急事嗎？是知道了關於黃花的事嗎？」

「那方面沒有太大的進展，但是很奇妙，有刑警來找我，問了我關於那盆花被偷的事。事到如今才來問，你不覺得很奇怪嗎？」

「這……的確很奇怪。」

「對吧？所以，我沒有提到你，我覺得那個刑警很可疑。」

「可疑？怎麼說？」

梨乃在電話的另一頭「嗯」了一聲。

「好像在隱瞞什麼事，或者說，感覺沒講實話……總之很可疑，在電話中說不清楚。」

「好，那我們盡可能早一點見面，明天怎麼樣？」

「明天喔……我是沒問題啦。」

「有什麼問題嗎？」

「不是……你今天晚上幾點到東京？」

「今天晚上？如果快的話……」他看了一眼鬧鐘，現在是下午四點多，「八點左右可以到東京。」

「之後有什麼事嗎？」

「不，只有回家而已。什麼？今晚就要見面？這麼急嗎？」

「不瞞你說，還有另一件重要的事。因爲那件事，我才打電話給你。」

蒼太握緊電話，「發生什麼事了？是黃花怎麼……不，妳剛才說這方面沒有進展。」

「不是這件事。是想問你上次那個女生的事。」

「女生？」

「就是鍵盤手那個女生。我們去聽音樂會時，你不是說，她很像你認識的人嗎？」

「喔……」蒼太立刻覺得心頭一熱，「她怎麼了？」

蒼太這次回東京，還有另一個秘密的目的。他想再去見那個女生一次。蒼太認定她就是伊庭孝美。雖然十年沒見，而且女大十八變，很可能像梨乃所說的，只是長得像而已，但他仍然想去見她一面。所以，他原本打算事先查好那個樂團表演的日子，偷偷去聽他們的演唱。

但是，梨乃接下來說的話讓蒼太的腦袋變得一片空白。

「消失了？什麼意思？這是怎麼回事？」

「也就是說，她不見了，突然傳了一封電子郵件，說不參加樂團了，之後就失去聯絡。」

「爲什麼？她和其他成員之間發生了什麼事嗎？」

「完全沒有頭緒，其他成員聚在一起討論，聊到了你的事。說那天和我一起去的男生曾經提到，景子很像他以前認識的人，是不是和這件事有關。所以，我表弟就打電話給我，問我可不可以向你瞭解一下情況。」

「原來是這樣，沒想到會是這樣的結果。」

「你呢？如果你覺得是你認錯人了，就沒必要急著見面。」

「不，沒這回事，」蒼太立刻回答，「我不覺得自己認錯人了。不瞞妳說，這次回東京，我也想確認一下。不過我要聲明，我也不是很瞭解她。既不知道她的電話，也不知道她目前在哪裡、在做什麼，這樣能幫上忙嗎？」

「只要你提供自己知道的消息就好，先告訴我吧，今天晚上要不要見面？」

「好，我會馬上整理好行李。妳住在高圓寺吧？那我們約在品川車站見面好嗎？」

「好，知道了。」

他們約定在品川車站剪票口見面後，掛上了電話。

越來越奇妙了。蒼太在繼續整理行李時忍不住這麼想。爲什麼她——酷似伊庭孝美的女人突然消聲匿跡？

他很快就想到，可能是因爲見到了自己的關係，而且大膽推測，她就是伊庭孝美，因爲擔心自己的身分曝光，所以離開了。

既然這樣，她爲什麼使用假名字？蒼太又想到這個新的疑問。

蒼太也想聽聽樂團其他成員的意見。他不由得加快了整理行李的速度。

整理完之後，他先去附近的便利商店寄了大件行李，之後又搭電車來到新大阪車站，買了自由席的車票，在傍晚五點多跳上了即將發車的「望號」新幹線。他傳了電子郵件給秋山梨乃，通知她到達品川車站的時間，然後他走向前方自由席的車廂。來到三號車廂時，剛好有一張兩人座的椅子空著，他在窗邊的座位坐了下來。

蒼太看著新幹線窗外的景色，不由得感到心潮起伏。雖然很在意伊庭孝美的事，但黃花的事更重要。在找到答案之前，他並不打算回大阪。他覺得對自己來說，這次回東京將成爲重大的轉機，只是不知道是否往好的方向發展。雖然有點害怕，但他告訴自己不能逃避，這是自己必須經過的關卡。

離開新大阪車站兩個半小時後，「望號」不到八點就抵達了品川車站。蒼太斜揹著小型背包下了車。

經過剪票口後來到車站外，看到了秋山梨乃的身影。她一身印花T恤搭配牛仔褲的簡單打扮，修長的雙腿像模特兒一樣，站在那裡格外引人注目。

她看到蒼太，對他說了聲：「你回來了。」

「沒想到短短幾天，發生了這麼多事。」

「對不起，硬是要今晚見面。」

「不，我也很在意那個女生的事。」

走出車站後，他們一起走進附近大樓內的咖啡店。點完飲料後，梨乃探出身體，把臉湊了過來。香噴噴的味道舒服地刺激著蒼太的鼻孔。

「首先是關於黃花的事，你有什麼看法？」

「妳說刑警有來找妳，他問了哪些事？」

「這個嘛……」梨乃壓低聲音說了起來，蒼太也覺得那個刑警很可疑，尤其當梨乃說她覺得那個姓早瀨的刑警假裝和要介很熟這件事時，蒼太更加伸長了耳朵。

「他說偵查工作並沒有進展，卻突然對那盆花產生了興趣，這不是很奇怪嗎？我總覺得其中有什麼隱情。」

「我也有同感，目前暫時靜觀其變。如果眞的對破案有幫助，對方一定會再來問妳詳細情況。」

「也對。」梨乃露出鬆了一口氣的表情。

「關於黃花的事，我打算進一步仔細調查。最好能夠找到對這方面很瞭解的人，不知道有沒有人讀農學院。」他想起幾個高中同學的臉。

「對了，那我去找那個人。」梨乃的眼珠子看向斜上方。

「妳有這方面的人脈嗎？」

「我不是曾經告訴你，我爺爺之前在食品公司開發新品種的花嗎？我有那時候和他一起工作的人的名片。我在想，是不是把照片給那個人看一下。」

蒼太指著她的胸口說：「絕對要去找他。」

「對吧。好，趁我沒有忘記，先記下來。」梨乃開始操作手機。

他們點的啤酒和披薩送上來了。兩個人不知道爲什麼乾了杯。

「對了，還有這次的重點，」梨乃把手機放回皮包，看著蒼太說：「就像我在電話中說的，那個鍵盤手突然失蹤了，所以，樂團的其他成員傷透了腦筋。」

蒼太用啤酒把吃進嘴裡的第一片披薩吞了下去。

「妳說完全聯絡不到她，是對她的下落一無所知嗎？比方說，她住的地方或是上班的地方。」

梨乃皺起眉頭，搖了搖頭。
「他們說不知道。原本就是朋友介紹進來的，所以對她的私事也不是很瞭解。她參加那個樂團才兩個多月，也沒有人和她好好聊過天。」
「他們居然和不怎麼熟的人一起演奏。」
「團長雅哉似乎也覺得應該做點什麼，但畢竟是第一次有女性成員加入，所以特別小心謹慎。」
「我能夠理解……」
「雅哉說，即使她不參加樂團也沒關係，只是無法接受沒有明確說明原因就走人，想找當事人談一下，所以無論如何，都想要知道她的下落。」
「去問當初介紹她進樂團的人，應該就知道了吧？」
「問題就在於……」梨乃露出凝重的表情，托著臉頰說：「那個人私下和她也不熟，她只是經常去那個人經營的live house而已。」
「原來是這樣……」
「所以才會抱著一線希望，希望能夠從你這裡找到線索。」
蒼太握著啤酒杯，深深地鞠了一躬，「對不起，我可能幫不上什麼忙。」
「你說你們是在十年前認識的。」
「對，中學二年級的時候，而且時間也很短。」

「是喔，」梨乃點了點頭，拿起啤酒杯正準備喝，突然停了下來，「只是這種程度的關係，你爲什麼那麼在意她？她是你的初戀嗎？」

蒼太答不上來，差點被放進嘴裡的披薩噎到了。梨乃張大眼睛，露出驚訝的表情，「不會吧？被我猜對了？」

「但很快就結束了。」

蒼太簡短地告訴她中學二年級的夏天所發生的事。梨乃一隻手拿著啤酒，雙眼發亮地聽著。

「原來遭到父母的反對……沒想到現在還有這種事。」

「我也搞不清楚是怎麼回事。」

「原來有過這麼一段，難怪你念念不忘。」

「我並沒有念念不忘……」蒼太結巴起來，咬著附餐的薯條。

「但是，從你剛才說的話中，有幾個線索。首先，她叫伊庭孝美，然後是她就讀的中學是知名的貴族學校，分中學部和高中部。既然讀了那裡的中學，不可能不讀高中，所以她應該直升高中部，也許可以打聽到消息。」

「什麼？眞的嗎？」蒼太抬起頭。

「那所學校的游泳隊很強，我認識幾個人。請學姊幫忙的話，也許可以找到和你同年級的人。」

「那可以拜託妳嗎？」

蒼太向前探出身體說，梨乃用冷漠的視線看著他。

「我先聲明，這是爲了去世的表哥以前參加的樂團，而不是爲了找你的初戀情人。」

「嗯，我知道……」

梨乃呵呵笑了起來，「我可以問你一件事嗎？」

「什麼事？」

「你現在仍然喜歡伊庭孝美嗎？」

這個問題深入他的內心，梨乃不懷好意地笑著。

「不知道。」蒼太回答後，把杯子裡的啤酒喝光了。

18

翌日，他被手機的來電鈴聲吵醒了。是秋山梨乃打來的。「喂，妳好。」蒼太也覺得自己回答的聲音有氣無力。「你還在睡覺嗎？」梨乃用責備的語氣問。蒼太看了枕邊的時鐘，發現快十一點了。

「妳已經起床了嗎？太厲害了。」

昨晚離開澀谷後，他們又去新宿喝了幾家。蒼太的酒量並不差，但秋山梨乃喝酒的樣子讓他嚇到了。不知道走進第幾家店時，她還點了龍舌蘭酒。他們喝到凌晨兩點，才搭計程車回家。蒼太記得和志摩子打了照面，但記憶很不明確。

「我也沒資格說別人，如果是平時，我也都睡到中午才起床，只是今天有重要的事，所以我調了鬧鐘。」

「有什麼重要的事？」

蒼太問。

「唉，」電話中傳來梨乃很受不了的聲音，「你果然忘記了。我們不是再三約定，從今天開始要徹底調查黃色牽牛花嗎？」

「牽牛花……」

「沒錯，你還說，那絕對是牽牛花，是劃時代的新發現。你不記得了嗎？眞是拿你沒辦法。」

「對不起，我好像喝醉了，但我一直認爲那很可能是夢幻的黃色牽牛花，所以可能脫口說了出來。」

「無所謂啦，所以要怎麼辦？我剛才和爺爺的老同事聯絡了，約好今天見面。」

蒼太不由得佩服梨乃的行動力。難道一流運動員的身體對酒精的分解能力也很強嗎？

「我當然要一起去，我要去哪裡找妳？」

「那個研究所在調布——」

他們約定下午三點在新宿車站見面後，掛上了電話。

雖然頭很痛，但他還是決定起床。以前用的書桌上有一台打開的筆電，那是他從中學到高中時期每天使用的。他想起昨晚爲了確認伊庭孝美的事，自己又打開了電腦。

他在國中二年級的夏天和她互通電子郵件。在父親禁止他們交往時，他刪除了所有的郵件，但他把那些郵件存了文字檔，放在另外的資料夾中。檔案名就叫「孝美」。他已經十年沒有打開這個檔案了。

但是，檔案中只留下她的手機號碼、電子郵件信箱、伊庭孝美當時就讀的學校名字和生日而已，而且，十年前就已經確認她改了電話號碼和電子郵件信箱。

也許可以透過游泳隊得知什麼消息。他想起秋山梨乃說的話，發現自己內心充滿期待，忍不住露出自嘲的笑容。梨乃一定覺得自己很娘娘腔。

他來到一樓，在盥洗室洗臉刷牙後走去客廳，看到志摩子正在操作手機。他第一次看到母親用手機，感到有點意外，但現代人不用手機反而比較少。沒想到志摩子一看到蒼太，慌忙把手機收了起來，蒼太感到很奇怪。

「妳在幹什麼？在傳郵件嗎？」蒼太問。

「對，是啊。」志摩子露出尷尬的笑容，站了起來。

「該不會是傳給哥哥？」

蒼太只是隨口說說，沒想到志摩子立刻收起了臉上的表情，「才不是呢。」說完，她走向廚房，突然停下腳步，看著蒼太說：「你是不是宿醉？昨天喝到那麼晚，渾身都是酒臭味。」

「沒事，我不是打電話回來，說我會晚回來嗎？」

「你說和高中的朋友一起喝酒？是誰啊？望月嗎？」

「妳不認識的，因爲很久沒見面，所以聊得很開心。」

志摩子一臉難以接受的表情走去廚房，蒼太對著她的背影說：「我今天也要出門。」

母親轉過頭問：「去哪裡？」

「還沒有決定，要和其他同學見面。」

「那個人不用上班嗎？」

「他留級多年，還是大學生，暑假整天沒事。」

「是喔……那你這次回來到底有什麼事？」

蒼太聳了聳肩，「只是回來放鬆一下，我不是說過好幾次了嗎？」

志摩子把視線從兒子身上移開，輕輕點了點頭，「我馬上去做飯。」說完，終於走進了客廳。

他在將近中午的時候才吃了早餐。母親做的菜果然好吃，他添了兩碗飯。

「哥哥呢？他還沒有回來嗎？」

「嗯。」志摩子小聲回答，似乎不想談論這個話題。

「媽，妳知道黃色牽牛花相關的事嗎？」

志摩子的表情似乎有點緊張，「爲什麼突然問這個？」

「爸爸和哥哥之前有沒有說過關於黃色牽牛花的事？任何事都沒有關係。」

「牽牛花沒有黃色的……」

「我知道，但搞不好某個地方有，或是並沒有絕種之類的，妳以前有沒有聽說過？」

志摩子皺起眉頭，搖了搖頭。

「我沒聽說過，你爲什麼問這個？發生什麼事了？」

「我才想知道到底發生什麼事了，我們家到底怎麼了？哥哥在哪裡？他到底在做什麼？」他忍不住越來越大聲。

「做什麼……當然是在工作啊。」

「他到底做什麼工作？眞的是警察廳的工作嗎？」

志摩子露出心虛的表情後，用力深呼吸，似乎讓自己的心情平靜下來，「不然還有什麼工作？」

「媽，」蒼太直視著母親的眼睛，「我們家爲什麼要去看牽牛花？爲什麼以前每年都要固定去看？不，不是過去式，我猜想今年也有去。到底是爲什麼？」

「因爲這是慣例……」

蒼太緩緩搖頭後站了起來。

「我認爲不是這麼簡單的事。」

當他走出客廳時，志摩子叫住了他。

「蒼太，你可能有什麼誤會，但是，你只要考慮自己的將來就好，這也是要介最大的期望，死去的爸爸也一樣。」

蒼太沒有回答，直接走出客廳。

下午三點整，蒼太和秋山梨乃在新宿車站見了面。她今天穿了一件飄逸的襯衫和牛仔短褲，腳蹬一雙高跟涼鞋，和一百七十七公分的蒼太差不多高。

梨乃手上拿著蛋糕店的紙袋，蒼太問她裡面裝了什麼，她說是鬆餅，打算當作伴手禮。

「妳眞細心，我完全沒想到伴手禮的事。」

「爺爺的這位老同事來參加了葬禮，我不能太失禮，但後來才想到，案發當天，我也是帶了鬆餅去爺爺家。」梨乃說到這裡，忍不住紅了眼眶。

他們搭了京王線的準特急車，十幾分鐘就會到調布。車廂內有點擁擠，兩個人站在車門旁。

「關於伊庭孝美的事，我已經拜託了朋友，」梨乃說，「我上次不是說，認識她們學校游泳隊的人嗎？剛才我傳了電子郵件給對方，對方也回覆了，說有空的時候會幫忙打聽。」

蒼太看著她的臉說：

「我今天早上就有這種感覺，妳爲什麼做事這麼迅速？」

「我只是性急，有什麼事就想趕快去完成。」

「太厲害了。但是，目前並無法確定那個鍵盤手就是她……就是伊庭孝美。」

梨乃眉頭緊鎖，「你昨天說，你絕對不可能認錯人。」

「我的確這麼認爲，只是沒有證據，所以才想要找出證據。」

「這樣就好了啊，反正無論如何，都要確認一下，而且，我也認爲你沒有認錯人。」

「爲什麼？」

「因爲，」她繼續說了下去，「她不是你的初戀情人嗎？這麼重要的人，怎麼可能認錯？至少你不會認錯。」

蒼太忍不住苦笑起來，「妳還根本不瞭解我。」

「我對於你其他方面的確很不瞭解，但是，在這件事上很有自信。因爲你昨天對我說了一整晚。」

蒼太忍不住嚇了一跳，「一整晚？」

梨乃很受不了地把身體向後一仰，「你連這個也忘記了嗎？你昨晚至少說了五次你們一起去買霜淇淋的事。」

蒼太用指尖按著太陽穴，覺得自己的臉頰發燙。

「所以，我猜想你八成沒有認錯人，我相信你。」

在梨乃一雙大眼睛的注視下，蒼太心跳加速，「那就先謝謝了。」他好不容易擠出這句話。

到了調布車站後，梨乃立刻打電話給對方。她在講電話時巡視周圍，隨即露出恍然大悟的表情掛上了電話。「他已經到了，我們快過去吧。」

他們從北口出了車站，走向約定的巴爾可百貨一樓咖啡店。蒼太在路上得知了對方的名字，那個人姓日野。

咖啡店裡沒什麼人。當他們走進去時，坐在裡面的一個小個子男人站了起來。他看起來大約六十歲左右。

梨乃先向他打了招呼，「謝謝你來參加爺爺的葬禮，也謝謝你今天從百忙中抽空過來。」

「沒事沒事，」那個男人搖著手，「只要是我力所能及的事，請儘管開口，反正我很閒。」

梨乃向日野介紹說，蒼太姓山本，是她的朋友。因爲無法保證要介之前是否曾來找過他，梨乃擔心說出蒲生這個姓氏會引起懷疑。

這家咖啡店是自助式，所以蒼太去買飲料。問梨乃要喝什麼，她說要拿鐵。日野的面前已經放了一杯咖啡。

蒼太用托盤端著熱咖啡和拿鐵回到座位時，看到梨乃的指尖在手機的液晶畫面上滑動操作著。

「借我看一下。」日野說著，接過了手機。

他打量了一會兒後，抬起了頭，「原來如此，這就是秋山先生最後培育的花，眞是太有意思了。」

「你覺得怎麼樣？」梨乃問。

「的確也有可能是牽牛花，只是無法斷言，因爲也可能是特徵相同，但完全不同種類的植物。必須親眼看到實物，並且進一步調查基因，才能做出明確結論。」

「我聽山本說，」梨乃瞥了蒼太一眼，「如果這是牽牛花，就是很了不起的事。聽說現在市面上並沒有黃色牽牛花。」

日野用力點頭。

「沒錯，所以，我也不敢貿然斷言。」

「我爺爺以前曾經研發新品種的花，他有沒有投入黃色牽牛花的相關研究？」

日野聽到梨乃的問題，嘴角露出笑容。

「我們的確研究了牽牛花，但我們的重點不是黃色牽牛花，而是藍色牽牛花。」

「藍色？那不是很常見嗎？」

「對，很常見。我們研究的目標正是爲什麼到處都有藍色牽牛花。我在葬禮時也曾經告訴妳，我和秋山先生的目標是藍玫瑰。花的顏色取決於植物具有什麼色素，根據這個特徵，照理說，無論牽牛花和玫瑰都不可能有藍色的花，但是，正像妳剛才說的，藍色牽牛花很常見，我們對這件事產生了好奇。當然，我們的研究目的是爲了研發藍色玫瑰。」

「但是，你們在藍玫瑰的競爭中失敗了。」

「沒錯。」

「是不是在那之後，決定挑戰夢幻的黃色牽牛花？」

日野露出落寞的笑容，緩緩搖著頭。

「沒有，因爲公司認爲開發藍玫瑰的投資損失慘重。所以，秋山才會離開公司，研究部門也遭到裁撤，我們並沒有下一個研究目標。」

「原來是這樣。」梨乃露出沉痛的表情。

「請問，」蒼太插著嘴，「在開發新品種的花時，都做些什麼事？」

日野把滿是皺紋的臉轉向他的方向。

「要做很多事，除了單純的交配以外，還會基因重組，有時候也會嘗試細胞融合，但是，這些都只是我們工作的一小部分。」

「你的意思是？」

「我們大部分的工作是培育花卉。因爲基因重組後，期待中的花並不會在一個小時後就綻放，所以，我們主要的工作就是培育這些花種，讓它們順利開花。因爲想要盡可能縮短日期，所以經常會一整天在溫室內或是用照明操作。不同的植物影響開花時期的要素都不一樣。」

梨乃重重地吐了一口氣。

「原來爺爺是因爲這個緣故，才在院子裡種了很多花。」

「也許吧。」日野點點頭。

蒼太指著梨乃放在桌上的手機。

「秋山先生會不會想研發這種花？」

日野微微皺起眉頭問梨乃：「秋山先生之前就在栽培牽牛花嗎？」

她搖了搖頭。

「據我所知，之前院子裡並沒有種牽牛花。」

「如果是這樣，我不得不說，可能性很低。」日野轉頭看向蒼太，「育種的工作需要以十年為單位，我的朋友中，也有人在栽培牽牛花，聽他說，即使花了好幾年的時間，也無法培育出理想的花。不可能昨天或是今年心血來潮，就可以讓夢幻的黃色牽牛花開花，這一點我絕對可以斷言。」

「秋山先生會不會研發出什麼劃時代的方法呢？」蒼太不願輕易放棄。

日野偏著頭。

「如果有人要求我研發黃色牽牛花，我首先會進行交配，試著和近緣種的黃花交配，但這種事應該已經有人在做了。除了交配以外，還可以採用細胞融合的方法。把牽牛花的細胞和其他黃花的細胞融合，或是基因重組，把會產生色素的酵子基因單離出來，加入牽牛花的基因中。以前曾經用這種方法挑戰過黃色非洲堇，只是沒有成功。如果這些方法都不行，就要使用放射線，強制進行突變。當然，這些都是沒有十足把握的方法，都必須經過無數次嘗試，絕對不可能一次就成功。秋山先生絕對不可能用極機密的方式，在家中進行這樣的研究。」

日野的話很有說服力，也就是說，只能尋找其他可能性。

「你有沒有聽說某個研究機構成功開發了黃色牽牛花之類的消息?」

眼前這位年長的技術人員偏著頭否認了。

「沒有,如果成功改良了品種,必須通知農林水產省,但我沒聽說有類似的消息。」

「是喔……」蒼太和梨乃互看了一眼,她輕輕聳了聳肩。

「我的回答似乎辜負了你們的期待,我也希望秋山先生能夠培育出劃時代的新品種,但是,不可能的事就是不可能。」日野用充滿同情的語氣說道,「如果你們仍然無法接受,我建議你們去請教一下專家。我剛才也提到,我有一個朋友專門在培育牽牛花的新種,雖然他並不是以此爲職業,但經驗和知識都很豐富。」

「你願意介紹給我們認識嗎?」梨乃問。

「當然啊。」日野說完,拿出了自己的手機。

他告訴他們一個名叫田原的人的電話,那個人的職業是牙醫師。

「我會先聯絡他,相信和他談了之後,一定會對你們有幫助。」日野露出平靜的表情說道,爲這次談話畫上了句點。

19

早瀨一站在門口，一個身穿白色襯衫，黑色長裙的女人立刻走了過來，似乎不太適合「女服務生」這個稱呼。

「請問您約了人嗎？」女人面帶笑容地問。

「對，是啊，」早瀨巡視店內，「他似乎還沒來。」

「請問有幾位？」

「連我在內兩個人。」

「我爲您帶位，請小心。」那個女人用優雅的動作爲早瀨帶位。無論她的談吐和舉止，都和一般的咖啡廳店員大不相同。

他跟著女服務生來到咖啡廳深處的桌子旁，在兩側有扶手的沙發上坐了下來，整個人頓時很放鬆。

他之所以約對方在飯店的咖啡廳見面，是爲了避免不小心遇到同事。刑警會在東京每個角落出沒，但幾乎不會去飯店的咖啡廳歇腳。

他約了蒲生要介在這裡見面。早瀨主動約他是下了很大賭注，因爲萬一傳進上司耳朵，自己可能就吃不完兜著走了。不但有可能被調去閒職，更可能被迫遞辭呈。但是，他又有「不賭此時，更待何時」的想法。他想起裕太的臉。雖然自己這個父親沒有任何優點，也沒有任何值得尊敬的地方，但至少希望能夠實現兒子的心願。

早瀨在「久遠食品研究開發中心」看到蒲生要介後，重新檢討了在之前偵查過程中掌握的所有資料。雖然他不瞭解蒲生的目的，但他顯然對秋山周治之前工作的地方和研究內容很感興趣，他想要找出根據。

命案發生後，曾經徹底搜索了秋山周治家。偵查員把書信、植物生長筆記，以及各種筆記統統裝進紙箱帶回搜查總部，早瀨他們做了徹底的調查，只是沒有找到任何看起來和命案有關的線索，所以漸漸認定是一起強盜殺人案。

但是，蒲生似乎發現了什麼，否則，他不可能去「久遠食品研究開發中心」。

當他專心地看資料時，其他刑警揶揄他：「即使現在去翻垃圾桶，也不可能找到寶。」轄區分局的人覺得既然抓不到凶手，就希望案情趕快陷入膠著，因為他們不希望搜查一課的人一直在分局內進進出出。早瀨平時也都這麼想，無論是任何案子，一旦成立搜查總部，從某種意義上來說，轄區分局就像是旁觀者。

但是，這次的情況不一樣，早瀨絕對不能讓案情陷入膠著。

在他幾乎要放棄時，發現了那張紙條。這張紙條就像標籤一樣出現在龐大的資料角落。

『案發六天後失竊　院子裡的盆栽　黃色的花？』——紙條上寫了這些字。

這是怎麼回事？到底是誰寫的？

他去問了搜查總部內的每一個刑警，遲遲找不到瞭解詳情的人，大部分人甚至沒看過這張紙條。

最後終於找到了這張紙條的來源。原來是秋山周治住家附近派出所的員警寫的。

案發六天後，死者家屬去死者家中後，向警方報案，死者家中遭竊。附近派出所的員警趕到現場，死者家屬告訴員警，院子裡的盆栽不見了。

因為案發當時並沒有發現失竊，很可能是現場保存的警備解除後，有人上門偷走了。大門沒有鎖，任何人都可以隨時走進院子。惡作劇的可能性很高——員警聽了死者家屬的報案內容後，這樣向搜查總部報告。

早瀨立刻聯絡了那名員警，得知死者家屬就是秋山周治的孫女。早瀨想起案發當天曾經見過她，是一個身材高䠷，五官標緻的年輕女孩。記事本上記錄了秋山梨乃這個名字。

早瀨無法從員警口中問到什麼消息，決定當面問秋山梨乃。他有所有相關人員的電話。

他去了秋山梨乃指定的芳鄰餐廳和她見了面，當提到被偷的盆栽時，她表現出強烈的好奇心，而且還提供了不容忽視的消息。

盆栽不是在案發之後被偷，而是案發當時就被偷走了。

果真如此的話，案情可能會一百八十度改變。如果只是普通的竊賊，不可能偷盆栽，也許那盆盆栽才是凶手動手殺人的目的。

聽秋山梨乃說，那是一盆不知道名字的黃花。

當早瀨問她，有沒有把這件事告訴別人時，她否認告訴了其他人，但她的眼神令早瀨在意。那是在主張自己沒有說謊的眼神，幹刑警的人，遇到這種情況時，反而會起疑心。

早瀨設下了圈套，他提到蒲生要介的名字，說知道他們見過面。這一招果然奏了效，秋山梨乃承認曾經和蒲生接觸。

這才是關鍵。早瀨立刻深信，被偷的那盆花和命案有關。

掌握這些線索後，接下來只有一件事要做。那就是打電話給蒲生要介，說有關於那起案子重要的事和他談。然後，他又補充說：「也可以說是關於黃花的事。」

果然不出所料，蒲生立刻指定了見面的時間和地點。

早瀨喝著一杯要價一千圓，簡直貴得離譜的咖啡，蒲生要介在約定的時間準時出現。他穿著深藍色西裝，拎著公事包，低頭看著早瀨，微微欠了欠身說：「你好」，然後在對面的椅子上坐了下來。他的表情從容，不像是在虛張聲勢。

長裙的女人走了過來，蒲生也點了咖啡。

「不好意思，臨時把你找來，」早瀨說，「你原本是不是有其他安排？」

「的確已經安排了幾件事，但我都取消了。既然強盜殺人案搜查總部的刑警打電話來，說有重大的事情要談，我當然不能置之不理。」

早瀨探出身體，抬眼看著對方的臉。

「我提到黃花的事，才是吸引你的關鍵吧？」

蒲生面不改色，「你說呢？」

咖啡送上來了，蒲生一派悠然地加了牛奶，用茶匙攪拌著。

「前幾天我看到你，」早瀨說，「在『久遠食品研究開發中心』，你去那裡做什麼？」

原本以爲蒲生會驚訝，但他不爲所動。

「沒什麼，只是爲了工作，警察廳的工作。」蒲生戲謔地聳了聳肩問，「有必要向你報告嗎？」

「如果你不說就傷腦筋了，警察廳的公務員怎麼可以不向我們打一聲招呼，就擅自和案件相關者接觸呢？」

「如果你有不滿，請循正當管道來抗議。我只是基於自己的目的行動，還是說，我做的事影響了你們辦案？」

早瀨把雙手架在桌子上，抬眼瞪著蒲生的臉，「我可以向上面的人提黃花的事嗎？」

「什麼意思？」

「蒲生先生，雖然我不知道有什麼內情，但我認爲你私人對這起命案很有興趣。我猜想起因應該是秋山周治的院子裡被偷的那盆花，我不知道你和秋山的孫女是什麼關係，但你從她口中得知了黃花的事，察覺到這起事件和秋山在植物方面的研究有關，所以就向負責調查他人際關係的刑警，也就是我們瞭解情況，進而向秋山以前任職的公司去打聽。怎麼樣？我的推理有錯嗎？」

蒲生仍然一派悠然，拿起咖啡杯喝了起來。

「那不是推理，而是幻想，要怎麼幻想是你的自由，旁人無從置喙。」

「可別小看幻想，尤其是刑警的幻想，更不容小覷。」

蒲生露出銳利的眼神看著他，早瀨毫不畏懼地和他對峙。

「秋山的孫女向警方通報盆栽被偷，但因爲腦筋不清楚的員警不當一回事，所以這件事並沒有反映在偵查工作上。但是，蒲生先生，這件事反而對你有利，搜查總部並沒有發現黃花的重要性，甚至不知道黃花的存在，負責本案的刑警都在查一些無關緊要的線索，你可以在這段期間爲所欲爲地行動。」

蒲生突然看向遠方，舉起一隻手，穿長裙的女服務生走了過來。

「麻煩續杯。」他指著早瀨的空杯子說。

「你打算請客嗎？」

蒲生露齒一笑，「飯店咖啡廳都可以免費續杯。」

「是這樣嗎？原來如此，難怪貴死人了。」

「請繼續說下去。」

早瀨舔了舔嘴唇，再度開了口。

「我看到你去『久遠食品研究開發中心』，對你來說，這件事是重大的失算。如果沒有看到你，我會很快把問一些奇怪問題的警察廳公務員拋在腦後，但是，正因爲我在那裡看到了你，所以才重新看了辦案資料，發現盆栽遭竊的事。雖然你現在表現得很從容，內心恐怕就沒這麼鎮定了。聽到我說這些讓你傷腦筋的事，你正在絞盡腦汁思考如何敷衍我，用一路走菁英路線的聰明腦袋，動員所有的腦細胞在思考，我說對了嗎？」

當他一口氣說完時，新的咖啡剛好送上來。早瀨喝著黑咖啡，等待著對方出招。既然可以免費續杯，就沒必要小口喝了。這麼一想，就覺得嘴裡的咖啡很好喝。

「我可以請教一個問題嗎？」蒲生緩緩地問。

「直說無妨。」

「爲什麼你不把剛才那番話告訴你的上司？既然你確信被偷的盆栽和命案有關，爲了破案，你應該向上司報告。但是，你沒有這麼做，而是和我聯絡，請問是爲什麼？」

「終於進入正題了，」早瀨說，「我爲什麼沒有向上司報告，原因很簡單，因爲這麼做很無趣，我得不到任何好處，只會讓搜查一課那些人卯足全力偵辦。即使因此破了案，我也分不到半點功勞。既然這樣，就要設法透過其他途徑解決。」

「你是說，你想偷跑嗎？你想跳過搜查一課嗎？」

「你不要說得這麼難聽，但直截了當地說，就是這麼一回事，這是千載難逢的機會。」

「我不知道哪裡有什麼機會，」蒲生把咖啡喝完，看了一眼手錶，「不好意思，我接下來還有事，差不多——」

「我可以再說一個幻想嗎？」

蒲生嘆了一口氣，「請簡單扼要一點。」

「你的目的並非爲了逮捕凶手，對你來說，這件事根本不重要，所以，你沒有把黃花的事告訴搜查總部，你另有目的，而且和警察廳無關，和你個人有關。這個幻想怎麼樣？」

「我剛才也說了，幻想是你的自由。」

「爲了達到你的目的，你最好和我合作。」

蒲生收起了臉上的表情，「合作？」

「我們相互交換資訊。我的目的是逮捕凶手，和你之間沒有衝突。」

蒲生嘴角露出淡淡的笑容，但眼神依然冷漠。他又低頭看了一眼手錶，拿起桌上的帳單站了起來。早瀨抓住他的手腕，「我們的話還沒說完呢。」

蒲生低頭目不轉睛地看著他。

「想談交易，至少自己手上要有牌。」那是從腹底深處發出的低沉聲音。

「手上要有牌……」

「如果你想向上司報告黃花的事，悉聽尊便。如果可以因此破案，那就恭喜你了。」

他推開早瀨抓住他的手，轉身走向出口。

20

一看手錶，離約定時間已經超過五分鐘了。蒼太站在東武伊勢崎線東向島車站的剪票口，似乎有一班電車到站，許多乘客走了出來，他很快看到了秋山梨乃的身影。她今天穿了一件格子圖案的帽T，戴了一頂紅色帽子。她無論穿什麼，都像模特兒一樣好看。

「對不起，我沒有趕到上一班車。」

「沒關係，我也才剛到。」

「從這裡走過去嗎？」

「好像是，我看了地圖，並不會太遠，馬上就到了。」

兩個人走出車站後往西走。

「打電話後的感覺怎麼樣？」蒼太問。

「感覺不錯啊，我說是日野先生介紹的，他馬上就知道了。」

「妳有告訴他，是爲了請教牽牛花的事嗎？」

「對，我說有事想要向他請教，似乎經常有人問他關於牽牛花的事，所以他並沒有感到很意外。」

「但他不是牙醫師嗎？」

「對，是一個女人接的電話，接起電話時還說『田原牙科診所，你好』。」

「爲什麼牙醫師會培育牽牛花？」

「不知道。」梨乃偏著頭，似乎在說，我怎麼可能知道。

路很複雜，所以蒼太找出了手機上的地圖，他事先已經設定好目的地。

狹小的道路上，有很多獨棟的房子，有新房子，也有老房子。這一帶的房價應該受到晴空塔的影響，比以前上漲了不少。

「田原牙科診所」就在這片住宅區內，長方形的灰色建築物很老舊，牆上滿是龜裂紋。

「這樣說或許有點失禮，」梨乃抬頭看著老舊的招牌，壓低聲音說，「我不會想來這種地方看診。」

「似乎無法期待能夠接受最新的治療。」

梨乃推開玻璃門走了進去，蒼太也跟在她身後。右側是掛號櫃檯，櫃檯前是候診室，沒有病人在等候。

櫃檯內坐了一個中年女人，訝異地看著蒼太他們。

「我是白天打電話來的秋山。」梨乃報上了姓名。

中年女人終於解除了警戒。

「請在這裡稍候，很快就好了。」

候診室內的長椅排成L字形，蒼太和梨乃並肩坐在長椅上。

診察室內傳來說話聲和用機器磨牙齒的聲音。蒼太很怕那種聲音，雖然明知道自己不是來治療的，但還是覺得牙齦發麻。爲了擺脫這種感覺，他巡視室內，看到牆上貼了一張寫了「保護牙齒健康五大注意事項」的海報，似乎貼了多年，海報紙已經泛黃了。

「你看這個……」

梨乃看著放雜誌的小書架，拿起一本書，把封面朝向蒼太的方向。書名叫《東京和牽牛花》，作者是田原昌邦。

「沒想到他出過書……」

蒼太翻開書，看了目錄，從介紹江戶文化文政的園藝熱潮開始，也介紹了當今牽牛花愛好者之間的交流，內容並不是談論技術，更是偏重文化史。

序言中提到，因爲他必須繼承家業，所以當了牙醫師，但他自認眞正的職業是培育牽牛花，只是並沒有靠牽牛花賺過錢。

診察室的門打開了，一個身穿工作服的男人走了出來。不知道他剛才接受了什麼治療，但一臉憂鬱的表情，拚命動著嘴巴。

「你最好趕快戒菸，否則不會好轉。」診察室內傳來說話聲，身穿工作服的男人懶洋洋地低聲回答：「好啦。」

那個人繳費離開後，診察室的門再度打開，一個身穿白袍的男人走了出來。因爲夾雜了白髮，看起來像灰色的長髮綁在腦後，嘴巴周圍留的鬍子也是相同的顏色。

蒼太和梨乃同時站了起來，那個男人輪流看著他們。

「就是你們想瞭解牽牛花的事嗎？」

「是。」兩個人異口同聲地回答。

「你就是田原先生嗎？」梨乃問，「對不起，在你百忙之中打擾。」

「沒關係，而且，妳看了就知道，其實我並不忙。」田原在長椅上坐了下來，「你們也坐下吧，站著說話心神不寧。」

「是。」兩個人又異口同聲地回答後，重新坐了下來。

田原瞇起眼睛看著他們，「俊男美女，你們在一起很配。」

「不，不是這樣……」蒼太搖著手。

「不是嗎？那就太失禮了。」田原低下灰色的腦袋向他們致歉。

「我們只是朋友。」梨乃說完後，報上了自己的姓名，仍然介紹蒼太姓山本。

「昨天晚上，日野先生打電話給我，說有一張神秘的花的照片。」

「沒錯。」梨乃說完，從皮包裡拿出手機，讓那張花的照片顯示在螢幕上。

田原從白袍口袋裡拿出眼鏡。那似乎是一副老花眼鏡。他戴上眼鏡，注視著液晶螢幕畫面，他的表情很嚴肅。

「這朵花是？」

「我爺爺不久之前種的。」

「是喔。」田原看著梨乃，「妳爺爺在研究牽牛花嗎？」

「不，不是專門培育牽牛花，他種了各種不同的花，所以，我不知道這是不是牽牛花，我給山本看了之後，他說可能是。」

田原看向蒼太，「你爲什麼這麼覺得？」

「爲什麼……」

「通常聽到牽牛花，都會想到那種紅色、紫色的圓形牽牛花，很大朵的。反過來說，如果不是那種形狀，就不會想到是牽牛花。這張照片上的花完全不同，你爲什麼會認爲可能是牽牛花？」

「因爲我以前好像在書上看過。」

「書？」

「關於變種牽牛花的書。」

田原眼鏡後方的雙眼似乎亮了一下，「你對牽牛花有興趣嗎？」

「沒有，是剛好家裡有那本書。」

「是喔。」老醫生似乎無法釋懷，再度低頭看著手機螢幕，「這朵花怎麼了？」

「這是牽牛花嗎？」梨乃問。

田原抬起頭說：「南天、車咲。」

「什麼？」梨乃忍不住反問。

田原從書架上拿起梨乃剛才翻過的書，打開有圖解內容的那一頁，出示在他們面前。

「這上面不是寫著嗎？照片上的那朵花，葉子的特徵很像南天，車咲是一種重瓣的牽牛花。」

「所以，這是牽牛花嗎？」蒼太問。

「看起來是。」田原很乾脆地回答。

「這麼說，」蒼太指著梨乃的手機，「這種花很了不起。因爲它的花瓣是黃色的，現在市面上並沒有黃色的牽牛花吧？」

田原笑了笑，收起下巴。

「沒錯，雖然以前存在，但目前據說已經絕種了，所以這很有意思。」田原露齒而笑，把手機還給梨乃，「我想看一下實物，實物在哪裡？」

「這個……現在沒有了。」她回答。

「沒有了？已經枯萎了嗎？」

「對，所以已經丟掉了。」

「是嗎？太可惜了，那是很罕見的品種。」

蒼太對田原的反應感到很不滿足。他原本以爲田原會更興奮。

「請問這種花並不值得驚訝嗎？」

聽到他的問題，田原似乎想到了什麼。

「原來你們認爲發現了很珍貴的花，所以來這裡找我。這個顏色的確很棒，從照片上來看，的確已經合格了。」

蒼太和梨乃互看了一眼，他們聽不懂田原的意思。

「你們跟我來。」田原站了起來。

蒼太他們也起身跟在老醫生身後。田原走進診察室，打開旁邊的門。那道門的後方似乎就是他的住家。

昏暗的走廊盡頭有一道門，田原走了進去。「打擾了。」蒼太打了聲招呼，也走了進去。那是一間八帖榻榻米大的和室，但最先映入眼簾的是貼滿一整面牆的花卉圖片和照片，他一眼就發現，這些花全都是牽牛花。

梨乃在他身旁發出感嘆的聲音，「太壯觀了。」

「太了不起了，」蒼太說，「醫生，這些全都是你種的嗎？」

「差不多一半是我種的，但另一半是全國各地的愛好者寄來的，都是用我的種子培育出來的成果。」

蒼太迅速看了一下，總數絕對不止一百張，也許超過兩百張，每張照片上都綻放著充滿個性的花，很多在外行人眼中，很難認爲是牽牛花。

蒼太的目光停留在其中一張照片上，上面寫著「常葉切咲」，葉子是牽牛花特有的形狀，花瓣分成五片，也許是因爲這個原因，才會有「切咲」的名字，但是，引起他注意的不是形狀，而是顏色。照片上的花呈淡乳黃色，也可以稱爲黃色。日期是在五年前。

「這是我在屋頂栽培的，發生了突變。」田原站在蒼太的身後說道，「那是開白花的系統，突然開了一朵這樣的花，因爲很稀奇，所以就拍下來了。」

「那個系統之後怎麼樣了？」

「沒怎麼樣，繼續開白花而已，再也沒有開過這張照片上的這種花。而且，這朵花也沒有結種子。」

「所以，早知道應該把這朵花保存下來吧？」

「怎麼保存？花早晚會枯掉。」

「可以運用複製技術或是生化技術之類的。」

「哈哈哈，」田原乾笑起來，「你是學生嗎？」

「差不多，我在研究所做能量方面的研究……」

他不敢說是「原子能工學」。

「所以，你是前途無量的年輕科學家，但是，山本同學，不能任何事都試圖用科學的方法來解決。」田原看著照片上的花，「我培育牽牛花多年，每隔幾年，就會出現一次這種突變，但要維持下來並不容易。不過，正因爲是難得出現的奇蹟，所以才有意思。如果運用生化科技大量繁殖，就一點都不好玩了。」

蒼太能夠理解他的心情，就好像用電腦來拼圖，就一點都不好玩了。

「而且，」田原繼續說道，「對不起，我說的話可能讓你們失望，這並不是黃色。雖然看起來像黃色，但我仔細觀察了花瓣，發現表面有細微的波紋，會微妙地反射光線，看起來像乳黃色。這張照片拍得很成功。」

田原看著貼在整面牆上的照片。

「花的顏色是由色素決定的。牽牛花是由藍、紫、暗紅、亮紅這些顏色搭配而成，基本上沒有黃色的色素，但有時候也會出現色素本身沒有發揮作用的情況，白色牽牛花就是如此。和色素有關的基因出現了缺陷，我的類黃色牽牛花也屬於這種情況。」

「但是，這張照片上的花並不是白色的，無論怎麼看都是黃色的。」梨乃握緊手機。

「嗯，嗯，」田原點了兩次頭，「任何事都有例外，我剛才說，基本上沒有黃色的色素，並不代表完全都沒有，雖然只是極少數，但也有牽牛花含有查耳酮、橙酮和黃酮醇之類淺黃色的色素，這些色素強烈顯現時，就會出現照片上的這種花，但這種程度的花，普通的花卉愛好者偶爾也可以種出來，也有人曾經寄照片來給我，因爲黃色太漂亮了，我很驚訝地打電話給對方，對方很不好意思地告訴我，雖然照片上看起來是那樣，但如果我看到實物一定會失望，因爲根本稱不上是黃色。這些色素還是會有一定的限度。」

「那到底需要哪一種色素？」蒼太問。

「如果要呈現深黃色，就需要類胡蘿蔔素這種色素，現有的牽牛花中並不含有這種色素，所以才稱爲夢幻花。」

「那以前存在的黃色牽牛花是怎麼回事呢？那些也只是眼睛的錯覺，看起來像黃色而已嗎？」

「不，應該不是。根據當時的資料，的的確確存在鮮豔的黃色，當時應該存在具有類胡蘿蔔素這種色素的基因。」

「爲什麼會滅絕？」

「那就不知道了，」田原緩緩地說，「可能是自然環境遭到破壞，也可能是戰爭的關係，無論如何，都是大自然規律的結果。」

「只有黃色牽牛花自然消失了嗎？」

「並不是只有黃色牽牛花消失而已，無論是花的形狀，還是葉子的形狀，古代文獻上有很多如今只能稱爲傳說的變種牽牛花的圖，那些牽牛花也都消失了。」

「原本以爲已經消失的系統會不會突然復活呢？可能留下了種子，然後像這次一樣開了花。」

田原摸著冒出鬍碴的下巴聽蒼太說話，蒼太說完後，他輪流看著兩個年輕人的臉說：「你們跟我來」，然後走出了房間。

蒼太他們跟在他身後，從走廊中間的樓梯上了樓。

樓梯盡頭有一扇門，推開門，就是屋頂。蒼太張大了眼睛。屋頂大約有十坪左右，種了滿滿的盆栽。雖然看似毫無秩序地亂放，但其中必定有某種規則性，田原應該很清楚其中的規則。

「我每年都會在這裡播種，只播下神明允許的種子。」

「神明？」蒼太看著老醫生的臉。

「變種牽牛花很有趣，即使像我這種培育牽牛花多年的人，也完全無法預測交配後會開出什麼樣的花。這正是有趣的地方，這也是基因組合的遊戲。雖然崇高，但也很危險，所以，必須在神明允許的範圍內享受這種樂趣。」

「哪些花神明會允許？」梨乃問。

田原對她露出溫柔的眼神。

「那我就不知道了，如果可以持續存活，就代表神明允許吧。我認為一切都順其自然。反過來說，既然消失的東西，就讓它消失吧。某種花種會滅絕，一定有其中的理由。黃色牽牛花會滅絕，應該也有一定的理由。」

「你是不是對這種理由有自己的見解？」蒼太問。

「我沒有，只是聽說過有趣的事。」

「什麼有趣的事？」

「黃色牽牛花是禁忌的花。」

「禁忌……」蒼太和梨乃互看了一眼。

「我是受到父親的弟弟，也就是叔叔的影響，才會對牽牛花產生興趣。看到他讓很多變種牽牛花開花後，我也想自己動手種。有一次，叔叔對我說，可以種任何花，但千萬別追求黃色牽牛花。我問了他原因，他說那是夢幻花。」

「夢幻花？」

「就是夢幻的花，一旦追求，就會自取滅亡。」

田原用淡淡的語氣說道，蒼太卻感到背脊發涼，不知道該如何回答。

田原突然露出柔和的表情。

「這應該只是迷信而已。總之，既然是已經滅絕的品種，不可能毫無理由地復活。我和多位牽牛花愛好者持續保持聯絡，從來沒有聽說這種事。」

「那如果有人違背神明的意旨呢？」

聽到蒼太的問題，田原鎖緊眉頭，「什麼意思？」

「運用生化科技，應該可以像藍玫瑰一樣，讓黃色牽牛花復活。照片中的花，也可能是用這種方式培育出來的。」

他並沒有提到「Botanica Enterprise」的名字，因爲他還不知道要介的想法。

田原突出下唇，沉思了片刻，隨即重重地嘆了一口氣。「可不可以再給我看一下剛才那張照片？」

梨乃把手機遞給他，田原接過手機，仔細端詳後，還給了她。

「我剛才也說了，不看實物很難瞭解情況，只是我目前並沒有聽到類似的消息。」

「會不會是某個機構極機密地進行研究？」

田原微微搖晃身體，用鼻子吐了一口氣。

「我知道有很多研究機構在研究這個課題，但我認爲那只是愚蠢的行爲。」

「爲什麼？」

「這和藍玫瑰不一樣，藍玫瑰原本並不存在，但我說過很多次，以前曾經有黃色牽牛花，如果讓以前的黃色牽牛花復活，或許還情有可原，可是要運用生化科技，硬是要讓牽牛花的花瓣變成黃色，那根本是冒牌貨。對我來說，是根本沒有任何魅力可言的垃圾。」

田原的話中充滿不耐。

回到原來的房間，蒼太向田原道謝。他的確學到了不少有關牽牛花的知識。

「日後遇到什麼問題，隨時歡迎再來，而且，我也想知道有關那種花的消息。」

「等我們查清楚後，會再來向你報告。」

「啊，對了，」當他們鞠躬道別，正準備離去時，田原叫住了他們。打開櫃子的抽屜，拿出一份資料，「這是去年年底，在向島百花園舉行的變種牽牛花演講，演講上稍微提到了黃色的花，但並不是運用生化科技，而是和西洋種進行交配得到的。雖然多次挑戰，只是成果似乎並不理想。」

蒼太翻開資料，上面有幾張照片，拍攝了演講會中展示的牽牛花，其中有一張是黃色的牽牛花，但正如田原所說的，並不是鮮豔的黃色，而是淡淡的乳黃色。

「似乎眞的不太容易。」蒼太說完後，看向下一張照片，忍不住驚訝地倒吸了一口氣。

那張照片並不是花卉的特寫，而是拍攝圍在花周圍的參加者。有幾個男女正在欣賞那盆花，但蒼太的眼睛緊盯著角落露出認眞眼神的女人。

他不知道該說「好久不見」，還是「又見面了」——

那個女人酷似伊庭孝美。

21

離開「田原牙科診所」後，兩個人一起走進附近的咖啡店。因爲喝飲料並不重要，所以蒼太點了兩杯普通咖啡。

秋山梨乃仔細打量照片後，放在桌子上。那是向田原借來的照片。

「的確很像那個鍵盤手。」

「何止是像，根本是同一個人。」

「但你認爲會有這麼巧的事嗎？我們前天晚上才決定要找伊庭孝美，然後，我們因爲其他事去見到了牽牛花博士，發現他有那個女人的照片，你不覺得未免太巧了嗎？」

「但實際上眞的發生了這麼巧的事，也沒辦法啊，這就是所謂的共時性。」

「共……什麼？」

「共時性。想要做某件事時，自己周圍也發生了和這件事有關的事，這種現象就稱爲共時性，那是心理學家榮格提出的概念。」

梨乃皺起眉頭，「怎麼突然說這麼複雜的事？」

「以科學的角度來說，現實生活中確實可能頻繁發生這種程度的巧合。問題在於我們有沒有察覺到，我前幾天在演唱會上看到她，確認了她長大之後的樣子。如果沒有這個經驗，光看這張照片，很可能不會注意到她。如果沒有注意到，就等於這個偶然沒有發生。不是有人相信夢境的啓示嗎？事實上曾經做過很多夢，大部分都和現實不符，卻只記得和現實一致時的事，說現實和夢境一模一樣。這兩種情況本質是一樣的。」

梨乃偏著頭說：「我認爲不是這樣。」

「那是怎樣？」

她用指尖拿起照片。

「只是有人和她長得很像而已。人的臉從不同角度拍攝時，感覺會完全不一樣，尤其是女人，所以才會有那種化腐朽爲神奇的美照。很遺憾，我認爲這張照片中的女人不是伊庭孝美。」

說完，她把照片放回桌子上。

聽田原說，他只是不小心拍到這個女人，完全不知道她是什麼人。

蒼太再度看著照片，仍然覺得照片上的人就是伊庭孝美。她看著不算成功的黃色牽牛花的眼神很嚴肅，中學二年級時的伊庭孝美也曾經有過相同的眼神，當時，他不敢正視她的雙眼——

他突然想起一件重要的事，甚至納悶之前竟然忘了這件事。

「不，」蒼太小聲地說，「應該是她，我相信絕對是她。」

「爲什麼？」

「我之前不是曾經告訴妳嗎？我和她是在入谷的牽牛花市集認識的，她曾經說，那是她家每年的慣例。受到父母的影響，對牽牛花產生興趣的她，很可能去聽牽牛花的演講。」

梨乃可能認爲他的分析有理，很不甘願地點了點頭。

「既然你這麼說，那就好吧……也許這種程度的巧合並不算什麼。」

「不，等一下，如果不只是巧合呢？」

梨乃偏著頭，「什麼意思？」

「呃……」蒼太用指尖按著雙眼的眼瞼，這是他專心思考時的習慣，「假設照片上的女人就是伊庭孝美，她去參加牽牛花演講，蒐集有關黃色牽牛花的資料。同時，也假設主動提出想要加入樂團當鍵盤手的也是伊庭孝美。她的前任鍵盤手的爺爺，也就是秋山周治先生有可能在栽培黃色牽牛花。」說到這裡，他把手從眼瞼上拿了下來，抬起頭說：「有這麼巧的事嗎？」

梨乃拚命眨著眼睛。

「你是說，伊庭孝美的目的是我爺爺的黃色牽牛花，她爲了這個目的加入樂團嗎？」

「比起認爲這只是巧合，這樣的推論是否更符合邏輯？」

兩個人默默對望著，梨乃先移開了視線，從身旁的皮包內拿出手機，用熟練的動作操作後，放在耳朵上。電話很快就通了，對方似乎接了電話。

「知基嗎？是我，梨乃。……我有事想要問你，等一下有空嗎？……對，超重要，就是關於那個消失的女人。」

他們在晚上七點抵達橫濱車站，一走出車站，梨乃毫不猶豫邁開步伐。

「妳知道要去哪裡嗎？」蒼太問。

「我去過幾次。」梨乃回答，「那家live house是她最先去的地方，上次不是告訴你，是那家店的老闆把她介紹給樂團成員的嗎？」

「喔……」蒼太想起的確曾經聽她提過。

走了十幾分鐘，前方出現一棟老舊的大樓。兩個年輕人站在通往地下室的階梯前。其中一人是梨乃的表弟，在來這裡的路上，蒼太得知他叫鳥井知基。另一個人是上次表演時的主唱，本名叫大杉雅哉。

「對不起，臨時把你們找出來。」梨乃向他們道歉。

知基輕輕搖了搖頭。

「不，我也很在意她，所以立刻通知了雅哉。」

梨乃轉頭看向雅哉的方向，「你仍然聯絡不到她吧？」

雅哉愁眉不展地點了點頭。

「還是和之前一樣，完全沒有線索，也無從找起，所以只能等妳的聯絡。」

「有沒有什麼新消息？」知基問，輪流看著梨乃和蒼太，「妳上次傳電子郵件，說已經知道她的本名和所讀的高中。」

「目前還在調查，蒲生問我，能不能進一步瞭解詳細的情況，像是她加入樂團的過程之類的。」

「的確應該先瞭解這些情況，光靠我們自己，恐怕很難搞清楚是怎麼一回事……」雅哉的臉皺成一團，搖了搖頭，耳朵上的銀色耳環也跟著搖晃起來。

「她最初是來這家店嗎？」蒼太指著牆上的看板，用潦草的字體寫著「KUDO's land」，那家店似乎在地下一樓。

「對，其他成員也在裡面。」雅哉走下階梯，蒼太他們也跟著走了下去。

一走進店裡，店員立刻迎上前來，雅哉很熟絡地和對方聊了幾句，店員露出很有默契的表情，帶他們來到牆邊的座位。

那裡已經坐了兩個年輕人，體格健壯的是鼓手阿一，個子矮小的是貝斯手阿哲，他們似乎都無意報上自己的全名。

店員來爲他們點餐，蒼太點了啤酒和三明治。他還沒吃晚餐，肚子餓壞了。

蒼太巡視店內。中間有一座舞台，桌子在舞台周圍圍成ㄇ字形，應該會隨著不同的表演需求調整座位。

店裡大約有七成的客人，大部分都是情侶，但也有幾組像是上班族的客人。客人的年齡層比蒼太想像中更高，當他提起這件事時，阿哲告訴他：「因爲今天晚上是工藤先生表演的日子。」

「工藤先生？」

「你有沒有聽過名叫工藤旭的音樂家？」梨乃問。

「工藤旭」這個名字浮現在蒼太的腦海中。

「小時候聽過。」

「我就知道你聽過，這家店就是他開的。」

「喔，是這樣喔。」

「他爲了培養業餘歌手，特地開了這家店。」雅哉說，「所以，平時幾乎都是由像我們這些以職業樂團爲目標的業餘樂團表演，但工藤先生偶爾也會親自表演，今天剛好就是他表演的日子。」

「原來如此。」蒼太終於明白了。

「她以前是這家店的客人嗎？」

「你是說景子嗎？」

「對。」

「沒錯，」雅哉點了點頭，「我是今年才看到她，但聽店員說，她從去年年底就開始出入這裡。」

「是喔。上次聽你們說，她自稱是白石景子，你們有沒有看過她的身分證或是駕照之類的？」

「當然沒有。」雅哉聳了聳肩。

「你們也沒有看過嗎？」蒼太問阿一、阿哲。

「怎麼可能看過？」阿一笑得肩膀也抖了起來。

「通常有人說自己叫白石景子，當然會以爲是她的本名啊，」阿哲說，「怎麼可能叫對方出示身分證？不可能嘛。」

「那倒是。」

啤酒和三明治送上來了，蒼太拿起火腿三明治。

「你叫蒲生吧？你確定她就是你認識的人嗎？」雅哉問。

蒼太把嘴裡的三明治吞了下去，搖了搖頭。

「我無法斷言，因爲我們十年沒見了，但我確信就是她。」

「她叫什麼名字？」

「伊庭孝美。」

「她到底是幹什麼的？」

「不知道。我認識她時，她只是一個普通的中學生，現在不知道她在哪裡，在幹什麼，我也很想知道，所以今天來這裡打算向你們打聽一些情況。」

「是他的初戀情人啦。」

梨乃在一旁插嘴，剛喝了一口啤酒的蒼太差一點噴出來，「有必要在這裡說嗎？」

「因爲如果不說，他們不知道你爲什麼要找她啊。」梨乃說話時，趁其他人不注意，向他使了一個眼色。

蒼太立刻察覺了她的用意。他們來這裡的路上決定不提黃色牽牛花的事，所以，必須有一個合理的理由解釋蒼太爲什麼要打聽她的事。

「原來是這樣。」知基露出好奇的眼神。

「難怪，她很漂亮啊，」阿哲說，「感覺冷冰冰的，就是所謂的冰山美人吧。」

「她經常來這家店嗎？」蒼太問道。

「算是老主顧，」雅哉回答，「她好像是工藤先生粉絲，只要工藤先生表演的時候，她幾乎從不缺席。表演結束後，也會和工藤先生，還有樂團伴奏的成員一起喝酒。」

「她一個人嗎？」

「我看到她的時候，每次都是一個人。」

「雅哉，你之前就和她很熟嗎？」

「完全不熟，雖然曾經見過幾次，但從來沒說過話，她打電話來時，才第一次和她說話。」

「她打電話給你嗎？突然嗎？」

「不，我先接到工藤先生的電話，說有一個姓白石的女人會爲鍵盤手的事打電話給我。因爲我在這家店貼了徵求鍵盤手的廣告，景子看到之後，主動去找工藤先生。」

「你接到她的電話後，就立刻和她見面嗎？」

「對啊，我立刻通知了阿哲、阿一，去了平時練習的工作室，因爲那裡可以借到鍵盤。」

「聽了她的演奏後，認爲她達到了合格水準。」

「我們原本並沒有抱太大的期待，但她的技術很嫻熟，除了鋼琴以外，彈電子琴的經驗也很豐富，唯一的缺點，就是沒有特色，但只要其他人幫忙一下，應該可以掩飾過去，所以我們決定先找她一起試試看，上次表演的情況也不錯，覺得應該沒問題……」

「眞是太不負責任了，當初是她自己說要加入，結果沒有和我們商量就離開了，自私任性也該有個限度嘛。」阿一憤憤不平地說完，瞪著蒼太，「聽到別人說你初戀女友的壞話，你心裡應該不太舒服吧。」

「我能夠理解你們生氣的心情，」蒼太看著雅哉說，「她說要離開樂團時是用什麼理由？」

雅哉撇著嘴說：

「她說因爲家裡的因素，無法繼續參加，就這麼一句話。我傳了電子郵件給她，問她詳細的情況，她也沒有回覆，電話也打不通，簡直就像被狐狸精耍了。」

梨乃看著蒼太問：「你有什麼看法？」

「很奇怪，」蒼太說，「可能眞的是因爲見到我的關係。」

「爲了怕眞實身分曝光，所以在此之前消聲匿跡嗎？」

「這樣的解釋似乎最合理。」

聽到蒼太的回答，梨乃也嘀咕了一聲：「是啊。」

這時，店內的燈光突然暗了下來，甚至看不清楚彼此的臉。聚光燈都打在舞台上，店內頓時一片寂靜，隨即響起了掌聲，表演者從後方走了出來。

伴奏的成員分別站在各自的樂器前，最後，留著一頭銀色長髮，戴著淺色墨鏡的男人走上舞台。蒼太沒有立刻認出他就是工藤旭。因爲眼前這個人比他以前看過的工藤旭臉更圓，腹部周圍也多了不少贅肉。

但是，當工藤旭開口唱歌後，這些事就完全被拋在了腦後。他的聲音年輕而宏亮，對歌曲的詮釋也很成熟。

工藤旭唱了四首歌，中間穿插了絕妙的談話。蒼太不知道那四首歌的歌名，但都曾經聽過，所以身體也在不知不覺中隨著音樂的節奏搖晃起來。

唱完最後一首歌曲後，工藤旭和樂團成員在客人的歡呼聲和掌聲中走下舞台。燈光在一片興奮的嘈雜聲中稍微調亮了。

「有機會聽到這麼棒的歌，眞是太好了。」蒼太發自內心地說，「我終於瞭解爲什麼有人願意追隨他多年，成爲他的忠實歌迷了。我以前對他的歌不是很熟。」

「我們也一樣，」雅哉說，「在玩音樂後，才開始聽各種不同的歌，也開始注意以前的音樂家。」

「老實說，我來這家店之前也完全不知道。雖然聽過工藤旭這個名字，但是，從這個角度來想……」梨乃看著蒼太，「你不覺得那個女生是工藤先生歌迷這件事有點不自然嗎？因爲她應該很年輕吧。」

「如果是我認識的那個人，應該和我同年。」蒼太說。

「歌迷有各種不同的類型，也不至於不自然，」雅哉說，「讓我不解的是，她爲什麼想要加入我們樂團。既然這樣輕易就放棄了，一開始就不應該主動要求加入。」

蒼太和梨乃互看了一眼。他們對伊庭孝美爲什麼想要加入他們的樂團有一個推理，因爲她的目的是想要接近秋山周治，但是，現在不能提這件事。

所有人都沉默下來，梨乃找來服務生，點了紅酒化解沉默的氣氛。

這時，光線好像突然變暗了，有人站在他們旁邊。抬頭一看，是剛才走下舞台的工藤旭。他換了一件素色襯衫，笑著低頭看著雅哉他們，手上拿了一個裝了純酒的杯子。

「今天有新客人嘛。」他看著蒼太他們說道。

「喔……這是阿尙的表妹，還有她的朋友。」雅哉把梨乃和蒼太介紹給他。

「喔，原來是這樣。——我可以坐下嗎？」工藤拉出雅哉對面的椅子。

「當然，請坐。」雅哉似乎有點緊張，「辛苦了，今天的表演很棒，他們也說很棒。」

「是嗎？都是一些老歌，會不會很無聊？」

「完全不會，」蒼太說，「太棒了。」

「那就太好了，年紀大了，持久力越來越差，所以都會在露出馬腳之前見好就收。」工藤拿著酒杯喝了起來，無色透明的液體中浮著萊姆片，「對了，雅哉，那件事怎麼樣了？有聯絡到景子了嗎？」

工藤似乎也很關心這件事。

雅哉向他說明了目前的狀況，工藤皺起眉頭。

「不知道是怎麼一回事，她對我說，之前就對樂團很有興趣，難道是有什麼不滿嗎？」

「不知道，不過原本就很奇怪，白石景子這個名字很可能是假的。」

工藤舉到嘴邊準備喝酒的杯子停在半空，「不會吧？」

「很可能是他的朋友，」雅哉說著，看著蒼太，「你剛才說她叫什麼名字？」

「如果是我認識的那個女生，她叫伊庭孝美。」

「伊庭嗎？她爲什麼要說這種謊？」工藤不解地偏著頭。

「聽說她從去年年底開始來這裡，之前你沒有見過她吧？」

聽到蒼太的問題，工藤點了點頭。

「沒見過她，除了知道她是在某家公司上班的粉領族以外，對她的私事一無所知。」

「是喔……」

「雅哉，眞對不起，還有阿一、阿哲，我應該在介紹她去你們樂團之前，確認一下她的身分。」

「別這麼說。」三個人一起搖著頭。

「是我們的疏失，以後會小心謹愼。」雅哉代表他們說道。

「嗯，但通常很少有人會用假名字故意來接近，如果有進一步的消息，記得告訴我。」

「好的。」

工藤喝乾杯子裡的酒，說了聲：「請慢用」，就起身離開了。

「我還有一件事想要請教，」蒼太看向三名樂團成員，「她有沒有和你們聊過植物的事。」

「植物？」阿一皺起眉頭，「植物是指花嗎？」

「對，就是花，她有沒有和你們聊過？」

三個人你看著我，我看著你。「她有聊過嗎？」「我不知道。」他們討論了一番之後，雅哉問蒼太：「植物怎麼了嗎？」

「不……因爲她以前很喜歡植物，所以，在樂團練習休息的時候，她都和你們聊什麼？」

三個人再度討論起來。「都聊些什麼？」「都是一些無關緊要的事。」「她好像幾乎沒有聊過自己的事。」

「啊，對了。」不一會兒，阿哲似乎想到了什麼。

「她好幾次向我打聽阿尙的事。」

「阿尙就是去世的……」

「我的表哥，知基的哥哥。」梨乃回答說，阿尙的名字叫尙人。

「好幾次向你打聽阿尙，都是問什麼事？」

「各方面啊，像是他屬於哪一種類型的人，興趣是什麼，還很在意他自殺的原因。」

「對，她也問過我，」阿一說，「我問她爲什麼會關心這種事，她說總覺得瞭解一下前任鍵盤手，有助於更快融入我們樂團。」

「她從來沒有問過我。」雅哉一臉不滿的表情偏著頭。

「她好像有點顧忌，」阿哲說，「她對我說，尙人和雅哉是最好的朋友，所以不敢問你關於尙人自殺的事。其實阿尙自殺的事，也對我們造成了很大的打擊啊。」

「我對她說，阿尙比任何人更關心樂團的事，希望樂團的每個成員都幸福。」阿一撇著嘴角，「他還說，等我們可以靠音樂養活自己，要請大家一起去很有名的餐廳吃大餐。」

「餐廳？」蒼太問。

「我知道了，是不是在日本橋的『福萬軒』？」梨乃說。

「對，沒錯。他說小時候去吃過，那裡的肉好吃到他忘不了，所以常常說要帶我們去吃，一有機會就說。」

「我也曾經聽他說過好幾次。」阿哲也嘆著氣。

「那家店的肉眞的超好吃。」知基說完，徵求梨乃的同意：「對不對？」梨乃用力點頭。

蒼太也知道『福萬軒』，是一家知名的西餐廳。

「對了，」阿一轉頭看向知基，「她還說，有機會想和你見面。」

「和我見面？爲什麼？」

「我怎麼知道？我告訴她，阿尙有一個弟弟，她就說，希望有機會和你見面。我告訴她，你應該會來看表演，到時候就會見到了。」

「但是那次沒和她說到話。」

「因爲她急著回家，」阿一很不高興地說，「連慶功宴也沒參加。」

蒼太也清楚記得當時的事，她一看到蒼太，就逃也似地回家了。

「怎麼樣？有沒有參考價値？」雅哉問。

「現在還說不清楚，也無法確定她是不是我認識的那個人。」

「如果有什麼消息，可不可以通知我們？反正不急，我們也不指望她歸隊，只是有點在意。」

「我能夠理解你們的心情，有任何消息，一定會聯絡你們。」

蒼太看了一眼時鐘，九點多了。樂團的三個人說還要繼續留下來，蒼太他們決定先走一步。

今天由蒼太和梨乃兩個人請客，梨乃去結帳時，蒼太站在門旁等她。

牆上貼了很多照片，有的是表演時的照片，也有在戶外的集體照。

其中也有工藤旭的照片。他和為他伴奏的五名成員一起出現在一片田園風景中，身後有一棟胭脂色屋頂的民房，地上的草木很茂密。

「聽說這是工藤先生的集訓所。」站在他身後的知基告訴他。

「集訓所？」

「就是別墅啦。我聽我哥說，地點在千葉的勝浦，工藤先生幾年前買下那裡，改裝成樂團集訓用的別墅。因為周圍很空曠，即使半夜，也不怕聲音會吵到別人。」

「原來如此。」

工藤旭至今仍然有不少忠實歌迷，全盛時期應該賺了不少錢，也許對他來說，買下一棟中古的民房根本是小事一樁。

梨乃結完帳，三個人一起離開了。

「那個女人到底有什麼目的？用假名字加入樂團後，到底想幹什麼？是因爲想嘗試一下現場表演的感覺嗎？」走去橫濱車站途中，知基問道。

「怎麼可能？不可能只有這樣而已。」

「對啊，而且，我也很在意她爲什麼拚命打聽我哥的事。」

「嗯，我也有同感。」

蒼太聽著他們的對話，沒有插嘴。他的腦海中浮現一種推理，但無法在知基面前提起。

在橫濱車站和知基道別後，蒼太和梨乃搭上了往東京的列車。車上有點擁擠，他們並肩站在車門附近的位置。當他們互看著對方時，都忍不住露出了苦笑，然後嘆了一口氣。

「今天忙了一整天。」蒼太說。

「是啊，原本只是去向牙醫打聽牽牛花的事而已，之後的發展太出乎意料了。」

「但是，聽了樂團成員的話，我發現有幾個疑點。我覺得果然不是什麼同時性的問題，伊庭孝美的目的就是黃色牽牛花。」

「你是說，她加入樂團，也是想藉此接近我爺爺。」

「這種解釋最合理，所以她才會想和知基聊一聊。可能打算和他交朋友後，透過他和秋山先生接觸。」

「這麼想的確很合理，但是……」梨乃偏著頭。

「妳有什麼不同意見嗎？」

「也不是不同意見，只是要接近一個人，需要這麼大費周章嗎？我爺爺只是普通人，既不是有錢人，也不是什麼達官貴人，想要見他，誰都可以去找他。雖然他不太擅長和人交往，但只要上門拜訪，他應該不至於拒人千里。」

「這是普通的情況，但如果是爲了黃色牽牛花呢？他會不管對方是誰，都告訴對方嗎？」

「啊，這……可能不會說。」

「對吧？雖然不知道伊庭孝美爲什麼要找黃色牽牛花，但她首先要博取秋山先生的信任，她可能認爲和他的孫子當好朋友是最好的方法。」

「原來如此……」梨乃雖然一臉無法釋懷的表情，但還是微微點了點頭，「但是爲什麼鎖定尚人，我爺爺又不是只有他一個孫子，還有知基和我啊。」

「伊庭孝美是在去年年底開始出入工藤旭的店，那時候，知基正忙著考大學，而且，年齡相仿的人比較容易成爲好朋友。妳當然是例外，因爲妳是奧運候補選手，整天都在練習，所以她可能覺得沒有機會和妳交朋友。」

「那時候我已經不再游泳了。」

「一般人並不知道，對伊庭孝美來說，只能找尚人下手。爲了接近他，首先去他經常出入的live house，她可能認爲見幾次後，自然可以找到接近的機會，沒想到發生了意想不到的狀況。」

「尙人自殺了。」

「沒錯，所以，她打算把目標轉到知基身上。」

梨乃重重地嘆了一口氣，然後盯著蒼太的臉說：

「蒲生，你果然很聰明。」

「爲什麼突然這麼說？」

「我眞的這麼認爲，看到你這麼自信滿滿，條理分明地說明，就覺得這是唯一的答案。」

「這只是推理而已，沒有任何證據。」

「所以才說你厲害啊，如果有證據，誰都可以找到答案。」

梨乃似乎是眞心稱讚，蒼太不知道該露出怎樣的表情，只好看向窗外。

「我問你，」梨乃說，「如果你的推理正確，她和我爺爺被殺的案件有什麼關係？」

「……這個嘛，」蒼太握緊拉著的吊環，「現在還說不清楚，也許不是毫無關係。」

「對。」梨乃小聲回答。

22

走出澀谷的巴爾可後，梨乃檢查著手機上的電子郵件，察覺身旁有一個人靠了過來。之前曾經多次發生類似的事，所以她立刻知道是星探。

「請問現在有空嗎？」果然不出所料，對方開了口。

梨乃沒有停下腳步，看了對方一眼。那個男人的臉很瘦，一頭短髮染成棕色，T恤外穿了一件藍色襯衫。

「我還有事。」梨乃姑且這麼回答，但其實她接下來並沒有事。

「那我們邊走邊聊，妳是學生嗎？」

「嗯，是啊。」

「有加入哪一家模特兒經紀公司嗎？」

「沒有。」雖然梨乃很冷漠地回答，但還是忍不住竊喜。

「是喔，」男人的聲音透露出喜悅，「妳有打工嗎？」

「有啊。」

「有一個很棒的工作，想不想試試？」

「工作？」梨乃斜眼看著身旁的男人，「什麼工作？」

「不久之後，新宿會開一家很高級的店，很希望妳能加入。我正在找漂亮而富有魅力的女人。」

「什麼？」她忍不住停下腳步，瞪著對方，「該不會是酒店吧？」

「是啊，但是很高級的店。」男人把手伸進胸前口袋，似乎打算掏出名片。

「不必了。」梨乃說著，把手伸到男人面前制止後，大步離開了。如果那個男人追上來，她打算臭罵他一頓，但對方並沒有追上來。

轉過街角後，她放慢了速度。在嘆氣的同時，忍不住感到沮喪。這是第一次有酒店的人在街上和她搭訕。

走在路上，她看向商店的櫥窗，從櫥窗玻璃中看到自己的臭臉。

回想起來，最後一次被星探搭訕是在兩年多前，那時候自己不到二十歲，太不自量力了，居然還以爲自己和當年一樣有行情。

工作——

之前全力投入游泳時，很少考慮到工作的事。當時自己的想法很傲慢，認爲游泳就是自己的工作，公司只是自己的贊助商，只要能夠提供資金援助，無論哪一家公司都無所謂。

她的心情越來越沮喪，放棄了游泳，也許自己眞的只能去酒店上班了。不，即使想去酒店上班，也未必能夠勝任，無論任何一個行業都沒那麼好混。

她低著頭走路，聽到電話的來電鈴聲。停下腳步看著螢幕的來電顯示，忍不住嚇了一跳。是刑警早瀨打來的。

走出剪票口，早瀨滿臉笑容地迎上前來。他穿了一件深藍色長褲和白色短袖襯衫，拎著輕巧的公事包，另一隻手拿著扇子。

「對不起，臨時找妳出來。」

「沒關係。不過到底發生了什麼事？爲什麼突然要去我爺爺家？」

「就是像我說的那樣，只是希望和妳一起重回現場。案發之後，妳還沒有去看過吧？」

「因爲你們說不能擅自進入。」

「所以今天希望妳好好看看。走吧，把握時間。」早瀨用扇子搧著臉，邁開了步伐。

梨乃和刑警走在一起，猜測著他的心思。上次他來向自己打聽盆栽被偷的事，之後不知道是否有了進展。

無論如何，梨乃不會把和蒲生蒼太之間的事告訴他。雖然借助警方的力量，可以輕而易舉找到伊庭孝美的下落，但她不想讓警方掌握主導權。

來到周治家，發現院子裡的花都枯萎了。因爲這一陣子都沒人來澆水，梨乃打算明天之後，找時間來澆水。

早瀨拿出鑰匙，打開了玄關的門鎖，走進屋內後，悶熱的空氣頓時撲鼻而來，而且還帶著異臭。梨乃徵求早瀨的同意後，把窗戶統統打開了。

房間內的情況和她發現周治屍體時沒有太大的不同，各種物品仍然散亂在地板和榻榻米上，壁櫥的門也仍然敞開著。

但是，也有和當時明顯不同的地方。比方說，矮桌上。上次似乎有什麼東西，現在空空的，可能被警方帶走了。

「怎麼樣？」早瀨問她，「重新觀察室內，有沒有發現什麼？」

梨乃嘆了口氣，輕輕搖著頭。

「沒有什麼特別的……只覺得太傷天害理了，爲什麼會針對我爺爺……」

「關於黃花的事，妳之後有沒有向別人提起？」

「不，沒有，警方有查到什麼嗎？」

早瀨停頓了一下說：「沒有，目前也不知道和命案到底有沒有關係。」

騙人。梨乃心想。這個刑警一定知道什麼，也許他去見過蒲生要介，但是，即使當面問他，他也不可能老實回答。

她緩緩跪了下來，跪坐在榻榻米上。這時，她想起一件事，巡視著周圍。

「怎麼了？」

「不，不是什麼重要的事，只是發現座墊不見了。」

「座墊？」

「案發當天，這裡有一個座墊，」梨乃指著矮桌旁，「那個座墊濕了，我踩到了，所以腳底也濕了。」

早瀨打開公事包，拿出一份資料，「是不是這個？」他翻開其中一頁，放在她面前。那裡有幾張照片，其中一張是矮桌周圍的照片，的確有座墊。

「沒錯，這個部分不是特別深嗎？這裡濕了。」

早瀨點了點頭。

「這件事我也知道，鑑識人員也很在意這件事，所以去查了一下。矮桌上放著一瓶保特瓶的茶和茶杯，但座墊上的不是茶，只是水而已。不知道是秋山先生還是凶手弄灑的水，也不知道到底是什麼水。」

梨乃偏著頭說：「我也不知道，我來的時候，座墊已經濕了。」

「太奇怪了。」

「是……啊。」梨乃再度低頭看著照片，濕掉的座墊旁有一個白色盒子。那是她那天買的，她小聲嘀咕說：「早知道就不應該去買鬆餅。」

「什麼？」

「鬆餅，如果我不去買鬆餅，馬上趕來這裡，也許就不會發生這種事了。」

「不，不可能。」早瀨立刻否定，「命案發生的時間是妳和被害人通話的一個半小時以內，那時候妳正在學校上課。」
「原來是這樣……」
「是妳想到要買鬆餅嗎？」
「對，我問爺爺要我帶什麼點心，他說想吃西點。」
「西點啊，」早瀨抱著雙臂，「秋山先生已經七十多歲了吧，這個年齡的人很少會主動吃西點。」
「是啊，他可能喜歡喝咖啡，但只是喝即溶咖啡。」
「原來如此。」
早瀨點了點頭，走進隔壁廚房。周治向來一絲不苟，廚房也整理得一乾二淨。白色抹布晾在流理台上方，恐怕已經硬邦邦了。
梨乃的目光追隨著早瀨的身影，發現水壺放在瓦斯爐上。
「就是那個水壺，爺爺用它燒開水來泡即溶咖啡。」
「是嗎？」早瀨拿起水壺，打開蓋子，看了裡面，然後又巡視周圍，打開了碗櫃的門，然後又關上了。
「怎麼了？」梨乃問。
「不，也許並不重要，」早瀨抓著頭走了回來，「我之前就很在意，爲什麼要用茶杯。」

「什麼意思？」

「矮桌上放著茶杯和保特瓶的茶，總覺得有點奇怪。通常喝保特瓶裡的茶時，不是都用玻璃杯嗎？」

「對喔，」梨乃看著資料照片，「好像是這樣。」

「尤其現在是夏天，保特瓶的茶原本應該放在冰箱，喝冰冰的茶時，用玻璃杯裝，視覺上也比較涼爽。但是，秋山先生用的是茶杯，我還以爲家裡沒有玻璃杯，現在發現碗櫃裡有，這到底是怎麼回事？」

「不知道，」梨乃只能這麼說，「可能只是看當時的心情吧。」

「嗯，說的也有道理。」早瀨點著頭，但仍然一臉無法釋懷的表情。

之後，早瀨又問了一些細節問題，大部分都是不知道到底和命案有沒有關係的內容，也許他自己在發問時，也沒有明確的根據或目的。

他們離開秋山周治的家時，天色已經暗了。早瀨鎖好門後，對梨乃深深鞠了一躬。

「辛苦了，由衷地感謝妳對偵查工作的協助。」

梨乃盯著刑警的臉。

「請你老實告訴我，眞的對偵查工作有幫助嗎？我並不覺得有什麼幫助。」

早瀨微微皺起眉頭後，直視著她的雙眼。

「老實說，如果妳問我有沒有得到什麼線索，我只能回答說，很遺憾。也許只是給妳添了麻煩而已。」

他停頓了一下，又繼續說：

「但是，想要破案，只能回到原點。私下告訴妳，案情已經陷入膠著，無論從物證、交友關係和明察暗訪的偵查中，都沒有找到任何線索。妳知道為什麼嗎？」

梨乃當然不可能知道，所以搖了搖頭。

「因為根本錯了，」早瀨說，「搜查總部一開始就搞錯了方向，所以不可能有任何結論。目前只有我發現到這件事。」

「那你可以告訴上面的人啊。」

早瀨露齒一笑，

「組織內部的事很複雜，而且，我也有自己的原因，只是不方便向妳透露詳情。」

梨乃對他的故弄玄虛有點不耐煩。

「對我來說，只要能抓到殺害我爺爺的凶手，不管是誰的功勞都無所謂。」

「這個凶手，」早瀨恢復嚴肅的表情，「我一定會抓到，請妳記住這句話。」

他從腹底深處發出低沉的聲音，梨乃有點害怕，所以沒有答腔。早瀨再度露出笑容，

「那我就先告辭了。」他微微欠了身，走向和車站不同的方向。

梨乃目送他的背影片刻，走向車站的方向。她還是無法瞭解早瀨的想法，但是，對他的印象比上次見面時稍微好一點。也許是他最後說的那句話發揮了作用。

走到車站時，手機收到了電子郵件。她一看寄件人的名字，忍不住停下腳步，那是高中時代游泳的朋友，她的母校和伊庭孝美相同。

23

蒼太在用平板電腦上網查資料時，收到了秋山梨乃寄來的電子郵件。他搜尋伊庭孝美的名字時，沒有找到任何資料，所以用「伊庭、醫生」這兩個關鍵字搜尋。因為她之前說，她家連續好幾代都是醫生。雖然這次找到多筆資料，但似乎都和她無關。

梨乃寄來的電子郵件內容如下：

『已經運用各種人脈關係，拿到了那所女子學校的畢業紀念冊，應該沒有搞錯，但還是請你確認一下。』

電子郵件還有附加檔案。打開一看，伊庭孝美的臉突然出現在眼前，蒼太嚇了一跳。照片上的她比蒼太記憶中才中學二年級的她稍微成熟一點，但比上次在表演會場看到時幼稚。大頭照的下方印著「伊庭孝美」的名字。

蒼太立刻打電話給梨乃。

「怎麼樣？」她在電話中問道。

「妳居然找到了。」

「小事一樁啦，千萬不要小看女生的人際關係網。」

「還知道其他事嗎？」

「很多啊，她讀三年A班，班導師是長得像山羊的男老師，她參加了輕音樂社和籃球隊，還有當時的住址。」

「住址？在哪裡？」

「台東區東上野，詳細地址我等一下再傳給你。」

「台東區喔……」那裡就在舉辦牽牛花市集的入谷附近。

「你有什麼打算？」梨乃問。

「去看看，雖然不知道能不能見到她，但也許可以找到某些線索。」

「好，要我陪你去嗎？」

「不，我先一個人行動，如果有任何狀況，我會和妳聯絡。」

「好，那就拜託了。」

掛上電話一分鐘後，就收到了電子郵件，上面寫著伊庭孝美的地址。

翌日下午，蒼太來到東上野。他的手機顯示了地圖，他沿途不斷確認自己目前所在的位置。

單行道的小路兩側有許多小型建築物，大部分是兩層樓的民宅兼店家，而且都很老舊，很多店家已經歇業，偶爾會看到又高又新的建築物，都是套房公寓。

「伊庭診所」就在這片住宅區內。灰色的長方形建築物看起來有三層樓高，面向馬路的牆上有一排「田」字形的窗戶。入口是木門，門上有黃銅門把，這棟房子屋齡至少超過五十年，寫著「內科」的看板已經變色，可以感受到這家診所的歷史。

他想起伊庭孝美在十年前說的話。我們家連續好幾代都是醫生——果然沒有錯。

蒼太走向那棟建築物，窗戶的窗簾都拉了起來，入口的門上有玻璃窗，裡面一片漆黑。窗戶的內側貼了一張預防接種的宣導海報，但上面印的是三年前的日期。

他離開建築物前，邊走邊觀察周圍，走了一會兒，看到有一家很舊的咖啡店。店門前的地上放了一塊看板，應該還有在營業。蒼太推開門，頭頂上傳來「叮噹噹」的鈴聲。

店內只有兩張桌子，但沒有客人。一個坐在吧檯角落，正在看報紙的老人抬起頭，他似乎就是老闆。「歡迎光臨。」

蒼太坐了下來，老人送來一杯水，他點了咖啡。

店內的牆上貼著很久以前的電影海報，可能是這個老人的興趣。

咖啡的香味飄來，老人在吧檯內低著頭，雙手正在忙碌。

「請問這家店開了幾年？」蒼太問。

老人沒有抬頭，發出「嗯」的呻吟。

「中途曾經因爲我生病休息了一陣子，但算是開了四十年了。」

「好厲害。」

「並不是開越久越好，現在只是當作興趣繼續營業。」

「是嗎？」

「你看了就知道，這年頭，這種店怎麼可能賺錢？大家都去羅多倫和星巴克了。」

老人把咖啡端了上來，用了日本陶器的杯子，自助式咖啡店看不到這麼有特色的杯子。蒼太喝著黑咖啡，在恰到好處的苦味中感受到淡淡的甜味。

「您也住在這裡嗎？」

「對，我生在上野，也在上野長大。以前上班時，曾經有一陣子去了關西。」

「前面有一家『伊庭診所』，請問您知道嗎？」

老人點了點頭。

「是伊庭醫生的診所吧？當然知道，房子也還留著。」

聽他說話的語氣，診所目前似乎已經沒開了。

「那裡已經沒住人了嗎？」

「應該是，聽說院長病倒了，所以診所也歇業了。我以前感冒時，經常去那裡看診。那家診所歇業之後，變得很不方便。」

「請問您知道他們搬去哪裡了嗎？」

老人苦笑著搖搖頭。

「好像聽人提起過，但我不記得了，已經是三年前的事了，那家診所怎麼了嗎？」

「其實和診所無關，我認識他們家的人，我記得他們家有一個女兒和我年紀差不多。」

「和你？」老人看著蒼太的臉，偏著頭說：「是嗎？」

「您不知道嗎？」

「我只有感冒的時候才去伊庭醫生那裡，不知道他們家裡有什麼人，如果你想知道他們家的事，可以去問綠屋。」

「綠屋？」

「就是和菓子店，沿著前面那條馬路一直往北走，在第一個路口往右轉就可以看到了。那裡的老闆娘雖然上了年紀，但和伊庭家的關係很不錯。」

「好，那我等一下去問看看。」

蒼太花了很長時間慢慢喝完美味的咖啡後，走出了咖啡店。他按照老人告訴他的方式往前走，的確看到一家和菓子店。兩層樓的房子是店家兼住宅，紅色遮雨棚下的布簾上寫著「綠屋」。

他掀開布簾走進店內，店裡放著玻璃櫃，裡面陳列著和菓子。

原本以爲店裡沒人，玻璃櫃後方突然探出一個腦袋。戴著白色頭巾的老闆娘剛才似乎坐在那裡。「歡迎光臨。」她笑著打招呼，臉上的皺紋更深了。

蒼太不好意思說，自己的目的不是來買和菓子，只好看向櫥窗。紅白饅頭、紅豆丸、練切生菓子❶，看起來都很甜。

「要送人嗎？」老闆娘問。

「嗯，是啊，但我想買不太甜的。」
「那羊羹呢？葛餅也不太甜。」
「好，那各一個。」
「一個？如果和女朋友一起吃，就各買兩個吧。」
「好，那就各兩個。」
「對啊，這樣也比較有情調。」老闆娘拿出玻璃櫃內的和菓子，裝進盒子裡。「好久沒有年輕人上門了，最近的年輕人都喜歡吃蛋糕。」
其實蒼太也比較喜歡吃蛋糕，但他沒有說出口。
「請問妳知道『伊庭診所』嗎？」
老闆娘停下手，抬頭看著蒼太。
「知道啊，就在前面轉角的地方，但現在已經歇業了。」
「對，我聽說了，請問妳知道他們搬去哪裡了嗎？」
「不是搬家，而是搬去她夫婿那裡了。她夫婿不是被公司派去名古屋嗎？雖然他原本就是名古屋人。」
「呃？夫婿？是診所的院長嗎？」

❶ 以糯米粉和白豆沙混合做成外皮含水分較多的和菓子。

老闆娘皺著眉頭，搖了搖手。

「你在說什麼啊？院長怎麼可能被公司派去名古屋，是院長的女婿。」

蒼太的心一沉。

「呃？院長的女兒是伊庭孝美小姐吧？」

「孝美是院長的外孫女，我說的是澄子，是院長的女兒。」

蒼太終於搞懂了。難怪剛才在咖啡店裡說伊庭家的女兒和自己年齡相仿時，老闆露出訝異的表情。

「所以，院長是伊庭孝美小姐的外公嗎？」

「對啊，你是孝美的朋友嗎？」

「對，是中學時代的……」

「是喔。咦？但她讀的不是女校嗎？」

這位老闆娘果然很瞭解伊庭家的事。

「我們不讀同一所學校，但一起上補習班的暑期課程。」

「是喔，你們的年紀好像的確差不多。」老闆娘一下子就相信了。

「聽說院長病倒之後，醫院就歇業了，眞的嗎？」

老闆娘皺著眉頭。

「如果只是病倒，問題還不大，但後來就離開了人世。蜘蛛膜下腔出血，他已經八十多歲了，所以也算是努力到生命的最後一刻。」

「沒有人繼承家業嗎？家裡沒有兒子嗎？」

「他只有澄子一個女兒，所以才會找入贅女婿啊，只不過對方並不是醫生。」

那個人就是被派去名古屋的夫婿。

「澄子太太不是醫生嗎？」

「雖然她在診所幫忙，但不是醫生，是藥劑師。她聽從父親的安排進了藥學系，我記得她讀慶明大學。」

那是私立的名校。伊庭孝美的母親學業應該很優秀。

「好了。」老闆娘把裝了和菓子的盒子放在玻璃櫃上。

「妳很瞭解『伊庭診所』的情況。」

「因爲澄子經常來這裡，她喜歡茶道，很喜歡吃和菓子。」

「她搬去名古屋後，她的小孩呢？」

「小孩子應該住在其他地方吧，我聽說兩個兒女都在讀東京的大學。」

聽到老闆娘提到「兩個兒女」，蒼太才想起孝美曾經說，自己或是弟弟必須繼承家業。

「妳知道他們讀哪一所大學嗎？」

「那我就不知道了。那時候弟弟還是高中生，但應該進了醫學系吧，我記得澄子好像提過，她女兒和她一樣讀了藥學系。對不起，我記不太清楚了。你既然和孝美讀同一個補習班，可以問一下那時候的同學啊。」

雖然老闆娘消息很靈通，但目前似乎和伊庭家沒有來往。

「好，那我再問看看，謝謝妳。」

蒼太付了錢，接過和菓子的盒子，走出店外。雖然多花了錢，但也因此打聽到更有價值的消息。

回到家時，發現門鎖著。母親志摩子不在家，可能去買晚餐的食材了。他把和菓子的盒子放在桌上，回到了自己房間，拿出平板電腦，寫了內容如下的電子郵件：

『好久不見，我是蒲生，有急事相求。

請問有沒有人認識慶明大學藥學系的人？

我要找人，最好能夠協助尋找慶明的畢業生或是在校生。

※我要找的人是女生』

他寫上『打聽消息』的主旨後，寄給了高中和補習班的同學。雖然這些老同學中有人進了慶明大學，卻沒有人讀藥學系，但也許和藥學系的人有什麼交集。

蒼太不知道伊庭孝美有沒有讀慶明大學，只不過既然她追隨母親的腳步，很可能也讀同一所大學，蒼太猜想機率應該高於五成。

那天晚上吃晚餐時，志摩子問他：「那些和菓子哪來的？」

「我買回來的啊，妳不是喜歡吃和菓子嗎？」

「今天吹了什麼風？你以前從來沒有做過這種事。」

「有什麼關係嘛，心血來潮啊。」

志摩子似乎無法釋懷，「你去東上野幹什麼？」

蒼太忍不住驚訝地抬起頭。

「盒子的貼紙上印了店家的地址，是在東上野。」

「喔，原來是這樣。」他再度低頭吃飯。

「你到底去了哪裡？你去東上野有事嗎？」

蒼太面帶慍色，故意粗暴地放下筷子。

「我去那裡能有什麼事？我和朋友去看晴空塔，看完之後，順便在附近散散步。妳對我買和菓子這麼不高興嗎？那就別吃啊。」

「我不是在說和菓子的事……不是在說這個……」志摩子用充滿不安的眼神看著他，「你這幾天在幹什麼？你不去學校，到底打算幹什麼？」

「我不是說過了嗎？要考慮將來的事，我也和高中老師聊過了，搞不好會再讀一次其他大學。」

他脫口而出的話並不完全是隨口說說而已，而是最近曾經閃過他腦海的想法。

「要重讀其他大學嗎？」

「還沒有決定，只是其中一個想法。」

「眞的是這樣嗎？只是在考慮自己的將來嗎？」

「對啊，要問幾次啊。」蒼太站了起來，他已經失去了食慾。

回到房間，他拿起平板電腦，心裡覺得很不痛快。爲什麼志摩子這麼在意自己去東上野？

但是，當他確認電子郵件後，立刻把這件事拋在了腦後。高中同學園村回信給他，內容如下：

『你好，我是園村。才在想你怎麼會傳電子郵件給我，看到奇怪的內容後，更嚇了一大跳。

我是慶明畢業的，但不是藥學系，而是工學系，抱歉啦。

但是，我社團的學弟讀藥學系，我可以隨時聯絡他，只是不知道他能不能打聽到女生的消息。那傢伙很不起眼，所以我無法掛保證。

蒲生，聽說你還在大阪，眞的嗎？

我好不容易找到了工作，沒想到碩士這麼不吃香，超失望的。不過，我還是會堅持下去。

總之，就是這麼一回事。保重。園村』

蒼太看了兩次，忍不住笑了起來。園村很機靈，經常說一些有趣的笑話，而且人很好，做事很牢靠。

他決定立刻回覆，想了一下後，決定稍微透露一點內容。

『謝謝你的回覆，看到你沒有把我的電子郵件丟進垃圾桶，鬆了一口氣。

這件事請你不要張揚，我要找的人叫伊庭孝美，並不確定她是否讀慶明的藥學系，只是可能性很高。所以，可不可以請你問一下你學弟，他們系上有沒有這個人？年紀和我們差不多，如果沒有重考，應該已經畢業了。

另外，如果眞的有這個人，也不要讓她知道我在找她，因爲事情有點複雜。

不好意思，拜託你這麼麻煩的事，但還是請你幫忙啦。蒲生蒼太』

一個小時後，蒼太就收到了回覆。園村似乎很積極地爲這件事奔波。

打開郵件的瞬間，蒼太感到渾身發熱。

『伊庭孝美＝慶明大學藥學系生理學研究所畢業。恭喜，你猜對了。』

24

秋山梨乃聽完蒼太的話，忍不住張大了眼睛。

「太厲害了，終於找到她的下落了。」

「是啊，只是不知道接下來該怎麼辦。」

「啊？爲什麼？你朋友的學弟不是在藥學系嗎？只要拜託他，不是可以進一步調查嗎？」

「不行啊，那個學弟和伊庭孝美不同組，從來沒有見過她，而且，這種事對他沒半點好處，怎麼好意思拜託他？」

「嗯，有道理。」梨乃用吸管攪動著檸檬蘇打。

兩個人坐在第一次見面時的表參道咖啡店內，因爲查到了伊庭孝美就讀的大學，所以蒼太聯絡了她，約她在這裡見面。

「遇到這種情況，如果是警察就方便多了，只要去大學找相關人員打聽一下就好。只要亮出警察證，大家都會乖乖配合。」

梨乃停下手看著他，「好主意。」

「什麼？」

「我們要去慶明大學，我們看起來像學生，不會被人攔下來。況且，即使不是大學的學生，也可以自由出入啊。你們學校不行嗎？」

「除了戒備很嚴格的地方，其他地方都可以自由出入。」

「對吧？所以，即使不是警察也沒關係，我們可以大搖大擺地走進藥學系的系館，去找伊庭孝美之前的研究室，研究室裡一定有人，只要向那裡的人打聽一下不就好了嗎？」

「打聽？要怎麼打聽？」

「到時候自然會有辦法。」梨乃用力吸著檸檬蘇打水。

「慢著，妳打算現在就去嗎？」

「對啊，有什麼問題嗎？」

沒有任何問題。蒼太搖了搖頭，喝完了剩下的冰咖啡。

數十分鐘後，他們走進慶明大學別具一格的大門。雖然是暑假期間，但很多學生都在校園內走來走去，還看到不少運動社團的學生在練習。

「我還以爲這裡的學生都是書生，沒想到並不是這麼一回事。」梨乃和一個一身嘻哈打扮的年輕人擦身而過後說。

「當然啊，無論任何一所大學，都有各式各樣的人，而且，人不可貌相。」

「是啊，但伊庭孝美貌如其人。」

「是嗎？」

「我覺得是。她一看就是個聰明的美女，腦筋果然很好。」

蒼太也同意梨乃的意見，在中學二年級時，她看起來就很成熟。

不一會兒，他們來到藥學系的系館。生理學研究室在三樓。他們上了樓梯，沿著走廊走去研究室。這裡幾乎聽不到外面的吵鬧聲，雖然遇到了幾個人，但沒有人向他們打招呼。

蒼太在掛著「生理學研究室」牌子的門前停下腳步，思考接下來該怎麼辦。

沒想到梨乃毫不猶豫地打開了門，向裡面鞠了一躬，說了聲：「打擾了」，就走了進去。蒼太慌忙跟在她身後。

有一個身穿白袍的年輕男生在裡面，年齡似乎和蒼太差不多。他戴著眼鏡，理著一頭短髮，坐在桌前的他回頭看向蒼太他們，但臉上的表情並沒有太驚訝。也許不時有陌生人造訪。

「我有事想要請教，請問現在方便嗎？」梨乃問。

「可以啊，有什麼事？」

「請問伊庭小姐以前是不是在這個研究室？伊庭孝美小姐。」

「對，」男生點點頭，「是啊。」

「請問你知道她現在人在哪裡嗎？是不是進了哪一家公司？」

「不，她在休學，明年春天就會回來。」

「休學……請問是怎麼回事？」

「她打算繼續留在這個研究室，但因爲家裡的事，所以休學一年。」那個男生說完，露出狐疑的表情，「你們是誰？」

他終於起了疑心，但梨乃的回答連蒼太聽了也嚇了一跳。

「我們是電視台的。」

那個男生似乎也很意外，「電視台？」

「這件事想要請你保密，有一位男士對伊庭小姐一見鍾情，希望能夠找到她，向她表白。目前透過各種管道，終於查到伊庭小姐在這個研究室。」

蒼太在一旁聽得提心吊膽，搞不懂梨乃什麼時候編了這個故事。

那個男生似乎相信了，忍不住笑了起來。

「電視台好像經常做這種節目。」

「對不起，好像很沒創意。」梨乃鞠了一躬說。

「哪一家電視台？是新節目嗎？」

「不，目前還在企劃階段，還不知道後續的情況，所以請你不要張揚。」

「原來是這樣。」男生難掩失望的表情。

「所以，可不可以請你告訴我們，哪裡可以見到伊庭小姐？」

男生搖了搖頭。

「不知道，我和她並不熟。」

「那有沒有她的電話？」

「應該可以查到，但因爲有個資法，不能隨便告訴外人。如果你們留下名片，下次她來這裡時，我會轉告她。」

「不，這不太方便，因爲我們不想讓當事人知道。」

「喔，是喔，」男生聳了聳肩，「總之，即使你們再問，我也無可奉告。不好意思，請你們去其他地方打聽。」

「這個研究室應該還有其他人嗎？他們今天會來嗎？」

「不知道，應該不會來吧。」

「有沒有和伊庭小姐比較熟的同學？」梨乃繼續追問，她的鍥而不捨令蒼太感到佩服。

男生毫不掩飾不耐煩的表情。

「我不是說了嗎？我不知道。我和她的研究課題不一樣，指導教授也不同，如果妳這麼想知道她的事，可以去翻她的桌子啊。」

「桌子？」

「對啊，」說完，他用下巴指了指窗邊的桌子，「因爲她還要回來這裡，所以東西還留著。」

「可以隨便看嗎？」

那個男生撇著嘴角，哼了一聲。

「應該沒有放什麼不能讓別人看到的東西，其他人也經常打開她的抽屜，借用裡面的文具。」

「那就來看一下。」梨乃說著，走向那張桌子。

「但是，」那個男生叮嚀，「不要在我面前翻，我會離開十分鐘左右，等我回來時，請你們恢復原狀。而且，即使你們被人看到，也不關我的事。」

「喔，好，知道了。」梨乃聳了聳肩。

男生站了起來，脫下白袍，放在椅背上，快步走了出去。

梨乃立刻打開抽屜，蒼太也衝了過去。

「太幸運了，吉人自有天相。」

「太會演了，嚇了我一大跳，如果妳早有準備，應該事先告訴我啊。」

「我只是臨時想到而已。」

「臨時……」

「現在沒空閒聊，要趕快找線索。」

兩個人一起檢查了抽屜內的東西，但正如剛才那個男生說的，並沒有什麼重要的東西，有幾個記錄實驗數據的資料夾，但對瞭解伊庭孝美個人並沒有太大的幫助，有一本記錄行程的月曆，但是去年的。

「果然一無所獲……」蒼太嘆著氣說道。

「你看這裡。」梨乃把月曆遞到他面前，那是去年十月的紀錄。

「怎麼了？」

「你看這裡啊。」她手指著月曆說。那是十月九日的欄目，上面寫著『勝浦』兩個字，而且箭頭一直畫到週末。

「我好像在哪裡聽過勝浦，」說完，他立刻想了起來，「啊，是在『KUDO's land』……」

「沒錯，那裡貼了工藤旭別墅的照片，知基說，別墅是在勝浦。」

兩個人互看了一眼，聽到了咳嗽聲。他們驚訝地一回頭，發現剛才的男生瞪著他們。

「我剛才說了，等我回來時要物歸原位。」

梨乃不理會他的話，拿著月曆跑向他。

「請問這是怎麼回事？去年十月，伊庭小姐去了勝浦嗎？」

男生有點被她的氣勢嚇到了。

「喔，妳是說這個，對啊，她說因爲研究告一段落，所以要去旅行……我還以爲她要出國，沒想到去這麼近的地方，當時還很不以爲然呢。」

「爲什麼要去勝浦？」

「我怎麼知道，我也沒問她。」

「謝謝。」梨乃道謝後，走向門口。她手上仍然拿著那本月曆，那個男生似乎也無意制止，也可能驚訝得說不出話了。蒼太也趁機走出研究室。

大學的餐廳有營業，他們坐在角落的桌子旁。

「你有什麼看法？」梨乃問。

「我認爲不可能沒有關係，」蒼太回答，「伊庭孝美是從去年年底開始出入『KUDO's land』，如果是巧合，未免也太巧了。」

「我們之前認爲，她爲了黃色牽牛花試圖接近我爺爺，爲此加入了『動盪』……」

「她先接近工藤旭先生，作爲這一切的準備工作。她可能從網路上得知工藤先生的別墅在勝浦，決定直接上門，但也許沒有成功。」

「所以，她就開始頻繁出入『KUDO's land』。」

「目前還無法斷言。」

蒼太雖然這麼說，但覺得這是唯一的可能。蒼太和梨乃對望著，不約而同地點了點頭。

「只能去看看了，」他先開口說道，「去勝浦。」

「對。」她也表示同意。

25

早瀨闔上早就記住哪一頁有什麼照片的資料夾，身體靠在椅背上。眼睛深處隱隱作痛，脖子也很僵硬。他用力伸直雙臂，忍不住呻吟了一下。

坐在斜對面的後輩刑警石野抬起頭，和他對望了一眼。高大的年輕刑警苦笑著。

「你好像很累，今天就早一點回家吧。」

早瀨看了一眼手錶，晚上八點多。

「對啊，即使留在這裡，也不可能等到什麼好消息。」

石野左右張望，確認四下無人後，微微站了起來。

「聽說最近一課的人晚上都不留宿了。」

早瀨用鼻子吐了一口氣，「對啊。」

「這起命案到底要怎麼解決？」

「不知道。」早瀨偏著頭回答。

最近每天都開偵查會議，但報告的內容一天比一天無聊。

目前的偵查重點在於調查本案和今年春天，在世田谷區發生的強盜事件之間的關聯，因爲兩起案子都是獨居的老人家中遭到竊盜，犯案時間和弄亂房間的方式都有共同點。原本和早瀨搭檔的柳川立刻著手那起案子的偵查工作，整天都單獨辦案，從來沒有向早瀨打過一聲招呼，對早瀨來說，行動反而更方便。

早瀨認爲這起命案和世田谷的事件沒有關係，世田谷事件只是一起單純的強盜案，最重要的是，世田谷事件中並沒有黃花遭竊。

他不忍心責備指揮搜查的人，他們並不知道盆栽被偷的事，或許有接到報告，但可能他們認爲和本案無關。如果早瀨不說，他們不可能想到和命案的關聯。

黃花應該是破案的重大關鍵，充分利用這個關鍵是身爲轄區刑警的自己想要偵破這起案子的唯一方法。

想談交易，至少自己手上要有牌——蒲生要介的話始終在他的腦海中縈繞。那個男人知道什麼，也許已經察覺了命案的眞相，所以，最好的方法就是去問他。

出示怎樣的王牌，才能讓蒲生要介的態度軟化？

早瀨思考著這個問題，決定重新檢討這個案子。他聯絡了秋山梨乃，一起察看命案現場也是其中一個環節。

然而，到目前爲止，他沒有掌握任何線索。雖然掌握了黃花這個關鍵，卻遲遲無法踏出下一步。

早瀨拿起放在桌子下的公事包，把資料夾塞進公事包，對石野說了聲：「我先走了」，然後站了起來。

「喔，辛苦了。」

石野正在用電腦寫報告。他目前正在調查秋山周治的人際關係，早瀨在他身後看著電腦螢幕，忍不住停下了腳步。因爲報告的內容引起了他的注意。

「被害人曾經去過大學？」

「對啊。」石野回頭看著他，「差不多一個半月前，被害人去了母校的研究室，找了和他同屆的教授。」

「被害人的母校是……」

「帝都大的農學院生物系，現在已經改名稱了。」

「他去幹什麼？」

「沒什麼特別重要的事，好像要求做一個鑑定。」

「鑑定什麼？」

「呃，」石野看著手邊的紀錄內容，「DNA分析，他拿了植物的葉子，問研究室的人能不能協助他鑑定種類，因爲不是太困難的鑑定，所以就答應了。」

「是什麼特殊的植物嗎？」

「不，好像是一種牽牛花。」

「牽牛花……」

「教授說，那不是普通的牽牛花，而是容易發生突變的種類，有時候光憑外觀，可能無法判斷是什麼花，所以秋山先生才會委託研究室做鑑定。」

「之後呢？」

「秋山先生去拿報告時，是他最後一次去大學，之後連電話也沒打過。」石野說完後，納悶地抬頭看著早瀨問：「你很關心這件事嗎？感覺好像和命案沒有太大關係。」

「喔，不是，」早瀨輕輕搖了搖手，「因爲在偵查會議上沒聽說這件事。」

「因爲不值得在偵查會議上提出來，我們股長說，根本是在浪費時間。」石野聳了聳肩。

「是喔……不好意思，打擾你了，那就明天見。」早瀨輕輕拍了拍石野的肩膀，轉身離開了。

走在路上時，他反覆思量著石野的話，秋山周治委託研究室分析DNA的花卉一定就是那種黃花，原來是牽牛花。原本他以爲是更特殊的花，所以不禁有點意外。

這代表秋山周治本人在培育那種花時，並不知道花的種類。這個事實絕對不能忽略。秋山周治爲什麼會這麼做？而且，種花需要種子，他從哪裡得到花的種子？

原本以爲徹底調查了秋山周治的交友關係，沒想到仍然有很多無法瞭解的部分。早瀨再次深刻體會到，自己對被害人一無所知。

早瀨在月台上等電車時，手機響了。一看來電顯示，呼吸忍不住停了下來。是裕太打來的。從某種意義上來說，是他目前最不想交談的人，但是，他還是按下通話鍵。

「喂。」

「是我，裕太。」

「嗯，我知道。」

「對不起，打擾你工作了，現在方便嗎？」

「沒問題，什麼事？」

裕太停頓了一下說：「是關於案子的事，目前情況怎麼樣？」

「嗯……」早瀨覺得說謊也沒用，「老實說，案情陷入了膠著。」

「我就知道。」

「什麼你就知道？」

「因爲網路上完全沒有後續消息。」

他似乎持續關心命案的發展。

「偵查工作並沒有停擺。」

「我知道，但如果抓不到凶手，根本沒有意義。」

中學生說話沒大沒小，而且因爲無法反駁，所以更火大。

電車進站了，車門打開，但早瀨繼續在月台上和兒子講電話。

「一定會抓到。」

「沒騙我吧？」

「當然啊，爸爸會親手抓到兇手。」

電話中傳來嘆氣的聲音。

「沒關係，雖然最好是由你抓到，但任何人抓到都沒有關係，只希望案情不要陷入膠著。」

他似乎對在轄區分局當刑警的父親立功已經不抱希望了，照理說，早瀨應該覺得卸下了擔子，沒想到心理壓力反而更大了。

「我知道，一定會抓到兇手。」

「嗯，拜託了。」

「只有這件事嗎？」

「對，只有這件事，那你就加油囉。」

「好。」早瀨回答後，掛上了電話，他覺得有什麼苦澀的東西在嘴巴裡擴散。八成是裕太看到偵查工作沒有進展，終於沉不住氣，打電話給自己。他爲無法回應兒子的期待感到心浮氣躁。

下了電車後，他走進車站旁的便利商店買了便當後走回家，突然想到，這種生活不知道要持續到什麼時候。回到沒有人等待的家，吃不到別人親手做的料理，沒有說話的對象，疲憊不堪的身體倒在狹小的床上。

目前問題還不大，即使每天早上孤獨地醒來，還可以去分局上班，但是，退休之後該怎麼辦？一整天窩在目前住的套房公寓內，到底要做什麼？

想著想著，他不由得想到了秋山周治。那個老人如何過每一天的生活？聽秋山梨乃說，花才是他說話的對象，他眞的對這樣的生活感到滿足嗎？

早瀨很希望在他生前多和他談一談，正因爲他曾經有過這樣的機會，所以如今倍感懊惱。當初秋山周治救了兒子，至少應該登門造訪，好好向他道謝。聽說裕太曾經寫信向他道謝——

早瀨停下腳步，因爲他突然想到一件事。他從內側口袋拿出手機，按了幾個按鍵。

「喂？」電話中傳來裕太的聲音。

「是爸爸，我有事想要拜託你，可以嗎？」

「什麼事？」

「你之前曾經寫信去感謝秋山先生，他有回信嗎？」

「有啊，怎麼了？」

「可不可以讓我看一下？還是說，你已經丟掉了。」

「當然沒丟啊，但是，你爲什麼想要看？對偵查工作有幫助嗎？」

「不知道，只是我想多瞭解秋山先生。」

「喔，原來是這樣……」

「怎麼樣？如果你不願意，就不必勉強。」

「不會不願意啊，那要不要順便看一下其他的信？」
「還有其他信嗎？」
「有一兩封，還有賀年卡，我們每年都會互寄。」
早瀨完全不知道，他再度體會到自己是一個失職的父親。
「請務必讓我看一下。」
「好啊，我要怎麼拿給你？」
裕太的聲音很興奮，似乎覺得自己可能對偵查有幫助，爲此感到雀躍。
「今天太晚了，而且，你媽一定會不高興吧？」
「那要怎麼辦？」
「你可不可以把信和明信片拍下來，然後用電子郵件傳給我。」
「喔，對喔，好，我來試試。你的信箱沒變吧？」
「沒變。」
「好，我一個小時以內會傳過去。」
「嗯，拜託了。」
早瀨把手機放回口袋，邁開步伐。雖然裕太很興奮，但即使看了秋山寄給他的書信，也未必能夠找到什麼線索，相反地，早瀨是爲了自己，爲了自己今後的人生，想要看那些書信。

回到公寓後，他大口扒著便利商店買的便當，放在桌上的手機震動起來。裕太傳來了電子郵件。

他放下筷子，檢查了郵件的內容，主旨寫著「秋山先生的信」，內文寫著「如果看不清楚，記得告訴我，我會重寄。拜託了。裕太」。

他打開附加檔案，最先出現的是佔據整個螢幕的信紙。由於解析度很高，即使放大後，仍然看得很清楚，只是需要移動畫面。

那似乎是秋山周治針對裕太的感謝信所寫的回信，在季節問候之後寫道「謝謝你日前很有禮貌地寄了感謝信」，接著又寫「聽說最近的年輕人都不寫信，看到你認眞寫的文章，既佩服，又感動，全拜你的父母教育所賜」。

早瀨越看越覺得無地自容。姑且不論母親，他這個當父親的並沒有對兒子的教育有任何貢獻，硬要說的話，只能祈禱兒子看到自己這個壞榜樣，把自己視爲負面教材。

秋山周治在之後又寫道：「雖然你可能因爲不愉快的經驗，導致無法相信他人，但這個世界上有很多好人，絕對不要悲觀，要對未來充滿夢想。」早瀨看了感動不已，照理說，這些話應該由自己這個當父親的告訴兒子，他不由得再度對秋山充滿感激。

他又確認了其他附加檔案。正如裕太所說的，他們每年都互寄賀年卡，秋山周治向來不寫那些陳腔濫調的新年賀詞，總是寫一些對十幾歲的年輕人有用的、意義深遠的話。「痛苦的時候，不妨認爲自己藉由這種痛苦獲得了成長，於是，就會覺得這一年也很美好。」——這些名言佳句讓人忍不住想要現學現賣一下。

還有另一張拍攝了信紙的照片，第一句話就是「謝謝你日前寫信給我」，似乎是寫給裕太的回信。

接著，他又寫了以下的內容：

「可以想像，父母分居的事讓你很苦惱，正如你在信中所說的，這是不同於死別的另一種痛苦。雖然你沒有提及詳情，但我可以猜到大致的情形。」

早瀨驚訝不已，裕太似乎找秋山商量父母不和的事。他覺得家醜沒必要外揚，但也許對裕太來說，秋山是可以討論這種事的人。

「但是，你父母絕對不可能不瞭解你的心情。雖然我只見過他們一面，我可以感受到他們發自內心地關心你，隨時都在煩惱，是否應該為了兒子，恢復以前一家三口的共同生活，之所以沒有這麼做，是因為他們無法很有自信地認為，這是正確的決定。」

早瀨看著信的內容，覺得胃越來越沉重，好像吞下了鉛塊。裕太當然知道父親會看這些信，難道他希望父親看了之後，稍微清醒一點嗎？

「我能夠瞭解你憎恨父親的心情，但是，請容我為你父親辯解，這個世界上的大部分男人都不是稱職的家人，往往要到失去之後，才會發現什麼是自己最重要的東西。我也曾經是這種人，整天埋頭研究，完全不照顧家裡，甚至沒有發現太太身體出了狀況，當她病倒時，已經為時太晚了。但是，我太太沒有半句怨言，在她去世之後，我才知道她暗自發願，在我的研究有成果之前斷茶。

我相信你父親已經知道自己犯下的錯，一定感到十二萬分的自責。既然他是在這個基礎上選擇了目前的路，那就應該尊重他的結論。

你或許無法接受這樣的回答，但我希望你能夠瞭解，沒有任何一個人，一輩子不犯任何錯誤。」

看完最後一段內容，早瀨的內心很複雜。秋山周治完全說出了他的心裡話，但又同時有一種無力感，覺得自己的煩惱很平庸。

原本以為看完了所有的信，沒想到還有另一張信箋的照片，上面寫了補充內容。

「補充　我太太死後，我也開始斷茶，至少當作是一種贖罪。」

早瀨心不在焉地看著這行字，立刻對「斷茶」兩個字有了反應。他操作手機，查了這兩個字的意思。

斷茶——向神佛祈願時，在某段期間內戒茶。

早瀨大吃一驚。秋山周治在戒茶嗎？

秋山梨乃說，她爺爺喜歡即溶咖啡，所以想要吃西點。

事實很可能並非如此，只是他不能喝日本茶，只好喝咖啡代替。

可是命案現場的茶杯中有茶，而且，茶杯上只有秋山周治的指紋。為什麼會這樣？秋山周治的戒茶期間已經結束了嗎？

早瀨抓起手機站了起來，雖然便當才吃了一半，但他已經沒有食慾了。

26

上午十點，蒼太和梨乃面對面坐在前往勝浦的列車上。因爲正值暑假，原本擔心會擠滿遊客，但車上幾乎沒有看到遊客的身影。也許因爲是非假日，大家要等到中元節假期才會去家庭旅行。

蒼太讓手機畫面顯示了Google地圖，那是千葉縣勝浦市的地圖，上面某個地點做了記號。

「這裡就是工藤先生別墅所在的地點，交通很不方便，所以我覺得租車去比較好。」

「你居然可以查到地址。」

「雖然費了一點工夫，但並沒有太困難，因爲有這個。」

蒼太從皮包裡拿出一張照片，照片上是工藤旭的別墅。梨乃去了「KUDO's land」，拍下了貼在牆上的照片，然後用電子郵件傳給蒼太，他再用電腦列印出來。

拍照片時，梨乃對店員說，最近打算去勝浦，如果有時間，想去工藤先生的別墅看看，她問了店員別墅的地址，可惜對方沒有告訴她。雖然工藤旭的巔峰時期已過，但他目前仍然有很多粉絲，如果隨便告訴他人地址，恐怕會引起後患。

梨乃看了照片，忍不住吃吃笑了起來，「感覺好像是一群可疑的壞蛋。」

照片上的人眼睛都用黑色麥克筆塗黑了，難怪她會有這種感覺。

「沒辦法啊，因為要拿給很多人看，如果看到上面有工藤旭先生，一定會東問西問。」

「很多人是誰？」

「房屋仲介公司，正確地說，是專門仲介鄉下房子的業者。」

「鄉下房子……東京有這種業者嗎？」

「有啊，」蒼太指著照片，「這棟房子很舊，工藤先生在幾年前買下這棟房子，妳覺得他為什麼特地挑選這麼老舊的房子？」

「是因為地點很好吧？」

「這應該也是原因之一，但並不是最大的原因。我上網查到了工藤旭的官網，裡面有『鄉間報告』的專欄，用部落格的方式記錄了在別墅的生活，雖然沒有拍到建築物本身，但有不少周圍風景的照片，另外還有練習音樂的情況，看了那些文章，可以充分瞭解工藤先生購買別墅的經過。看了之後才知道，工藤先生以前就很嚮往鄉間生活，而且想要住老舊的民房。」

「特地住老舊的房子嗎？真奇怪啊。」

「這種人還真不少，用『老房子』的關鍵字去搜尋，可以找到很多房子，嚮往鄉間生活的人都想要找傳統的老房子。」

「所以，工藤先生也是其中之一。」

「對，根據部落格的文章描述，他想要找周圍是一片大自然的環境，練習音樂時也完全不必在意會吵到鄰居，最好附近有高爾夫球場的老房子。」

「所以，勝浦的別墅完全符合這些條件。」

「是啊，部落格上只寫終於找到了房子，並沒有提到是怎麼找到的。但是，既然要找房子，還是必須仰賴專門的業者，所以，我猜想這棟房子以前也公開出售過，我查了一下，發現東京承接這種物件的業者並不多。我去第一家時，對方說只知道目前出售的物件，把我趕了出來。第二家房仲的人很親切，幫我找了已經成交的物件。因爲知道勝浦的地名，所以並沒有花太多時間就找到了。」

「原來如此，」梨乃露出佩服的表情搖著頭，「你果然很聰明。」

「爲什麼突然說這種話？」

「我之前就這麼覺得，上次你不是告訴牙醫師，你在大學研究科學嗎？果然和我活在不同的世界。」

蒼太的嘴角露出笑容，那是自嘲的笑容。

「我在無用的事上浪費了時間，那些研究完全無法發揮任何作用。」

「是嗎？是怎樣的研究？不過，就算你告訴我，我也聽不懂。」

「不，那倒不會，只要妳知道我之前在研究什麼，也會覺得我在浪費時間。」

「到底是什麼？你別賣關子了。」

「我沒有賣關子，我研究的是惡名昭彰的原子能。」

「啊啊……」梨乃的聲音沒有起伏，「核電廠嗎？那眞的很複雜。」

「我們這些研究人員即使被人問起在研究什麼時，也不知道該怎麼回答，或是拚命想要掩飾。唉，這是自作自受，只能說，我們缺乏先見之明。」自己說的話聽起來很無力，更讓他覺得窩囊。

「你說你在無用的事上浪費了時間，你以後不再做研究了嗎？」

「至少不會再研究原子能了，但這個領域的知識無法運用到其他方面，所以，不知道接下來該怎麼辦，我正在爲這個問題煩惱，恐怕一畢業就要失業了。」

「即使是秀才，一旦選錯了科系也會很頭痛。」

「我不是什麼秀才，」蒼太皺著眉頭，「妳剛才說，我們活在不同的世界，也許說對了。對我來說，以奧運爲目標的人根本就是外星人。」

梨乃用力撇著嘴，「我早就放棄了。」

「但妳曾經有一段時間，很認眞地以奧運爲目標，對我來說，這就夠厲害了。」

「一點都不厲害，只是高估了自己的實力而已。周圍人一吹捧，就自以爲了不起。我才是浪費了時間。」

「不對，當時的經驗一定會對日後的人生——」

「你很煩喔，」梨乃瞪著雙眼，不悅地說道，「你對我一無所知，別說得好像很瞭解我。我自己做了這個決定，而且也接受了，不想聽這些好像在指責我的話。」

「不，我並沒有指責妳……」

梨乃把頭轉到一旁，看著窗外的風景，似乎不願意繼續談論這個問題。她的臉上充滿憤怒和不悅。

「對不起，」蒼太向她道歉，「妳說得對，我對妳幾乎一無所知，只知道妳曾經在游泳界很活躍，但也只是瞭解表面而已，不該隨便發表意見。」

但是，梨乃沒有反應，繼續看著窗外，好像對他的話充耳不聞。

蒼太嘆了一口氣，操作手機，確認了預約租車的租車行位置。

梨乃小聲說了什麼，「嗯？」蒼太看著她，「妳說什麼？」

「你會游泳嗎？」她緩緩把頭轉向他，「你游泳游得好嗎？」

「算是……普通吧。」他偏著頭回答。

「一百公尺游幾秒？」

「呃，我沒測過一百公尺的速度，高中時，曾經測過五十公尺的速度。」

「多少？」

「我有點忘了，」蒼太抱著雙臂，「可能將近一分鐘吧。」

「我一百公尺不用一分鐘，而且游得很輕鬆。」梨乃說。

蒼太瞪大眼睛，「太厲害了。」

「但是，我最後留下的紀錄是一分十秒，是正式的紀錄比賽。」

「……發生了什麼事嗎？」

梨乃重重地嘆了一口氣，張開右手。

「距離終點還有五公尺，我確信自己可以奪冠，甚至覺得可以刷新自己的紀錄，但是，就在這時，發生了可怕的事，世界開始旋轉。」

「世界？」

「我突然迷失了自己前進的方向，而且也不知道自己在水中是什麼姿勢，我驚慌失措，手腳拚命掙扎。別人以爲我抽筋了，最後雖然勉強抵達終點，成績就如剛才說的，我立刻被送去醫務室。那場比賽也變成一場可怕的比賽。」

「原因是什麼？」

「據說是心因性暈眩，但說白了，就是查不出原因。比賽後，就恢復了原狀，我也不太記得當時的事。」

「那種症狀之後還有出現嗎？」

「沒有，只要不游泳就不會出現。」

聽到她的答案，蒼太忍不住倒吸了一口氣。

「即使游泳的時候，也有很長一段時間沒有出現。我可以像以前一樣游泳，成績也不差，我以爲完全沒問題了。有一次去當義工，教小孩子游泳，我要示範標準動作，從游泳池的這一頭慢慢游到那一頭。因爲不必在意成績，所以根本沒有壓力，沒想到那個又突然出現了。」

梨乃在說「那個」時加強了語氣。

「我覺得腦袋裡在打轉。我明明是游自由式，卻不知道什麼時候變成了仰式。我心想慘了，立刻停止示範，幸好沒有人察覺，甚至有小孩子爲我鼓掌。我向他們揮著手，努力讓臉上的表情放鬆，但可以感受到心跳很快。那次之後，又有多次發生相同的情況。即使中途完全沒有問題，到了終點附近，就會出現暈眩。最後，我害怕下水。」

「妳沒有去醫院嗎？或是找教練商量？」

梨乃煩躁地搖了搖頭。

「我去看了精神科、身心科、神經內科、耳鼻喉科……看了很多醫生，但都找不出原因，都說是受到心理因素的影響，但沒有人能夠解決我的問題。教練也一樣，雖然在精神方面給了我很多建議，只是完全無法發揮作用。所以，我決定實踐幾乎每一個醫生對我說的話，暫時遠離游泳池，不去想游泳的事。從治療的角度來說，這是正確的決定，因爲之後從來沒有發生過暈眩現象。」

蒼太低著頭，不知道該怎麼安慰梨乃。

「請你不要同情我，我放棄游泳後，最討厭的一件事，就是大家都對我有所顧忌。我是根據自己的意志做出了決定，不需要別人同情我，更不希望別人和我相處時，整天看我的臉色。」

「嗯，我似乎能夠理解妳的心情。」蒼太低著頭說。

「我帶走了很多人的夢想，這才是最令我感到痛苦的事，尤其是我的父母，他們曾經對我充滿期待，得知我放棄游泳時，他們很受打擊，周圍的人都紛紛安慰他們，我立刻變成了一個不孝女。」

「不會啦，兒女活在世上，並不是爲了實現父母的夢想。」

「但是，父母把夢想寄託在兒女身上不是很正常嗎？我無法爲此責怪父母，也不能責怪他們因爲夢想無法實現而感到失望。」梨乃說著，嘴角露出淡淡的笑容，「雖然很清楚這些道理，但還是感到很痛苦，所以，我放棄游泳後很少回家，也不想和朋友見面，因爲大部分朋友都是藉由游泳認識的。我在放棄游泳後才發現，一旦我的人生中少了游泳，就什麼都沒有了，沒有朋友，也無處可去，說起來眞悲哀。」

蒼太聽了，突然想到一件事。

「所以妳才去爺爺家嗎？」

她無力地點點頭。

「爺爺從我小時候就比任何人都支持我，我參加比賽時，即使在比較遠的地方，他也會趕去爲我聲援，但他從來沒有在我面前提過奧運這兩個字，只說他喜歡看我游泳，在我放棄游泳後，他也沒有問過我原因，雖然我知道他一定比任何人都難過。我猜想爺爺很瞭解我的心，察覺我不知道未來的路要怎麼走，也不知道該找誰商量。」

梨乃從皮包裡拿出手帕，擦了擦眼角。

「爲了妳爺爺，也要解開黃色牽牛花之謎。」蒼太說。

「嗯。」梨乃回答後，用充血的雙眼看著他。

「我覺得我們兩個人有點像，雖然在自己深信不疑的路上很努力，卻不知不覺迷了路。」

「就是啊。」蒼太回答。

27

出了車站後，沒走幾分鐘就到了租車行。他們預約了一輛以省油、好駕駛出名的小型車，他和梨乃一起坐上車，在衛星導航系統輸入目的地後，小心翼翼地把車開了出去。他已經很久沒開車了。

沿著小型商店林立的站前路直行，很快來到一個很大的路口。根據地圖顯示，在這個路口左轉後，沿著那條路行駛二十公里左右就能到達。那條道路的交通流量並不大，所以開車應該很輕鬆。

「剛才提到工藤先生的官網，我看了之後，瞭解了幾件事。」蒼太看著前方說道。

「什麼事？」

「比方說，勝浦這個地方對工藤先生來說，並不是所謂特殊的地方，只是合適的房子剛好在勝浦而已，而且，他在部落格上甚至沒有提到勝浦這個地名。我用各種關鍵字搜尋，在網路上並沒有查到工藤先生在勝浦有別墅這件事。」

「所以，你想說什麼？」

「這就產生了一個根本性的疑問，假設伊庭孝美去別墅的目的是爲了接近工藤旭先生，那她怎麼知道別墅是在勝浦？她是在去了勝浦之後才開始出入『KUDO's land』，所以，在此之前，應該並沒有看過那張別墅的照片。」

「不知道，搞不好她朋友是工藤旭先生的歌迷，那些瘋狂歌迷什麼事都知道。」

「但是，即使她因爲某種原因知道別墅的地點，也不可能爲了和工藤旭先生交朋友而擅自上門。因爲那棟別墅並沒有對外公開，擅自上門的話，反而會引起警戒。與其這麼做，還不如去『KUDO's land』這個社交場合，事實上，她也是在那裡認識了工藤先生。」

「所以，這到底是怎麼一回事？」

「嗯……」蒼太雖然還沒有完全把內心的假設整理好，但他還是決定把自己的想法說出來，「我在想，搞不好是相反的情況。」

「怎麼相反？」

「伊庭孝美原本去勝浦的目的和工藤先生並沒有關係，卻因爲某種原因，不得不接近工藤先生。」

梨乃沉默不語，可能正在思考蒼太說的可能性。

「比方說，」蒼太說，「如果她原本的目的是那棟老房子。」

「老房子？你是說工藤先生的別墅嗎？」

「對，我剛才也說了，別墅是工藤先生和勝浦這個地方之間唯一的交集。如果伊庭孝美造訪勝浦後試圖接近工藤先生，一定是和別墅有關，也許她也對那棟老房子有興趣。」

「你是說，她打算買下來嗎？」

「也許吧，可能因為某種因素想要買那棟房子，但實地造訪後，發現已經被人買走了。於是，她調查了屋主，試圖接近他——從這個角度思考，就可以解釋她的行爲，當然，還是有很多疑問。」

「她爲什麼用假名字呢？如果想要買那棟房子，只要和工藤先生交涉就好，不是嗎？而且，你剛才的假設也無法解釋她爲什麼要加入『動盪』。她的目的不是我爺爺的黃色牽牛花嗎？不是爲了這個目的，才先接近工藤先生的嗎？」

梨乃接二連三的問題，讓蒼太有點招架不住。

「很遺憾，我目前還無法回答這些問題，也許牽涉到比我們想像中更複雜的事情，但有一件事可以確定，伊庭孝美想要做的事無法公開，所以，才會看到我之後，立刻消聲匿跡。」

「好像不是什麼好事情，雖然我不想說你初戀情人的壞話。」

「沒關係，我也這麼想。如果不是壞事，根本不需要用假名，也不需要逃走。」

「……是啊。」梨乃有所顧忌地說。

車子在路上行駛了一陣子後，蒼太漸漸找回了開車的感覺，他握著方向盤，不禁思考起來。怎樣才能查出伊庭孝美的目的？即使和工藤旭的別墅有關，就算找到了別墅，光看外觀也無法找到解決的線索。

伊庭孝美的月曆上顯示，她在勝浦逗留將近一個星期，爲什麼要停留這麼長時間？蒼太把這個疑問告訴了梨乃，梨乃也表示同意，「對喔，眞奇怪。即使是爲了買老房子去實地察看，通常不需要花這麼長的時間。」

「是啊。」

但是，梨乃的意見啓發了蒼太。如果要買老房子，至少會先在附近打聽情況。

「對了！」他脫口說道。

「你想到什麼了嗎？」

「首先去別墅周圍打聽一下，也許有人看過伊庭孝美。」

「哇噢，感覺好像是連續劇裡的刑警在辦案。」

「我先聲明，請妳不要再像在慶明大學時那樣，演一些奇怪的戲碼。」

「爲什麼？那次不是很成功嗎？」

「那只是巧合，這次萬一有人起了疑心，去報警的話就慘了。」

梨乃大聲咂著嘴，很無趣地說了聲：「好吧。」

開了三十分鐘左右，衛星導航系統終於指示要右轉。那是一個沒有號誌燈的小路口，轉彎後，是一條很狹窄的路。蒼太握著方向盤，漸漸不安起來。道路的左側是一條河，右側是一座山，山的前方是一片農田，根本看不到任何房子。

「哇噢，在這種地方嗎？根本什麼都沒有啊。」

「如果是這裡，即使發出比較大的聲音，也不會吵到左鄰右舍。」

衛星導航系統顯示已經抵達目的地附近，接下來似乎只能靠肉眼尋找那棟房子了。

「衛星導航系統眞沒用，開什麼玩笑嘛，居然把我們帶到這種地方。」

「從照片來看，房子似乎在更裡面。」

「但這裡已經沒路了。」

柏油路即將結束，雖然前方還有路，卻是雜草叢生的泥土路，而且路面更窄了，萬一車子開進去開不出來就慘了。

「啊，是不是那棟房子？」梨乃叫了起來。

蒼太踩了剎車，順著她手指的方向看去。

在雜草叢生的平地前方有一小片樹林，那片樹林中間有一棟平房。仔細一看，有一條雜草割得很乾淨的小徑，一直通往房子，車子也可以開進去。

「我們去看看。」蒼太把腳從剎車上移開。

幾分鐘後，他們站在一棟老房子前，蒼太和照片比較後，點了點頭。

「沒錯，就是這棟房子。」

胭脂色的大屋頂、用木板拼接出複雜圖案的牆壁、格子窗，都和照片上一模一樣，只有周圍樹木的顏色不一樣。

房子前有一塊空地，可以容納五輛小客車，只是不知道哪裡到哪裡屬於這棟房子的土地，也許從柏油路到這裡爲止的平地都屬於這棟房子，果眞如此的話，房子佔地至少有四百坪。

玄關是拉門，旁邊裝了一個和這棟老房子不太相襯的對講機。蒼太按了一下，聽到屋內傳來對講機的鈴聲，但等了很久，都沒有任何人應答。

他們又繞到屋後，發現有一座磚塊搭的平台，可能是用來烤肉的，旁邊有一個可以放二十個空啤酒瓶的啤酒箱，不難想像工藤他們在這裡烤肉、喝啤酒，討論音樂的情景。

蒼太再度打量著房子。從外觀來看，這只是普通的鄉下老房子，但裡面一定使用了最新技術重新裝潢，住起來會很舒適。

「我撿到這個。」梨乃撿了一本舊雜誌走過來，是音樂雜誌。

「絕對是工藤先生的別墅，」蒼太巡視四周，「我剛才說，要向鄰居打聽一下，但這裡根本沒人。」

「要不要重新回去國道？」

「只能這樣了。」

他們開車緩緩往回開。

「那棟房子是怎麼回事？」蒼太一邊開車，一邊問，「爲什麼只有一棟房子孤伶伶地建在那裡？」

「可能以前這裡有一個村莊，但之後因爲人口減少，就變成這樣了。」

「但爲什麼那棟房子留了下來？」
「可能以前住在那棟房子的人不想離開。」
「是嗎？我覺得那裡交通很不方便。」
「每個人喜好不同啊。」
回到國道後，他們尋找著可以打聽消息的店家。雖然很希望可以找到開了很多年的商店，但繞了很久都沒有找到。無奈之下，只好走進一家便利商店。店員是一個年輕男子，店裡並沒有其他客人。
蒼太買了口香糖後，向店員出示了老房子的照片，問他：「請問你知道這棟房子嗎？就在前面那條小路往裡面走一點的地方。」
「不知道，」店員偏著頭，「我是騎機車從隔壁鎮來這裡上班，沒有去過那裡。」
這也難怪，因爲那裡根本什麼都沒有，當然沒有理由去那裡。
梨乃皺著眉頭站在飲料區，蒼太問她：「怎麼了？」
「我口渴了，想買啤酒，但這家店好像不賣酒。」
蒼太的身體向後仰，「啤酒？妳讓我開車，自己喝啤酒？」
「喔，對喔，」梨乃吐了吐舌頭，「對不起。」
梨乃似乎並不是故意的，蒼太苦笑著看著貨架上的飲料，這時，突然想到一件事。
「那棟房子後方有啤酒箱，是他們自己帶來的嗎？」

「不會吧？應該是請酒鋪送去的吧。」梨乃說完，驚訝地張大了嘴。

蒼太跑去收銀台問：「請問這附近有酒鋪嗎？」

店員有點不知所措，但還是告訴他們：「我只知道繼續往前開五分鐘左右有一家店。」

「還有沒有其他店？」

「我不知道，」店員搖著頭，「有時候會有客人來問，但我每次都告訴他們那家店。」

「是嗎？謝謝你。」蒼太向梨乃使了一個眼色，走出那家店。

他們坐上停在便利商店停車場的車子，前往店員說的那家店，但開了很久，非但沒有看到酒鋪，連房子也沒有看到。正當他們感到狐疑時，看到前方有幾家商店，酒鋪就是其中一家，同時賣果汁、點心和乾貨。

一個矮小的老人在看店，蒼太買了洋芋片和烏龍茶，因爲他不好意思什麼都不買。結完帳後，他向老人出示了工藤的別墅。老人戴上老花眼鏡看了照片後，「嗯、嗯」地點著頭。

「我知道啊，我兒子曾經去送過幾次貨，我記得是姓……」

「是不是工藤先生？」

老人聽了蒼太的提示，用力拍了一下大腿。

「沒錯沒錯，就是這個名字。他們來訂啤酒時，我聽到住址時嚇了一跳，因爲我一直以爲那棟房子沒人住。」
「你之前就知道那棟房子嗎？」
「談不上知道，只是從房子前經過而已。」
「你知道在變成空房子之前，是什麼人住在那裡嗎？」
「不知道，十年前好像看過一個老太婆在那裡出入，但不知道是不是住在那裡。」
「請問你知道那棟房子的其他事嗎？任何事都沒有關係。」
「我不知道，所以也沒辦法告訴你什麼，那棟房子怎麼了嗎？」
「因爲我們在調查一些事……」
「那可以問現在住在那裡的人啊，搞不好知道什麼。」
如果可以這麼做，就不必費這麼大的工夫了，但又不能對這位老人說實話，只能不置可否地點點頭說：「是啊。」
「請問，」梨乃開了口，「你說你之前經過那棟房子，所以，你會去那裡嗎？」
「當然會啊，只要有客人訂貨，不管是哪裡都要送去。」老人笑了起來，他沒有門牙。
「但是，那附近並沒有其他房子啊。」蒼太說。
「有啊。從那棟房子繼續往裡面走，就有一個小村落，現在只有老頭子、老太婆住在那裡。啊，對了，你們可以去問住在那裡的人，一定可以打聽到消息。」

原來是那條路。蒼太想起剛才柏油路前方的小路，小村落似乎就在那裡。

他們道謝後，離開了酒鋪。坐上車子，再度駛向別墅。

回到別墅後，因爲不能把車子停在狹小的路上，所以只好先把車子停在屋前。

他們走在沒有鋪柏油的小路上，周圍都是樹木，看不清楚前方，甚至讓人擔心到底是否有村落在前方。

走了一會兒，路漸漸寬了，看到幾棟木造的房子，都是老房子。其中有一棟廡殿屋頂❷的大房子特別引人注目，屋後就是一片樹林，感覺很氣派。

他們走了過去，想要尋找玄關的位置，聽到一個聲音，「請問是哪位？」一個駝背的老婆婆從旁邊的倉庫走了出來，「你們怎麼可以隨便闖進別人家裡？」

「啊，對不起。」蒼太慌忙道歉。原來他們闖入了私人土地。

「你們在打量我家的房子，有什麼事嗎？」

「呃，那個……」蒼太腦海中閃過一個念頭，「我們正在研究日本傳統住宅，覺得這棟老房子很氣派。」

「喔，是嗎？嗯，的確是老房子，是在戰前建造的。」

「太了不起了。」蒼太不是在演戲，而是眞的感到驚訝。

「要不要進來看看？」

「好，務必讓我們參觀一下。」

老婆婆駝著背走向房子，蒼太他們跟在她身後。

玄關在巨大的屋簷下方，有四扇很大的格子門，老婆婆走了進去。「打擾了。」蒼太打了聲招呼後，也跟著走進去，脫鞋處鋪著石板。

老婆婆指著樑柱和欄杆，向他們說明這棟房子多麼牢固，當初多麼用心建造。她告訴他們，她死去的丈夫對任何事都追求品質第一。

老婆婆還想帶他們參觀裡面的房間，但蒼太他們沒時間，很有禮貌地婉拒了。

「是嗎？那請你們下次有空的時候再來，我會帶你們好好參觀。」

「謝謝。對了，剛才來這裡的路上，看到另一棟老房子，那裡沒人住嗎？」

「嗯？是哪一棟房子？」

「就在柏油路旁。」

「喔，」老婆婆點了點頭，「原來是那棟房子，最近好像有人買下了，曾經看到有男人進出，但不知道是誰。」

「之前住了什麼人？」

「那棟房子喔……」老婆婆說到這裡，突然壓低了聲音，「很久之前，住了一對夫

❷中國、日本、朝鮮古建築的屋頂樣式，常見於皇家及佛寺建築。

妻，姓田中。和我家一樣，自從老公死了之後，就只有太太一個人住在那裡。」

「你們有來往嗎？」

「嗯，」老婆婆發出低沉的聲音，「在路上遇到時會打招呼，但也只是這樣而已，因爲他們不太和別人來往。」

「有什麼原因嗎？」

聽到蒼太的問題，老婆婆露出遲疑的表情，然後自言自語說：「反正現在也沒什麼好隱瞞了」，又接著說：「他們家的兒子在東京犯了案。」

「犯案？犯什麼案？」

「很大的案子。在大街上發瘋，殺了好幾個人。」

蒼太忍不住挺直身體，和梨乃互看了一眼。老婆婆說的事太出乎意料了。

「多久以前的事？」

「嗯，多久以前呢？差不多五十年前吧。」

「五十年……」因爲太遙遠了，所以完全沒有眞實感，「他當然被抓了吧？」

「那當然啊，報紙上也登得很大，有很多傳言，當我知道是田中家的兒子時，嚇了一大跳。」

蒼太聽著老婆婆的話，暗自思忖著，這麼久以前的事，和自己正在調查的事有關嗎？

「那個人爲什麼要殺人？」梨乃問。

「他發瘋了啊。他很迷一個外國女明星，那個女明星死了，所以他也不想活了，反正就是這種亂七八糟的事。」

「那個女明星叫什麼名字？」

「我才不知道她叫什麼名字，只知道很有名。」

這件事的確很奇妙，但無論怎麼想，都不覺得和伊庭孝美有什麼關係，那是她出生很久以前的事。

蒼太從懷裡拿出一張照片給老婆婆看，那是向田原借來的、疑似伊庭孝美的照片，「這個人有沒有來過這裡？」

老婆婆瞇起眼睛看了照片後，搖了搖頭，「我沒見過。」

「請問關於那棟房子，妳還知道什麼？任何瑣碎的事都無妨，比方說，她丈夫以前的職業是什麼？」

老婆婆皺著眉頭想了一下，最後用力嘆了一口氣。

「不好意思，我想不到其他的事。我剛才也說了，我們並沒有來往，眞對不起啊。」

「不，是我們打擾了。」蒼太對老婆婆鞠躬。

回到車上，蒼太坐在駕駛座上，再度打量著工藤的別墅。

「結果還是沒有找到線索。」他喃喃說道。

「那件事沒有關係嗎？殺人的事。」

「那是在東京發生的，不是在這棟房子裡發生的。」
「喔……也對。」
蒼太發動了引擎，一看時間，已經下午兩點多了。想到還沒有吃午餐，頓時覺得飢腸轆轆。
他們把車還給租車行後，走進了車站前的食堂。這裡的生魚片定食便宜得嚇人。
梨乃一邊吃飯，一邊操作著手機。
「妳在幹什麼？」蒼太問。
「我在查那個女明星，就是凶手很迷的女明星。」
「妳還是放不下那件事嗎？」
「因爲很在意啊，這是我們打聽到唯一關於那棟房子的事，所以就想查清楚。」
「好吧，但要怎麼查？目前只知道是外國女明星而已。」
「我猜外國指的是美國，所以，我用好萊塢明星和一九六〇年代這兩個關鍵字來搜尋，目前找到了幾個人。克勞黛・考爾白、葛麗泰・嘉寶、海蒂・拉瑪……你聽過嗎？」
蒼太聳了聳肩，「完全沒聽過。」
「我也沒聽過，還有費雯・麗、英格麗・褒曼、瓊・芳登、麗塔・海華斯……」
「我知道麗塔・海華斯，《刺激1995》裡有提到她。」
「當時的日本人知道這些人嗎？瑪麗蓮・夢露、奥黛麗・赫本、葛莉絲・凱莉、伊麗莎白・泰勒……這些名字我曾經聽過。」

「聽老婆婆說，那個女明星在那時候死了。伊麗莎白・泰勒不是最近才死嗎？」

「啊，對喔，那就排除伊麗莎白・泰勒。」梨乃在操作手機的空檔，吃著生魚片。蒼太忍不住在心裡嘀咕，「這樣會消化不良。」

「啊！」她突然叫了起來。

「怎麼了？」

「費雯・麗，」說著，她把液晶畫面轉向蒼太，「是一九六七年死的。」

「喔，」蒼太也忍不住叫了起來，「大約五十年前。」

「她主演了《亂世佳人》，日本應該也有很多她的影迷吧。」

「搞不好就是她。」

「現在還不知道，我再查查看其他人。」

「我也來幫忙。」蒼太放下筷子，從旁邊的皮包裡拿出平板電腦。

不一會兒，他也找到了條件相符的女明星。茱蒂・嘉蘭，死於一九六九年。

「她的代表作是《綠野仙蹤》和《星海浮沉錄》，我曾經聽過這兩部電影，但在日本應該不算太有名。」

「我也這麼覺得，你看，我又找到另一個人。」梨乃說，「瑪麗蓮・夢露，死於一九六二年，據說世界各地都報導了她的死訊，引發了極大的衝擊和悲傷。」

「我曾經聽說過，她死得很離奇。原來是一九六二年的事。」

雖然蒼太從來沒有看過瑪麗蓮・夢露演的電影，但腦海中立刻浮現出她的身影，就是經典的飛裙畫面，只不過是從電視上的懷舊節目中看到的黑白影像。

梨乃突然張大眼睛，用手掩著嘴。

「又發現了什麼？」

她看著蒼太，連續眨了好幾次眼睛。

「我在網路上查瑪麗蓮・夢露，發現了一件驚人的事。」

「什麼事？」

「名字縮寫。夢露的影迷有時候會用她的名字縮寫來叫她。」

「那又怎麼樣？瑪麗蓮・夢露……所以是MM。」說出口之後，發現似乎有哪裡不對勁。MM——好像在哪裡聽過。他很快想起來了，「啊，MM事件……」

梨乃張大眼睛。

「你哥哥曾經問我，有沒有從我爺爺那裡聽說過MM事件。」

這絕對不是偶然，蒼太把平板電腦丟進皮包，「趕快吃，我們要回東京。」

28

他瞥了一眼手錶，時針即將指向六點。他立刻抬起頭，看向馬路對面的車站。他好不容易找到這家玻璃外牆的咖啡店，坐在面向馬路的吧檯座位，簡直就是跟監的理想位置，絕對不能因爲東張西望而錯過了目標人物。他面前的咖啡杯早就空了，但爲了怕點咖啡時不小心錯過了要跟監的人，所以一直忍著沒有續杯。

可能有新的電車到站，很多人從車站走了出來。他定睛確認每一個人，自己要找的人似乎並沒有搭這班車。

早瀨從三十分鐘前就坐在這裡，但是，他一點都不著急，因爲他早就掌握了對方的行動，知道對方絕對很快就會出現。

他把早就想好的策略又重新在腦海中整理了一次。他預測了對方的態度，準備了不同的對策。這個過程有點像在確認詰將棋❸的步驟。無論敵方用什麼招數，都一定要把他逼到有利於自己攻擊的位置。

他似乎在不知不覺中緊張起來，手心冒著汗。他把雙手在褲腿旁擦了擦，正準備把手

❸ 詰將棋爲日本將棋中，以連續使用詰棋設法將死對方。

肘放回桌上，卻在中途停了下來。因爲他看到了目標。那個人把西裝上衣搭在肩上，邁著疲憊的腳步走來。

早瀨立刻站了起來，把喝完咖啡的杯子放回指定的位置，快步走出咖啡店。他知道對方要去哪裡，所以不必著急，但還是難以克制內心的興奮。

天色並沒有太暗，即使站在稍遠處，也可以看到那個男人的身影。早瀨小跑著跟在那個男人的身後，對方毫無警戒心，也沒有回頭。

早瀨追上他時，說了聲：「你好。」

男人停下腳步，轉頭時，驚訝地瞪大了眼睛。

早瀨擠出笑容，向他靠近一步說：「前幾天打擾了。」

「你是……」日野和郎拚命眨著眼睛，微張著嘴巴。他似乎記得早瀨。

「我是西荻窪署的早瀨，曾經爲秋山先生的命案去拜訪過你。」

日野似乎有點慌張，臉上的表情更僵硬了。「還有事要找我嗎？」

「不，只是有幾件事想要確認一下，現在方便嗎？」

「沒問題。」

「那要不要回去車站，站著說話不方便。」

「喔。」日野露出警戒之色，不置可否地應了一聲。

兩個人轉身沿著來路折返。早瀨可以清楚猜到日野心裡在想什麼，他的腦海中一定有各種想法竄來竄去。

「呃……請問你是在哪裡等我？」

「當然是車站啊，車站前不是有一家咖啡店嗎？」

「爲什麼在那裡？你上次不是來我們公司嗎？」

早瀨面帶笑容，轉頭看向日野。

「因爲目前的情況和那時候不同了，如果去公司，可能不太方便。若是看到你和刑警單獨談話，上司一定會問你發生了什麼事，所以，這是爲你著想。」

日野一臉愁容，但是，他什麼都沒說，繼續往前走。

回到車站前，經過剛才那家咖啡店，但早瀨並沒有停下腳步。

「不去這家店嗎？」日野問。

「我剛才喝過咖啡了，而且，最好不要有旁人干擾。如果在意別人可能在豎耳偷聽，就無法專心了。別擔心，我找到一家理想的店，就在前面。」早瀨把手放在日野的背後，輕輕推了他一把，這個矮小的男人身體抖了一下。

那家店就在小鋼珠店隔壁，門口有一塊麥克風形狀的大看板。

「這裡嗎？」日野露出不安的眼神抬頭看著KTV店。

「這裡有包廂，隔音設備也很好，是最適合密談的地方。來，進去吧。」早瀨讓日野先走進去，自己跟在後方。

樓梯上方是櫃檯，男店員問他們要唱多久，早瀨回答說：「一個小時。」其實他並不想花太多時間。

走進指定的包廂，店員很快就進來爲他們點飲料。

「你要點什麼？不必客氣。」早瀨把飲料單放在日野面前。

「我都可以。」

「是嗎？那就兩杯烏龍茶。」

年輕店員面無笑容地走了出去，內心可能對兩個一把年紀的男人這麼早就跑來唱歌很不以爲然。

早瀨環視包廂內，壁紙的某些地方已經剝落，椅子的塑膠皮也破了。也許這家店並沒有多餘的錢花在內部裝潢上。當今的日本，無論哪一個行業都在硬撐。

螢幕上出現了點歌排行榜，早瀨瞥了一眼，忍不住苦笑起來。

「都是一些陌生的歌，不管是歌名或歌手名都沒聽過，而且，連哪裡是歌名，哪裡是歌手名都分不清楚，時代的變化太可怕了。」

「呃，刑警先生，可不可以請你有話快說？」日野終於忍不住開了口。

早瀨緩緩看著獵物。

「我也很想速戰速決，只是不希望話說到一半被人打斷，所以先閒聊一下。」

日野抿著嘴，從褲子口袋裡拿出手帕，擦了擦額頭上的汗。

「你覺得熱嗎？要不要把溫度調低？」
「不，沒關係。」
門打開了，店員走了進來，把兩杯烏龍茶放在桌上，陰陽怪氣地說了聲：「請慢用」，就走了出去。
「現在就不必擔心被打斷了。」早瀨把其中一杯烏龍茶放在日野面前，「放輕鬆嘛，這裡不是公司，更不是偵訊室。」
日野張大眼睛，他的眼睛有好幾條血絲。
「那就開始說正事吧，」早瀨從口袋裡拿出記事本，「七月九日是秋山先生遇害的日子，可不可以請你說一下那天做了什麼？從下午開始就好。」
「我上次已經說了……」
「對不起，請你再說一次。因爲可能會聽漏。」
「聽漏？聽漏什麼？」
「總之，請你再說一次。」早瀨做出準備記錄的樣子，「你有記事本嗎？」
「喔，有啊……」日野從皮包裡拿出一本厚厚的記事本，低頭翻了起來，挺直了身體。「那天像往常一樣，在員工食堂吃了午餐，下午一點半開始開會，三點左右結束。當時和我一起開會的室長也可以證明。」
「我知道，所以，我對於這件事沒有任何疑問，問題是之後。」

「之後？」

「會議結束的三點之後，我是說，三點之後的行動我可能聽漏了。」

「呃……」日野的臉扭曲起來，他可能想擠出笑臉，但臉頰肌肉很僵硬。「這是怎麼回事？命案不是發生在正午到下午三點這段期間嗎？我記得上次是這麼聽說的。」

「的確，上次確認了你正午到下午三點的行動，但並不代表那就是命案發生的時間。」

「……不是這樣嗎？」

「我只是說，有可能不是這樣，所以才會再次請教你。不好意思，又來麻煩你了，請你提供協助。請問那天三點以後，你在哪裡、做了什麼？」

「那天……」日野再度低頭看著記事本，翻頁的動作有點笨拙，「開完會後，我就回自己的座位，一直到下班。」

「在自己的座位上工作嗎？可以證明嗎？或是有人可以爲你證明嗎？」

「證明……嗎？」

「任何方式都可以，比方說，和誰在一起，或是用內線電話和誰通過話都可以。」

「呃，我記不得了，好像有遇到其他人。」日野看著記事本，但早瀨猜想他應該不是在看上面寫的字。

「聽福澤室長說，」早瀨開了口，「你的部門只有你一個人，主要工作就是整理秋山先生之前所做的研究，也不會有其他員工去你的部門。根據我的想像，那天三點之後，你和平時一樣，並沒有見到任何人。」

日野的動作像慢動作般停了下來，幾秒鐘後，他闔上記事本，用力深呼吸後，看著早瀨。

「你想說什麼？」雖然他說話很小聲，但語氣中已經沒有剛才的怯懦。

他似乎做好了心理準備。早瀨心想。他拿起烏龍茶，喝了一大口。

「味道真淡，便宜的店家不管喝什麼都淡而無味。雖然應該不可能，但我總懷疑他們摻了水。」

「刑警先生，我——」

「斷茶的時候，」早瀨說，「連烏龍茶也不能喝嗎？」

日野皺起眉頭，「請問你在說什麼？」

早瀨把杯子放在桌上，「在說斷茶的事。」

「斷茶？什麼意思？」

「你不知道斷茶嗎？就是一種許願的方式，在願望實現之前都不喝茶。如今有各種飲料，所以並不至於太困難，但在沒有咖啡，也沒有果汁的時代，忍著不喝茶應該很痛苦。」

日野似乎內心煩躁，身體微微搖晃著，「那又怎麼樣呢？」

早瀨探出身體，「秋山先生啊，」他把臉湊到日野面前繼續說道，「自從他太太死了之後，就開始斷茶。」

日野的眼神不知所措地飄移起來，「秋山先生……」

「你和秋山先生不是在一起研究藍玫瑰很多年嗎？」

「是啊，怎麼了？」

「秋山太太用斷茶的方式祈願你們的研究獲得成功，秋山先生在他太太死後才知道這件事，決定這輩子不再喝茶。秋山先生在寫給別人的信中提到了這件事。」

日野的喉結動了一下，似乎在吞口水。

「所以，重新回顧這次的命案現場時，發現有一個疑點讓人匪夷所思。矮桌上有一個茶杯，上面有秋山先生的指紋，代表是秋山先生用過的杯子。但茶杯裡裝的是茶，矮桌上有保特瓶的茶，所以可以認爲是保特瓶裡的茶倒進了茶杯。在此之前，我對這個問題完全沒有任何疑問，但在得知秋山先生斷茶後，就不能輕易忽略這件事。爲什麼秋山先生那天會喝茶？還是說，他已經不再斷茶了？」早瀨看著日野的臉，「你對這件事有什麼看法？」

日野的身體向後仰，似乎有點畏縮，「我的看法……」

「我認爲他還在持續斷茶。有幾件事可以證明這一點，在調查秋山先生的住家後，發現家裡雖然有茶壺，卻沒有茶葉。根據經常去他家的孫女所說，秋山先生最近總是喝即溶咖啡。」

「但不是有保特瓶的茶嗎？可能他覺得自己泡茶很麻煩，所以改買保特瓶的茶。」

「不排除有這個可能，但我認爲可能性極低。」

「爲什麼？」

「通常喝保特瓶的茶時，不會用茶杯，而是會用玻璃杯，如果家中沒有玻璃杯或許情有可原，但他家的碗櫃裡有好幾個玻璃杯。」

「這……也許吧，但無法一概而論。」

「的確是這樣，但還有其他的理由。水壺放在瓦斯爐上，」早瀨做出拿水壺的動作，「秋山先生的個性一絲不苟，餐具和烹飪器具用完之後會馬上清洗，放回原位。水壺放在瓦斯爐上，代表他剛用完，而且水壺裡有水，他燒過開水。到底爲什麼燒開水？我剛才也說了，家裡沒有茶葉，如果想喝咖啡，應該會拿咖啡杯，還有小茶匙，但是，現場都沒有看到這些東西，也沒有吃過泡麵的痕跡。」

日野拚命眨著眼睛，眼神飄忽不定。

「既不是咖啡，又不是茶。到底爲什麼燒開水？我認爲眞相其實很簡單，就是想要喝水，所謂的白開水。秋山先生喝白開水代替喝茶，對戒茶的人來說，這是很普通的現象。」

「怎麼可能？」日野的眼睛有點紅，「既然這樣，爲什麼那瓶保特瓶的茶……」

早瀨目不轉睛地看著對方，「你剛才說了那瓶，你說那瓶保特瓶的茶，你當時並不在場，為什麼會這麼說？」

日野臉色發白，嘴唇微微發抖。

「好吧，這件事晚一點再談，關於保特瓶的事，我也有一番推理。既然秋山先生戒了茶，可見不是為自己所準備的，而是放在冰箱裡招待客人的。」

「客人……」

早瀨拿出手機，單手操作起來。

「現在越來越方便了，以前即使拍了照片，還要沖洗，很久以後才能看到照片，現在不一樣了，可以馬上拍，馬上看，而且可以記錄數千張照片，啊，找到了，你看一下這張照片。」他把液晶畫面朝向日野。

「這是……」

「秋山先生家的碗櫃，放了好幾個玻璃杯，你有沒有發現什麼？」

日野凝視著畫面後，小聲嘀咕說：「最前面的杯子和其他杯子相反……」

「沒錯，其他杯子都是倒扣著，只有最前面的杯子杯口朝上，你認為這是怎麼一回事？」

「是別人放的？」

「這種推論最合理，秋山先生為了請客人喝保特瓶裡的茶，用了玻璃杯。那個客人用了杯子後，自己洗乾淨，擦拭後，放回了碗櫃。之後，那個人就離開了秋山先生家。兩個小時後——」早瀨豎起食指，「另一個客人上門了，於是，第二幕開始了。」

日野一驚，張大了眼睛，緩緩低下頭。

「目前無法知道第二個客人在秋山先生家做了什麼，但可以確定的是，那個人把保特瓶裡的茶倒進了秋山先生用的茶杯裡。那個人為什麼要這樣做？這張照片可以解開謎團。」

日野瞥了照片一眼，但他的表情並沒有太大的變化。

「如你所看到的，座墊濕了，弄濕座墊的只是普通的水，這件事讓鑑識人員感到不解，到底是哪裡來的水？因為他們在周圍找不到任何裝水的東西，但是，只要時間倒轉，就可以輕易找到答案。你應該已經知道了，就是茶杯裡的水。原本茶杯裡應該裝了白開水，第二個客人可能不小心弄灑了，所以他擦了矮桌上的水，但並沒有發現座墊也濕了。然後，他覺得茶杯空空的不妥當，想要把一切都恢復原狀，就把保特瓶裡的茶倒進了茶杯。這是重大的失誤，但不能怪他，因為通常不會想到用茶杯喝白開水。」

早瀨伸手拿起烏龍茶的杯子，潤了潤喉，看著垂頭喪氣的日野。

「我認為第二個客人掌握了破案的關鍵，所以，我決定追查第二個客人到底是誰。在經過多方調查後，終於鎖定了一個人，所以才會問你那天三點之後的不在場證明。日野先生，請你老實告訴我，你就是第二個客人吧？」

日野一動也不動，閉上雙眼，緊握著放在腿上的雙手。

「你剛才說，那瓶保特瓶的茶，爲什麼會這麼說？因爲你親眼看到了那瓶茶，對不對？」

日野沒有回答。照理說，眼前的事實已經不容他狡辯，但他可能還沒有放棄最後的希望。

「不說話嗎？眞傷腦筋啊，」早瀨嘆了一口氣，「秋山先生家院子裡的盆栽被偷了，是一盆黃色的花，是牽牛花。我最近才知道，目前市面上沒有黃色牽牛花，一旦研發成功，就是很大的發明。但是，應該很少有人知道這件事，如果是秋山先生周圍的人，就更有限了。而且，如果要偷盆栽，要怎麼搬呢？不可能放在皮包裡帶走，開車當然最好，但秋山先生家門口的路很窄，不可能路邊停車，只能把車子停去停車場。所以，我清查了附近的每一處停車場，現在每一處停車場都裝了監視錄影器，我看了所有的影像。案發之後，負責在周圍查訪的刑警曾經看過，只可惜當時並沒有找到任何線索。這難怪，因爲他們鎖定了秋山先生遇害的下午一點到三點期間的影像，我看了之後的影像，終於找到了。」

早瀨再度打開皮包，拿出A4的紙，上面列印了某個影像。他把那張紙放在日野面前。

「這是距離秋山先生家兩百公尺的投幣式停車場，我把那裡的監視攝影器拍到的影像列印出來了。」

畫面上停了幾輛車，有一個男人走向其中一輛車，手上拎著一個大袋子。

「剛才我去你家確認了你的車子，無論車種和車號都和上面的車子一致，而且，這個人和你很像。你要如何解釋這個事實？」

日野用空洞的眼神看著照片，他整個人都呆住了，嘴巴一動也不動。

「請你回答，你就是第二個客人吧？是你偷走了黃色牽牛花，對不對？」

日野的表情終於有了變化，他緩緩抬起頭，看著早瀨的眼睛。

「不對。」

「不對？哪裡不對？」

「我不是偷走，」日野用無力的聲音繼續說道，「只是……把牽牛花暫時放在我那裡。」

29

蒼太他們在傍晚六點多來到圖書館。他們事先調查過，這個圖書館可以調閱報紙的縮印本。圖書館八點關門，時間還來得及。

他們走去櫃檯，說明了來意。中年女職員問他們要哪一年哪一月的縮印本。原來縮印本的報紙每個月裝訂成一冊。

瑪麗蓮．夢露死於一九六二年八月五日，如果是因爲這個消息受到打擊而行凶殺人，應該不至於相隔太久。

他們指定了一九六二年八月到十月的報紙縮印本。「請稍候。」女職員走去裡面。

「不知道能不能找到當時的報導。」梨乃一臉不安地說。

「聽那個老婆婆說，凶手殺了好幾個人，這麼大的事，報紙不可能不登。」

聽到蒼太的回答，她點了點頭，「你說得對。」

從勝浦回來的電車上，他們在網路上查了「MM事件」，找到了幾則消息，但都和事件本身無關。可能是因爲五十年前的事，現在沒什麼人討論的關係，或是用了其他稱呼命名這起事件。

女職員回來了，雙手抱著三本報紙縮印本，每一本都有好幾公分厚，版面也很大。

他們在櫃檯接過報紙縮印本，走向閱覽區。大桌子的角落有空位，兩個人一起坐了下來。

首先翻到八月五日，從那一天開始往後看。先看了頭版消息，因爲超級巨星突然去世，他們理所當然地認爲應該刊登在頭版，然後再看社會版，跳過政治欄和運動新聞。五日的報紙上並沒有報導瑪麗蓮・夢露的死訊。也許是因爲時差的關係，來不及在當天刊登。

但是，翌日六日的頭版也沒有關於她死訊的報導，他們很納悶地繼續往後看，在社會版的下面有一小篇「夢露驟逝」的報導，報導中提到，死因可能是服用過量安眠藥，自殺的可能性相當高，之後只有簡單介紹了夢露的經歷。

「啊？就這樣而已？」梨乃難掩失望地說，「麥可・傑克森死的時候，各種報導簡直到了鋪天蓋地的程度。」

「可能時代不同，對當時的日本人來說，美國是很遙遠的外國。那個老婆婆也只知道是外國女明星，甚至不知道瑪麗蓮・夢露的名字。雖然夢露在一部分影迷眼中很有名，但大部分日本人可能並不認識她，所以，關於她的死亡報導也不可能佔太大的篇幅，能夠登在報紙上就已經很了不起了。」

「是喔，有道理。」梨乃也表示同意。

他們繼續往後翻，沒有再找到有關瑪麗蓮・夢露死亡的後續報導。蒼太剛才在網路上查到，關於她的死亡有幾個疑問，可能美國方面沒有正確的消息，日本的報社也不敢隨便亂寫。

蒼太他們來這裡的目的並不是調查好萊塢女明星的死，而是尋找因爲這件事受到打擊，導致精神錯亂的男子在街上行凶殺了好幾個人的事件。

他們找遍了八月的每一篇報導，都沒有找到相符的內容。一看時鐘，已經七點多了，必須趕快找。

「我們分頭找，我看九月的，你看十月的。」

「好。」

他們分頭找了不一會兒，梨乃「啊！」了一聲，拍了拍蒼太的肩膀。

「怎麼了？」

「這個。」她指著社會版上一個小標題，蒼太看了，立刻倒吸了一口氣。因爲標題上寫著『犯案動機是瑪麗蓮．夢露？目黑區大馬路上殺人』。

他看了報導，大致內容如下：

『上個月在目黑區發生的殺人事件，偵查人員透露，嫌犯田中和道因爲沉迷於八月死去的電影明星瑪麗蓮．夢露，在她死後，感到人生無望，開始自暴自棄。之所以選擇上個月五日在大街上行凶，是因爲那天剛好是夢露去世滿一個月。』

根據報導，九月五日清晨七點左右，一名手持武士刀的男子在目黑區住宅區，揮刀狂砍附近的居民和正準備去上班、散步的行人。被害人立刻被送往附近的醫院，造成三人死亡，五人身受重傷。目黑警察分局員警在案發後大約二十分鐘趕到現場，男子已經砍斷自己的脖子自盡了。調查後發現，該男子是住在附近，自稱是藝術家的田中和道，年齡爲三十歲。

報導的內容和在勝浦聽老婆婆所說的完全一致，「田中」的姓氏也一樣。

「你看，」梨乃似乎又發現了什麼，拉了拉他的袖子。

「又發現了什麼？」

「你看一下這篇報導。」

蒼太看著梨乃手指的位置。那是報社的社論，看到標題時，忍不住一驚。『MM事件帶給我們什麼啓示？』

他急忙看了文章的內容，『MM事件』的確是指目黑區發生的那起事件，從文章內容來看，偵查人員似乎以此來稱呼那起事件。

「這樣就可以確定了吧？你哥哥說的就是這起事件。」

「好像是這樣，但是，這起事件和黃色牽牛花有什麼關係？」

「一定有什麼關聯，所以，伊庭孝美才會對那棟房子產生興趣。」

蒼太搖了搖頭，「搞不懂，我腦袋一片混亂。」

坐在斜對面看書的男子故意用力咳嗽了一下，他們討論得太熱烈，說話不小心越來越大聲。

「我們把所有的相關報導都影印下來。」蒼太站了起來。影印機就在櫃檯旁。九月五日晚報的社會版有更詳細的報導，他們先影印了那篇報導。那篇文章的標題是『目黑隨機殺人事件，無力抵抗的民眾淪爲刀下亡魂，上班途中的上班族身負重傷』。

梨乃在找其他報導時，蒼太看了影印的報導內容。『目黑區寧靜的住宅區傳來慘叫聲，居民穿著睡衣四處逃竄。一名男子手拿沾滿鮮血的武士刀在陷入恐慌的街頭徘徊。五日清晨突然發生的傷害殺人事件，把剛迎接美好早晨的居民推入了恐懼的深淵。』以這段文字開始的報導，詳細描述了當時那起事件有多麼殘虐血腥。

『男子拿著武士刀走出家門後，在距離住家三十公尺的路上，從井上昭典先生（六十八歲）的脖子砍向他的胸部。井上美子女士（三十八歲）察覺異常，從家中出來察看時遭到攻擊，美子女士轉身逃走時，男子刺進了她的後背。昭典先生當場死亡，美子女士在送往醫院後停止呼吸。

男子又闖入對面的山本京子女士（四十五歲）家中，刺向山本女士，導致山本女士身負重傷。之後，男子離開山本女士家，前往第二現場。第二現場位在站前路上，上班途中的上班族日下部眞一先生（三十二歲）腹部遇刺，送眞一先生上班的妻子和子太太（二十六歲）背後中刀。眞一先生當場死亡，和子太太身負重傷，送往醫院後陷入昏迷，但和子太太懷裡抱著一歲的志摩子平安無事。

之後，男子揮著武士刀攻擊四處逃竄的民眾，刺傷清水久子女士（四十八歲）、桑野洋一先生（七十歲）和米田誠子女士（五十六歲）後，衝上附近大樓的樓梯，大聲叫喊著，砍向自己的脖子，鮮血從頸動脈噴了出來，沿著樓梯滴落，隨即斷氣。

附近的商店老闆臉色發白地說：「我聽到慘叫聲，跑出去一看，看到一個手拿紅色棍子的男人在街上發瘋，仔細一看，原來是被鮮血染紅的武士刀。我嚇得趕快逃回家裡。」

根據目前的調查發現，男子是住在町內的透天厝，自稱是藝術家的田中和道（三十歲），他獨居家中，屋內像是工作室。鄰居說，他整天遊手好閒，至於犯案動機，將會在日後進一步釐清。』

蒼太看了兩遍，第一次粗略地瀏覽時，腦袋裡覺得有什麼地方不對勁。不，不是腦袋，而是眼睛，他的眼睛對熟悉的文字產生了反應。

他立刻找到了那幾個字：志摩子。

和子太太懷裡抱著一歲的志摩子平安無事——

蒼太當然知道母親婚前的姓氏就是「日下部」。

「怎麼了？上面寫什麼？」

梨乃搖晃著他的身體，但他說不出話。

30

離開圖書館後，他們走進附近的芳鄰餐廳。蒼太邀梨乃一起吃晚餐，因爲他不想回家吃晚餐。回到家中，看到母親志摩子，一定會忍不住問東問西，根本無心吃飯。

但是，毫不知情的志摩子一定會做好晚餐等兒子回家，蒼太走到餐廳外，打電話告訴志摩子，自己會吃完晚餐再回家。志摩子在回答「知道了」時，聲音中帶著訝異，她一定很在意兒子這麼晚在外面忙什麼。

蒼太差一點脫口說出「MM事件」，好不容易才把話呑進肚子。這一連串事件的背後，一定隱藏著無法在電話中說清楚的漫長故事。但是，蒼太還是問了母親一件事。

「媽，我問妳，外公叫什麼名字？」

電話的另一頭沉默了片刻，「你爲什麼問這件事？」志摩子反問他。

「沒有特別的理由，只是突然想到而已。我記得外公叫眞一，外婆叫和子，沒錯吧？」

電話的另一端再度沉默片刻，「是啊，」母親回答，「你記得眞清楚。」

「我只是隱約有印象，那就先這樣。」

「不要太晚回家。」

「嗯。」他應了一聲，掛上了電話。

蒼太對志摩子說了謊，他並不知道外祖父母的名字，志摩子從來沒有告訴他，他是從剛才的報紙上看到眞一、和子的名字。

回到座位後，他把和母親通話的內容告訴了梨乃。

「所以，你媽媽果然是MM事件的遺族……」梨乃有所顧慮地說。

「好像是這樣。眞是太驚訝了，不，已經不是驚訝，而是頭暈目眩了。我做夢都沒有想到，原本在追查謎團，結果竟然會查到自己的母親。」

「你從來沒有聽說過你外公、外婆的事嗎？」

蒼太搖了搖頭。

「我對外公、外婆幾乎一無所知，不光是名字，連住在哪裡，以前是做什麼的也統統不知道，只知道他們在我媽小時候就意外身亡，所以我媽從小輪流住在親戚家，她從來沒有告訴我詳情，我以爲是痛苦的回憶，所以不想提起……」

梨乃攤開那篇報導的影本。

「上面寫著和子太太身負重傷，陷入昏迷，不久之後就死了嗎？」

「應該吧，我媽因爲MM事件失去了父母。」

「眞可憐。」梨乃小聲地說，「但這麼一來，終於可以理解你哥哥的行動了。」

「怎麼說？」

「你哥哥應該在調查MM事件，你媽媽因爲這起事件，成爲被害人家屬，他身爲兒子，當然想要詳細調查當時的情況。」

「那爲什麼不告訴我？我哥哥和我媽沒有血緣關係，我才是她的親生兒子。」

「這……我就不知道了。」梨乃吞吐起來。

還有另一件匪夷所思的事。就是伊庭孝美。她也在追MM事件嗎？果眞如此的話，又是爲什麼？

雖然有梨乃作陪，但他沒什麼食慾，離開餐廳時，點的咖哩飯還剩下三分之一。

「如果你媽媽告訴你詳情，可不可以告訴我？」臨別時，梨乃對他說。

「當然，」蒼太回答，「謝謝妳今天陪了我一天。」

梨乃嫣然一笑，點了點頭，走下地鐵站的階梯。如果不是因爲調查，而是和她單純的約會，一定很開心——蒼太的腦海中掠過這個念頭。

蒼太在十點多回到家。他站在門前深呼吸，還沒有想好要怎麼對志摩子開口，但猜想自己應該會直截了當地發問。

他拉了玄關的門，發現門鎖住了。志摩子很少鎖門，但可能時間已晚的關係。蒼太自己拿出鑰匙開了門，進屋說了聲：「我回來了。」

他沒有聽到原本以爲會立刻聽到的回應，於是脫下鞋子，沿著走廊走進屋內。客廳的門虛掩著，燈光洩了出來。他向客廳內張望，不見志摩子的身影。

蒼太上了樓梯，但走到一半，就發現二樓一片漆黑。他立刻轉身下了樓，回到了客廳。客廳內整理得很乾淨，志摩子不像獨自在家裡吃了晚餐。

餐桌上放了一張白紙，信紙上是志摩子的筆跡。

『蒼太：

我知道你在調查很多事，今天應該也是爲了這件事出門。

我之前也曾經說過，我們希望你得到幸福。無論爸爸還是要介，都把這件事視爲頭等大事。對你所做的一切都是基於這種想法，如果因此讓你感到煩惱，可能是我們的做法錯了。

很抱歉，我現在還無法和你談。因爲我不知道該怎麼說，也不知道該說多少。

我會和你說明的，相信不會讓你等太久，請你先暫時忍耐一下。母字』

蒼太拿著信紙，在旁邊的椅子上坐了下來。他感到渾身癱軟。

「不會吧……」他忍不住嘀咕道。

31

早瀨站在咖啡廳入口，穿白襯衫、黑色長裙的女人露出高雅的笑容迎上前來，「請問是一位嗎？」

「不，我約了人，」他迅速巡視了咖啡廳內，看到裡面有一個熟悉的背影。早瀨對那個女人點了點頭，「找到了。」

午後的飯店咖啡廳內有不少客人，早瀨從桌子間走了過去，走向他約的人。

「讓你久等了。」他在那個人的背後說。

正在看資料的蒲生要介並沒有過度的反應，緩緩地轉過頭。

「並沒有等很久，我也才剛到。」

他說的可能是事實，他面前放了咖啡杯，裡面的咖啡幾乎沒減少。

早瀨繞到桌子的另一側，在蒲生對面坐了下來。蒲生目不轉睛地看著他的所有動作，眼神中充滿警戒。

長裙女人走了過來，早瀨和上次一樣，點了一杯咖啡。

「對不起，突然約你出來。不瞞你說，我打電話時，還擔心你不願意和我見面。」

蒲生聽了早瀨的話，也完全沒有改變臉上的表情。

「我很忙，所以，一旦發現你說的事不值得一聽，我會立刻走人。雖然我希望不會發生這種情況。」

「我相信足以回應你的期待，以前你曾經對我說，想談交易，至少自己手上要有牌，你還記得嗎？」

「當然記得，所以，你今天帶牌來和我交易嗎？」

「對，沒錯，我覺得是很不錯的一張牌。」

「你好像很有自信，到底有多少價值？」

「那就要請你親眼，不，親耳確認了。」早瀨從皮包裡拿出錄音機放在桌上，上面附了耳機。

「這是什麼？」

「這是日野和郎供詞的錄音，你應該認識日野吧？」

蒲生似乎很驚訝，眼珠子大幅度轉動了一下，「『久遠食品』的⋯⋯」

「在研究開發中心和秋山先生一起工作的人。」

「他的供詞？他和本案有關嗎？」

「你先聽了再說，我來好好品嚐高級咖啡。」早瀨說完，咖啡剛好送上來。

蒲生拿起錄音機，順從地把耳機放進耳朵。早瀨看著他的樣子，想起了和日野之間的對話。

32

我和秋山周治共事的時間，如果連同他派遣的期間在內，前後一起工作了整整十三年。工作內容上次也稍微提過，就是開發植物的新品種，尤其我們將研究重點放在藍玫瑰上，一旦研發成功，市場的需求量很值得期待。

但是，你也知道，我們並沒有在藍玫瑰的開發競爭中獲勝。雖然這樣聽起來好像我們不服輸，事實上，我們眞的只差一步而已。如果從技術層面來說，我們並沒有輸，敗因就在於缺乏組織力。我總是忍不住想，如果上面的人能夠更瞭解實際情況，給我們足夠的人員和預算，現在就會有不一樣的結果。

只可惜公司高層的態度很冷淡，研究人員一旦沒有做出結果，就會被蓋上失敗者的烙印。在公司高層眼中，秋山先生是「特地用派遣的方式僱用他，卻做不出任何成果的無能者」，之後，沒有繼續和秋山先生續約，新品種開發部門也縮編，只剩下我一個人，眞的只是徒有其名的部門。

我的確有很長一段時間沒有和秋山先生見面，但今年六月底時，突然接到了他的電話，說有東西給我看，問我能不能馬上見面。我問他是哪方面的事？他告訴我，是關於花的事，而且很可能非同小可。我當然很在意，而且秋山先生充滿興奮的聲音也刺激了我的好奇心。

我充滿期待地去見秋山先生，秋山先生帶我去他的院子。那裡種了很多植物，讓我感到很驚訝，覺得他仍然對花卉充滿感情，是發自內心地喜歡花。

更令人驚訝的在後面。秋山先生給我看了一盆盆栽，問我知不知道那是什麼花。

那盆盆栽並沒有開花，但我畢竟研究花卉多年，從藤蔓和葉子的形狀，大致可以猜到花的品種，所以就回答說，看起來像旋花科。

秋山先生笑了笑，叫我跟他進屋後，給我看了一張照片。

那是一張花的照片，我立刻知道就是剛才那盆盆栽開的花。秋山先生問我，看了之後，有沒有什麼想法。

我當然知道他想說什麼，於是回答說，是花的顏色。因爲那朵花呈現鮮豔的黃色，旋花科的花中，很少有黃色的花。

秋山先生又說：「那我再問你一次，你覺得這是什麼花？」我運用腦袋裡爲數不多的知識，回答說是非洲牽牛花。因爲我只想到這個可能性。毛姬旋花有黃色的種類，但那朵花明顯不一樣。

秋山先生聽了，拿出一份釘在一起的報告給我看。報告上印著秋山先生母校的名字，秋山先生說，他把該植物的葉子送去母校基因分析中心，請他們鑑定了品種。

看了報告後，我不由得倒吸了一口氣，因爲上面寫著「推測爲某種牽牛花」。

我太驚訝了。我剛才說，旋花科很少有黃色的花，但牽牛花根本沒有黃花。雖然紀錄顯示，以前曾經有過，但黃色牽牛花的種類已經完全消失了。偶爾會有接近黃色的花，但根本稱不上是鮮黃色。

然而，照片中的花正是黃色。我問秋山先生，到底是怎麼種出來的。

秋山先生的回答讓我很意外。他說，沒什麼大不了，只是受人之託，培育了那個人給他的種子，結果就開出了這種花。因爲有某些原因，無法公開那個人的身分，但那個人並不是植物方面的專家。

我問他打算怎麼處理這種花，他說當然要拿來研究，所以才會聯絡我。

首先繼續培育這種花。既然是牽牛花，可以期待日後也會不斷開花，然後持續觀察，如果可以蒐集到種子，再從種子開始種，確認下一個世代的花是否能夠繼承相同的形態。同時要分析花的基因，瞭解呈現黃色的構造——這就是秋山先生的計畫。

聽了他的計畫，我興奮不已。如果能夠蒐集種子，持續開出相同的花，就是重大發現。即使無法做到這一點，只要能夠藉由研究，穩定地培育出黃色牽牛花，也將會成爲劃時代的發明。

秋山先生希望我提供協助，我欣然答應。我一開始就說了，我目前所在的部門只是虛有其名，每天沒做什麼像樣的工作，只是在等退休而已，所以當然沒有理由拒絕，我希望能夠在公司那些人面前爭一口氣。

之後，我開始蒐集牽牛花相關的資料，並著手進行基因分析的準備，但沒有向任何人提起黃色牽牛花的事。因爲一旦告訴別人，一定會有人想要搶功勞。我和秋山先生約定，這件事就當作我們兩個人的秘密。

不久之後，就發生了那起命案。

那天，我去秋山先生家中，打算採取花的一部分進行研究。我事先打了電話，但電話沒有通，我就直接上門了。之所以會開車，是因爲可能需要把整盆花都帶回來，所以，我也帶了可以裝盆栽的大袋子和棉手套。

我把車子停在附近的投幣式停車場，去了秋山先生的家。我按了門鈴，沒有人應答。我想他果然出門了，我又打了一次電話，還是沒有接通。我很傷腦筋，在離開前看向玄關時，發現一件奇妙的事。因爲門開了一條縫，仔細一看，門縫中夾了一隻鞋子。雖然覺得擅自走進去不太好，但還是走到玄關，打開了門。

一進屋，立刻感到驚愕不已。因爲旁邊的紙拉門敞開著，我看到秋山先生家裡好像遭了小偷。各式各樣的物品散亂在榻榻米上，似乎有人把壁櫥裡的東西都翻了出來。

我叫著秋山先生的名字往裡走，發現秋山先生倒在客廳。

我叫著他的名字，搖著他的身體，但他完全沒有反應，顯然已經太遲了。我心想必須報警，拿出了手機，這時，看到矮桌上有一個信封，裡面有一張照片露了出來。

那張照片就是黃色的牽牛花，我不知道秋山先生爲什麼會準備這張照片，但看到照片後，我忍不住猶豫起來。如果立刻報警，秋山先生的家就會遭到封鎖，所有的東西都可能被警方扣押，警方也會調查這張照片，一旦知道這是牽牛花，就會引起和命案本身毫無關係的騷動，植物專家和研究人員都想要參一腳。這麼一來，我們的計畫就泡湯了。

於是，我決定在報警之前，先拿走牽牛花相關的物品。我把花的照片放進信封，把信封塞進口袋。爲了防止留下指紋，我戴上手套，抱起放在書桌上的筆電，因爲我知道裡面記錄了很多資料。

當我站起來，想要穿越房間時，筆電的電線勾到放在矮桌上的茶杯。我看到矮桌濕了，慌忙用面紙擦乾，也把茶杯放回原位，但覺得空杯子放在那裡似乎不太妥當，於是就拿起旁邊保特瓶的茶，倒了一點進去。當時並沒有想太多，只是想讓一切恢復原狀。

我來到院子，把那盆花裝進紙袋，拿著筆電和紙袋走回投幣式停車場，把東西放上車子後，再度前往秋山先生的家。我之所以沒有在停車場打電話報警，是因爲我想到一旦報警，接電話的人一定會問我現場的狀況，到時候就得解釋我爲什麼離開現場。

但是，當我來到秋山先生家附近時，發現有一個年輕女人站在他家門口。我停下腳步，躲在暗處觀察，那個女人果然走了進去。

於是，我轉身回車上。因爲我知道那個女人應該是秋山先生的孫女，我曾經聽秋山先生提過她，我確信她一定會報警。雖然這麼做有點過意不去，但我決定隱瞞自己當天去過秋山先生家的事，這麼一來，也不必向警方報告黃色牽牛花的事。

我把花帶回家裡，現在仍然在我家的陽台上。我太太和兒子並不知道那是極其珍貴的花，以爲是我的興趣。

以上就是我和那起命案之間的關係，我對從現場帶走寶貴的證據很抱歉，但當時我以爲是強盜殺人，完全沒有想到和那種花有關。

請你相信我，秋山先生並不是我殺的，我去的時候，他已經死了。

我原本打算這起命案解決後，能夠好好研究黃色牽牛花，但我失算了。幾天前，秋山先生的孫女來找我，她似乎著手調查了那種花。日後一旦公佈我研發出黃色牽牛花，一定會懷疑我在這次命案時偷走了那盆花。我再三向她強調，我不認爲秋山先生在研究黃色牽牛花，也不曾聽說他培育了那種花。我不知道她是否相信了我的說法，於是請她去找對牽牛花很瞭解的田原，田原對黃色牽牛花的復活抱著懷疑的態度，所以我期待他對於秋山先生培育的那種花有合理的說明，秋山先生的孫女應該能夠接受。

以上就是我所知道的一切。現在我只擔心那盆花，你們會沒收那盆花嗎？如果非沒收不可，可不可以等我完成基因分析之後呢？如果日後要在其他研究機構分析，可不可以讓我參加，即使不付我任何報酬也沒有關係。

33

看到蒲生拿下了耳機，早瀨開了口，「怎麼樣？」

蒲生默不作聲地伸手拿了咖啡杯，眉頭深鎖。

「容我補充一句，這並不是在偵訊室正式偵訊的內容，而是非正式的問話內容，當時只有我一個人在場。其他偵查員不知道這件事，我也沒有向上司報告。現階段，搜查總部只有我一個人對那個年邁的研究員有興趣，他的這篇告白也只有我、日野和你三個人知道。」

蒲生抱著雙臂，垂著視線。

「咖啡要不要續杯？」早瀨發現蒲生的杯子空了，所以就問他。他記得飯店的咖啡可以無限免費續杯。

不一會兒，蒲生抬起頭，「好啊，那就再來一杯。」

他臉上漸漸露出溫和的表情，至少已經感受不到他剛來這飯店時全身發出的警戒。

早瀨找來長裙的服務生，請她爲蒲生的咖啡續杯後，再度看著蒲生。

「日野應該沒有說謊，案發時，他有不在場證明，所以在偵查的初期階段，就已經排除了他的嫌疑。」

「但是，你還是注意到這個人，查到他和案件的關係，太了不起了。」

早瀨苦笑著，輕輕搖了搖手。

「這些無聊的奉承話就免了，我剛才也說了，日野不是凶手，我並沒有查到任何有助於找到凶手的線索。如果是偵辦其他案子，遇到這種狀況就必須一切從頭開始，但是，蒲生先生，我認爲這次的案子不一樣。」

早瀨喝完杯中的咖啡時，服務生剛好拿著咖啡壺走了過來，爲他們加了咖啡後，轉身離去。

「你想說什麼？」

早瀨喝了一口咖啡，點了點頭。

「眞好喝啊，而且可以免費續杯。以前我一直搞不懂爲什麼有人要來這種地方喝貴死人的咖啡，現在覺得這才是眞正的享受。」他放下杯子，從上衣內側口袋中拿出手機，找出手機內儲存的一張照片，顯示在螢幕上。「我之前也說過，你的目的並不是逮捕凶手，而是另有目的，我沒說錯吧？」

蒲生拿起咖啡杯，「請繼續說下去。」

「我不喜歡賣關子，所以就亮出底牌吧，這就是我手上的王牌。」早瀨說完，把手機的液晶畫面出示在蒲生面前。

照片中是日野放在家中陽台的那盆盆栽，雖然沒有花，但他主張那是黃色牽牛花。

「我還有另一張牌。」早瀨從皮包裡拿出塑膠袋放在桌上，塑膠袋裡是一個信封。

「這是什麼？」蒲生問。

「日野的供詞中不是提到嗎？就是放在秋山家矮桌上的信封，請你看一下裡面的東西，但務必小心。」早瀨從皮包裡拿出白色手套，放在塑膠袋旁，「警察廳的人應該不會隨身攜帶手套吧。」

「借我用一下。」蒲生說完，戴上手套，伸手拿起塑膠袋，打開裡面的信封，把照片拿了出來。那是黃色牽牛花的照片。

「怎麼樣？」早瀨看著蒲生的表情，「還是你認為這是假的。」

「不，我並沒有這麼說，你打算怎麼辦？」

「我剛才也說了，只有我注意到日野，我也再三叮嚀日野，除了我以外，不要和其他偵查員接觸。我願意把這張王牌交給你，只是看你要怎麼展現誠意了。」

蒲生慢條斯理地喝著咖啡，他當然是為了拖延時間，讓自己充分思考對策。

他終於抬頭直視著早瀨。

「以前你曾經說，希望自己親手逮捕凶手，是有什麼原因嗎？」

「非告訴你不可嗎？」

「我只是想知道，如果不方便，不說也沒關係。」

「不，」早瀨搖了搖頭，「只是說來話長。」

他簡短地說明了兩年前的偷竊事件。

「所以，我欠了死者秋山周治先生一份很大的人情。如果不是他，我兒子就會被裁贓，可能會對他日後的人生造成很大的影響，所以我和兒子約定，一定會親手逮捕這起命案的凶手。」

蒲生頻頻點頭。

「沒想到有這種事，我很瞭解你的心情。」

「蒲生先生，怎麼樣？我亮出了所有的底牌，你可以亮出你的牌嗎？」

蒲生似乎無法下決心，再度看著黃色牽牛花的照片，又默默地把照片放回信封，這時，他似乎發現了什麼。

「信封裡好像還有其他東西。」

「沒錯，只是不知道爲什麼會放在裡面，日野說，他也不知道。」

蒲生把戴著手套的手指伸進信封，把裡面的東西拿了出來，是三張細長形的紙。

「這是……」蒲生露出意外的表情。

「我打算針對這個問題進行調查。」

但是，蒲生似乎對早瀨的話充耳不聞，露出凝重的表情看向遠方，不一會兒，他的表情漸漸柔和，他輕輕地笑著，身體微微搖晃著。

「怎麼了？」

「沒事，不好意思，」蒲生搖著戴著手套的手，「早瀨先生，你原本想要抓到凶手，是想要報恩吧？」

「是啊，有什麼問題嗎？」

蒲生目不轉睛地看著早瀨的臉。

「你的報恩可能會創造出另一段恩情。」

「什麼意思？」

「就是因爲你的努力，保護了很多人的意思。我知道你費了很大的工夫，但這起命案似乎已經解決了，我必須向你道謝。」蒲生說著，露齒笑了起來。

34

不出梨乃所料，最後一首曲子果然是〈Hypnotic suggestion〉，前奏響起時，live house內立刻響起一陣歡呼。大家果然都知道，這首歌是『動盪』的代表作。

大杉雅哉開始唱歌時，場內的歡呼聲立刻消失，誰都知道，用歡呼淹沒這首名曲是一種罪惡，誰都想好好欣賞這場表演的最後一首歌。梨乃也有同感。

今天她來到新宿的一家小型live house，『動盪』又換了新的鍵盤手。這次是阿哲的朋友，一頭長髮染成金色，梨乃雖然聽不出這個年輕人彈得好不好，但感覺很不錯，和其他成員配合得很好。

得知他們要表演時，她原本想約蒲生蒼太一起來，因爲他應該還在東京，但想到前幾天的事，就忍不住猶豫起來。

當初因爲周治遭人殺害，他們開始追查黃色牽牛花，沒想到因爲某種奇妙的偶然，開始調查蒲生蒼太的初戀女友，最後竟然追查到大約五十年前，蒲生蒼太的外祖父母遭到殺害的事件，在此之前，他根本不知道這起事件的存在。

之後，她和蒼太互通了一次電子郵件。蒼太在電子郵件中說，那天他回家後，發現母親消失了，留下一封信，所以代表她是主動離家。

『我哥哥也不知道去了哪裡，至今仍然沒有回家，現在連我媽也離家了，他們都沒有和我說清楚，就從我的面前消失了。我不知所措，完全無所適從，我乾脆也鬧失蹤好了。』——她可以充分感受到蒲生蒼太電子郵件中的無奈和無力。

到底是這麼回事？就連梨乃這個外人也不由得感到擔心。不，她雖然不是蒲生蒼太的家人，但也不是毫無關係，有權向他瞭解詳細情況，所以寫了電子郵件給他，希望有進一步消息後，立刻通知她。蒼太回信說，沒問題，之後就完全沒有聯絡。

雅哉的歌漸漸進入佳境，聽起來宛如咒術師在唸咒語，又像是僧侶在唸經。在單調的重複中，隱藏著微妙而細密的旋律，在內心深處迴響。雅哉和尚人是天才——梨乃再度這麼想。

歌曲結束後，觀眾的反應一如往常。每個人都呆若木雞，甚至忘記發出聲音。數秒後，才終於響起嘈雜聲，聲音越來越大，變成了如雷的歡聲。今晚也一樣。梨乃拍得手掌都痛了。

樂團的成員消失在舞台後方，演唱會結束了。以年輕女性爲中心的觀眾都露出心滿意足的表情走出會場，今天獨自前來的梨乃也和他們一起走向出口。

正當她打算走出去時，看到走廊角落有幾個男人感覺明顯和其他觀眾不同，他們都穿著西裝，個個看起來都很不尋常，而且每個人看起來都很嚴肅。

梨乃認識其中一個人。他是刑警早瀨。所以，那些人應該都是警察。

為什麼警察會來這裡？早瀨他們在調查周治的命案，來這個業餘樂團的表演會場幹什麼？

梨乃內心的不安驟然增加。她的不安是有原因的，因為今天白天，她和早瀨見了面。和之前一樣，早瀨打她的手機，說有事想要問她，希望可以見面談。

當時，梨乃覺得並不是什麼重要的事，早瀨也說只是確認而已。梨乃如實回答了他問的事，因為那件事根本沒什麼好隱瞞的。早瀨問完之後，很快就離開了。

難道和那件事有關嗎？

梨乃忍不住往回走，她離開了往外走的人群，轉身走向舞台旁。樂團的成員像往常一樣，正在整理樂器。

「咦？梨乃，妳怎麼了？」阿哲最先看到她。阿一和雅哉，還有新加入的鍵盤手也都納悶地看著她。

然而，下一剎那，他們都同時移向她的身後。她也察覺到動靜，轉頭看向後方。

幾名身穿西裝的男人走了進來，他們沒有看梨乃一眼，筆直走向舞台。

一名身材魁梧的男子走到前面，抬頭看著舞台上的雅哉。

「請問是大杉雅哉先生嗎？」

雅哉輕輕點了點頭，他的眼神顯得有點慌亂。

「我們是警察，關於秋山周治遭害的事，有幾件事想要請教你，可不可以麻煩你跟我們去西荻窪分局走一趟？」

「喂，現在是怎樣？」阿一站了起來，「這是怎麼回事？爲什麼你們要帶走雅哉，他做了什麼啊？」

阿一輪流看著雅哉和警察，但是沒有人看他，也沒有人回答他。

「大杉先生，」刑警用沒有起伏的語氣說，「你願意跟我們走一趟嗎？」

雅哉站在原地，低垂著頭。梨乃看到這一幕，感到渾身的寒毛倒豎。她確信自己做了無可挽回的事，自己對早瀨說的話果然很不妙。

但是，怎麼會這樣？她的心跳加速，既發不出聲音，身體也無法動彈，只能看著眼前的事態發展。

「雅哉，」阿哲又開了口，「你倒是說話啊。」

雅哉臉色鐵青地轉頭看著樂團的其他成員，「對不起，」他的聲音很輕，而且很沙啞，「我去一下，不好意思，其他的事就拜託了。」

其他人忍不住倒吸了一口氣，「雅哉！」阿一呻吟著叫了他的名字。

雅哉緩緩走下舞台，低著頭，走向那幾個男人。

幾名刑警圍住雅哉後開始移動，雖然看起來是雅哉自己同意跟他們走，但眼前的情況，根本是雅哉被他們帶走。

早瀨走在那些刑警的最後方，當他走過梨乃面前時看了她一眼，輕輕向她點了點頭。

他臉上的表情夾雜著懊惱和歉意。

當他們帶著雅哉離開後，會場內只剩下一片寂靜，沒有人開口說話。

梨乃呆然地站在原地，回想起白天和早瀨之間的對話。他的問題很簡單，只是拿出一樣東西給梨乃看，問她是否知道那是什麼。

那是三張餐券的影本，據說那三張餐券是在周治家中找到的。

梨乃看過那三張餐券，尙人的守靈夜時，周治曾經出示過相同的餐券。

「我知道啊，」梨乃回答，「這是『福萬軒』的餐券吧？」

當早瀨問她，爲什麼周治會有這些餐券時，她很乾脆地回答。

因爲尙人想帶他的樂團朋友去那家餐廳，周治得知後，打算送他們餐券，可惜尙人死了，所以無法成行，葬禮時，周治把其中一張放進棺材，所以，還剩下這三張。

早瀨似乎接受了她的答案，很恭敬地向她說了聲「謝謝」後，就離開了。

那件事到底和命案有什麼關係？爲什麼會變成把雅哉帶走？

梨乃仍然呆立在原地。

35

指揮這次偵查工作的警部負責偵訊大杉雅哉，令人驚訝的是，他居然要求早瀨負責記錄，警部語帶挖苦地說：「因爲高層指定，說早瀨先生是適當人選。」

早瀨完全不知道高層談了些什麼，大部分偵查員也完全搞不懂，只知道有一天不知道從哪裡突然冒出來幾個證據，在之前偵查過程中完全不曾提到過的大杉雅哉變成了嫌犯。在這些偵查員中，只有早瀨察覺到警察廳，也就是蒲生要介在暗中發揮了重要作用。

那天在飯店的咖啡廳見面後，他和蒲生之間持續保持聯絡。蒲生對早瀨說，有兩件事想要拜託他。

「首先是餐券的事，請你去向秋山梨乃確認，是否知道這幾張餐券，她的回答一定會符合我們的期待。」

蒲生似乎已經掌握餐券是破案的重要關鍵，只是這件事無法對外公開。

「偵查報告上的內容必須符合邏輯，我的消息來源是所謂無法對外公開的管道，無法昭告大眾。」

蒲生也沒有告訴早瀨到底是從哪裡得知的消息。

在說第二件事時，蒲生的語氣有點沉重。

「這件事有點難以啓齒，其實是關於逮捕的事。你希望可以親手爲凶手戴上手銬，很遺憾，只能請你打消這個念頭了。」

早瀨以爲是搜查一課想要搶功勞，但蒲生說，並不是他想的那樣。

「是在此之前的問題。我沒有把手上掌握的消息告訴搜查總部，在這件事上理虧，爲了圓滿解決這件事，必須讓警視廳有足夠的面子，但是，我絕對不會忽略你，我會安排你去逮捕嫌犯，也會讓你參與其他重要的場合，這樣你能接受嗎？」

雖然他說話很客氣，卻有一種讓人無法拒絕的威嚴，而且所說的話合情合理，不愧是頂尖的公務員。早瀨接受了他的提議，況且又不是演連續劇，他原本就不奢望親自爲凶手戴上手銬。

大杉雅哉被帶進偵訊室後，滿臉憔悴，失魂落魄。原本白淨的皮膚幾乎變成了灰色，嘴唇也發紫。

在回答姓名、地址等簡單的問題後，警部進入了正題。首先是關於他案發當天的行蹤，問他那天在哪裡，做了什麼。

大杉雅哉沒有回答，雙眼盯著桌子表面。

「怎麼了？無法回答嗎？」警部再度追問。

大杉雅哉仍然不發一語。早瀨發現他並不是在抵抗，他連說謊的力氣也沒有了。

警部似乎也有同感，立刻用了下一招。他出示了那幾張餐券，說是在矮桌上的信封中找到的。

「目前已經從多人口中證實，秋山周治先生生前想要請他的外孫尚人和『動盪』樂團的成員去『福萬軒』吃大餐，事實上，他把其中一張餐券放進了尚人的棺材，所以，秋山先生準備這幾張餐券，是打算交給樂團的其他成員，在其他成員中，只有你是尚人高中時代的同學，知道秋山周治家的可能性最高，所以才會請教你這個問題。怎麼樣？那天你有沒有去秋山先生家？」

大杉雅哉終於有了反應，他抬起頭，發白的嘴唇動了動。

「餐券……那個爺爺居然準備了這個。」他的聲音像女人一樣輕柔。

「可不可以請你說實話？如果你仍然主張和你無關，就要請你做DNA鑑定。」

「DNA……」

「從犯罪現場採集到幾個被害人以外的DNA，我們將進行比對，確認沒有你的DNA。你應該會同意吧？如果拒絕，必須請你陳述理由。」

警部的語氣充滿自信。這很正常，因爲DNA鑑定早就已經完成了。

在秋山周治廚房的抹布上採集到DNA，搜查總部聽取了早瀨的建議，注意到那個杯口朝上的玻璃杯曾經被人仔細擦乾淨，推測擦拭時，使用了掛在流理台旁的抹布。因爲是用手直接拿抹布，皮脂和手上的老舊廢物很可能附著在抹布上。分析結果顯示，上面果然有不是秋山周治的DNA。於是，他們偷偷採取了大杉雅哉的毛髮進行鑑定，確認DNA一致。

這當然是違法行爲，在法庭上無法作爲證據使用，所以必須經由正當的手續，重新進行鑑定。

大杉雅哉嘆了一口氣，同時，他的表情鬆懈了。早瀨知道一切都結束了。

他的直覺完全正確。大杉雅哉直視著警部的臉說了聲：「好，我說。」然後又繼續說：

「那天，我去了秋山先生家，是我殺了秋山先生。」

大杉雅哉說完這句話，好像突然回了魂。他不慌不忙，淡淡地說出了那天之前和那天發生的事，好像在感受自己的罪孽有多深重。

36

大杉雅哉在中學時開始感受到音樂的魅力，他的叔叔送了他一把舊吉他，成爲他愛上音樂的契機。起初只是隨便亂彈，漸漸有了表演欲望，於是去了吉他教室學吉他。吉他老師說他很有天分，他聽了很得意，開始努力練習。搖滾、爵士、藍調——只要是音樂，任何種類的音樂都無妨。他喜歡聽音樂，也覺得演奏樂趣無窮。不久之後，開始希望自己未來能夠從事音樂方面的工作。當然，那時候只是籠統的夢想而已。

他在高一時和鳥井尙人同班。尙人功課很好，運動方面也很強，但沒有朋友，總是獨來獨往。臉上很少有笑容，總是露出冷漠的眼神，讓人不敢輕易向他打招呼。

那天，雅哉剛好要去live house，偶然在街上遇見了尙人。在此之前，他們幾乎沒有說過話，但因爲雙方都是一個人，所以就聊了起來。

雅哉提到live house的事，尙人想了一下，然後問他：

「我可以一起去嗎？」

雅哉很意外，問他是不是喜歡音樂。

「不討厭啊，而且我以前彈過鋼琴，但從來沒有去過live house。」

「那就一起去吧。」雅哉在回答時，突然有一種預感，覺得在街上遇到尙人似乎象徵著某種開始。

那天看的是業餘樂團的表演，尚人似乎很滿意，回家的路上用興奮的語氣談論著感想，甚至說，他第一次知道有那樣的世界。

最令人驚訝的是幾個星期後，尚人說，他買了一個鍵盤，每天在家裡練習。

那要不要一起組樂團？雅哉主動提出邀約。他也持續練習吉他，內心一直希望可以正式走上音樂之路。

他們決定組樂團，但並沒有立刻召集到其他成員，所以，一開始是只有他們兩個人的樂團。

起初他們都是練習別人的歌曲，但漸漸覺得不過癮。有一次，雅哉給尚人看了一首歌的樂譜，那是他自創的歌曲，因爲覺得很不好意思，所以沒有給任何人看過。

演奏之後，雅哉問了尚人的感想。尚人一臉無奈的表情搖了搖頭。「果然不行嗎？」雅哉問。尚人回答說：「不是你想的那樣。而是完全相反，實在太棒了。我原本以爲你一定是抄別人的，但完全不是這麼一回事，我從來沒有聽過這首曲子。雅哉，你根本是天才。」

「怎麼可能？你是故意吹捧我吧。」雅哉害羞地說。尚人露出認眞的眼神說：「才沒有呢，我是認眞的，我才沒有吹捧你。你和我不一樣，你很有才華。」

尚人又嘆著氣說：

「我老是這樣，無論做什麼都敵不過有才華的人。」

雅哉有點不知所措，不知道尚人爲什麼這麼煩躁，尚人突然回過神，露齒一笑說：

「對不起，我有點嫉妒了，可見你創作的樂曲有多棒。」

雅哉鬆了一口氣，眞誠地向他道謝，並建議尚人也嘗試創作。

「我行嗎？」尚人雖然偏著頭表示懷疑，但答應他會挑戰看看。

不久之後，尚人果眞創作了一首樂曲。當他演奏後，雅哉十分驚訝。雖然尚人的樂曲很樸素，卻有著和自己完全不同的風格。

「我們是最佳搭檔。」兩個人都這麼說，並發誓要成爲超越約翰・藍儂和保羅・麥卡尼的搭檔。

之後，兩個人都上了大學，但要走音樂之路的決心並沒有改變。他們上大學只是爲了對父母有個交代。進大學後不久，他們的樂團又開始練習。雖然因爲各種因素，樂團的成員換了幾次，最後，在鼓手橋本一之和貝斯手山本哲加入後，樂團終於成軍了。

在『動盪』樂團成立的兩年後，所有成員都開始以專業樂團爲目標。他們當時的成績已經讓他們敢於把這個想法說出口。

但是，雅哉也同時感受到瓶頸。當他和尚人兩個人單獨相處時，他提到了這件事。

「還差一步。」

好友尚人完全理解雅哉這句話的意思，他回答說：

「好像還缺了什麼。」

「對，還缺少什麼。」

「我們沒有成長。」

「對，的確沒有成長。」

這是從樂團起步時就朝夕相處的他們才能體會的感覺。自己的技術的確進步，也許已經達到了職業的水準，但也僅此而已。專業樂團比比皆是，自己必須以頂尖爲目標。該怎麼辦？不知道——即使兩個人多次討論這個問題，也始終沒有結論。

他們從兩年前開始出入『KUDO's land』，有時候會在那裡表演，有時候只是純粹當客人，和老闆工藤旭也很熟，工藤旭是他們少數可以請教音樂方面問題的人物。

雅哉告訴工藤，自己遇到了瓶頸，工藤冷笑著說：

「藝術家沒有瓶頸，如果感覺到瓶頸，不如趁早放棄。不進步又有什麼關係？只要樂在其中就好，我幾十年都在做相同的事，完全沒有進步。我覺得這樣很好，我的客人也很滿意。」

工藤的這番話是成年人而且專業的意見。他們終於知道，自己只是在爲一些低層次的問題煩惱。

又過了幾天，雅哉遇到工藤時，工藤先對他說：「這件事你要絕對保密」，然後拿出一個小布袋，裡面裝滿了很多小顆粒的東西。

「我們在勝浦集訓時，偶爾會用這個，有時候可以得到靈感，感覺像是轉換一下心情。對藝術家來說，發現沉睡在自己內心的東西也很重要。」

工藤把布袋裡的東西放在手掌心，原來都是一些幾毫米大小的黑色顆粒，仔細一看，原來是植物的種子。

雅哉問他是什麼，工藤告訴他，要咬碎之後吞下去。

「只要吞下去，你就會發現世界不一樣了，只要試一下就知道了。很難用言語形容，別擔心，這些不是違法的東西，只是服用之後，會有點想吐和肚子痛，但在可以忍受的範圍。如果服用之後，只是感到不舒服，以後就不要再服用了。到時候記得把剩下的種子還給我，因爲這些東西很珍貴。」

雅哉注視著這些小種子。世界會不一樣？——完全感受不到這些種子隱藏著這種力量。

那天晚上，雅哉獨自在房間時，決定試一下。工藤請他試的時候可以放一些音樂，所以他打開了CD播放器的開關，揚聲器內傳來最近錄製的自創歌曲，之前錄進CD後就沒再聽過。

他從袋子裡拿出種子，工藤告訴他，每次只要吞五顆就足夠了。

雖然他有點害怕，但他還是放進嘴裡，閉上眼睛，和可樂一起喝了下去。因爲工藤告訴他，配可樂比較容易吞，然後，他坐在床上。

十幾分鐘後，變化出現了。正當他覺得沒有任何變化時，變化突然出現了。

眼前的景色開始搖晃。一開始他以爲是視力出了問題，但後來知道並不是，他發現景色的搖晃有方向性和節奏，不一會兒，終於知道是怎麼一回事。是揚聲器播放的音樂，周圍的景色隨著音樂的旋律和節奏開始搖晃。

並非只有視覺發現變化而已，雅哉發現聽覺也變得十分敏銳，不光是耳朵在聽，而是全身在感受音樂，可以正確捕捉所有樂器的聲音，可以感受到自己的細胞在呼應每一個音符。

他好像突然頓悟了一切。這才是眞正的音樂。音樂不是創作出來，也不是組合出來的，爲什麼之前沒有發現這麼簡單的事？

同時，他感受到一種難以形容的幸福感。似乎除了音樂的本質，更洞悉了各種事物的眞理，瞭解自己爲什麼會來到這個世界，同時，充滿了對父母深深的感情。雅哉淚流滿面。

他想要用某種方式爲這份心情留下紀錄。當他回過神時，發現自己拿著吉他，手指不由自主地在吉他上彈了起來，接二連三地彈奏出以前從來沒有想到的旋律。

種子的效果持續了大約兩個小時，效果並不是在兩個小時後突然消失，而是漸漸消退，最後恢復了平常的狀態。

雅哉清楚地記錄恍惚期間的事，並沒有陷入瘋狂，只覺得精神世界進入了更高的層次。他的內心仍然留下了恍惚期間產生的對父母的感謝之情，證明自己體驗到的一切並不是錯覺。

日後，他把當時的體驗告訴了工藤，說話時難掩興奮的語氣。

「是不是有一種抓到什麼東西的感覺？」工藤對雅哉的反應很滿意，「但要節制一點，不能全都仰賴它，畢竟不是魔法。」

「好。」雅哉回答。

他把種子的事也告訴了尚人，但尚人半信半疑，雅哉對他說，試試看就知道了。

某天晚上，他們一起吃了種子，不一會兒，那種感覺再度出現。尚人的精神也出現了變化，他開始彈奏吉他，雅哉也跟著彈起了吉他，他們把接連彈出的旋律錄了下來。

當意識恢復正常後，他們聽了錄音的樂曲，那是以前從來沒有聽過的音樂。雅哉和尚人都興奮不已，忍不住尖叫起來。

我們是天才——他們有生以來第一次眞心這麼覺得。

那時寫的曲子——〈Hypnotic suggestion〉也讓樂團的其他成員嘆爲觀止，大家都問他們，怎麼會想到這種曲子。

靈感啊。雅哉和尚人回答說，並約定種子的事是兩個人之間的秘密。

之後，每次和尚人一起想要創作新樂曲時，就會吃種子。雖然衝擊不如第一次那麼強烈，但每次幾乎都能獲得期待中的結果。

只是種子的數量有限。因爲工藤一開始就說，沒有多餘的種子了，所以無法再向工藤索取。那些種子原本就數量有限，照理說，既然是植物的種子，只要播種，就可以有源源不斷的種子，但工藤說，似乎沒辦法種。

他們深感不安，萬一種子沒了，還能夠繼續創作嗎？

他們也試了一些合法的藥物，期待可以得到相同的效果，結果慘不忍睹。非但無法獲得靈感，反而感到很不舒服。

這時，尙人提議，去拜託他的外公看看。他的外公是植物研究人員，目前也在家裡培育各種植物。

微寒的三月中旬，兩個人一起去了秋山周治家。秋山看到久違的外孫上門很高興，但是，當尙人拿出種子時，原本親切的老人露出銳利的眼神。

「感覺像是一種牽牛花的種子，而且年代很久遠了，」秋山說，「恐怕不止十年、二十年，而是更久。」

「所以，種不出來嗎？」

「不，這就不知道了。凡事都要看方法，你們希望培育這種植物嗎？」

「如果能種出來的話，我們想知道到底會開什麼花。」

「那我就試試看，我可以任意使用這幾顆種子嗎？」

「可以啊，你決定就好。」

他給了秋山四顆種子，雖然種子很珍貴，但這是必要投資。

「如果可以種出來，也可以採集種子嗎？」雅哉問了最重要的問題。

「這個嘛，」秋山偏著頭，「這要試了才知道，可能不會有種子，也可能會有幾十顆種子。」

雅哉他們只能祈禱良好的結果。

最後，他們沒有忘記叮嚀秋山最重要的事，請他不要告訴任何人，他們請他種這種植物。

「爲什麼？這是什麼惡作劇嗎？」周治笑著問。

「差不多是這樣。」尚人回答。

雖然他說交由秋山決定，但接下來的那段日子始終惦記著這件事，如果那幾顆種子無法冒芽，就眞的束手無策了。

不久，雅哉終於接到了尚人的聯絡，說四顆種子中，有一顆順利冒了芽，而且很順利地長大了。

「很可惜，其他種子沒成功，我外公說，可能放太久了。」

「是嗎？那也沒辦法。」

他們都說，只能把希望寄託在唯一發芽的種子上。

不久之後，發生了意想不到的事，尚人自殺了。

得知這個消息時，雅哉完全沒想到和那些種子有關。警方找他問話時，他回答說，完全不知道尙人自殺的原因，他並沒有說謊，失去好友的悲傷讓他不顧旁人的眼光，忍不住落淚也不是演出來的。

他在尙人的守靈夜時遇見了秋山周治，秋山發自內心地爲外孫突然自殺感到難過。

「種子好不容易冒了芽，如果順利，六月中旬就可以開花。」

秋山說完之後，又壓低嗓門說：

「你們爲什麼想要培育那顆種子？我問了尙人好幾次，他都說不清楚，只說想要有更多種子，爲什麼要那麼做？」

雅哉搖了搖頭回答說，那天只是陪尙人一起去，並不知道詳細的情況。秋山似乎不太接受，但並沒有繼續追問。

但是，在尙人尾七的時候，雅哉從尙人的母親口中得知了意想不到的事。尙人自殺時，桌上放著沒喝完的可樂。

雅哉想到一個可怕的可能性。難道尙人是因爲吃了種子，導致精神異常而跳樓嗎？不可能吧。雖然他這麼告訴自己，但還是感到不安。果眞如此的話，那就是自己造成了尙人的死。

這時，雅哉用完了所有的種子，想要寫新歌，卻完全沒有靈感，之前一起創作的尙人也不在了，所有歌曲都必須由自己創作的焦躁更束縛了他的靈感，完全陷入了惡性循環。

在他痛苦的時候，只想到一件事。如果有那些種子——

六月時，雅哉下定決心，造訪了秋山家，想知道是否可以採集到種子。

「很順利，你來看看。」

秋山帶他去院子裡看到的那盆植物長滿綠油油的葉子，藤蔓繞在豎起的小樹枝上。

「不知道會開出什麼花，太期待了。這個月底應該就會開花，你到時候可以來看。」

雅哉回答說，知道了，當天並沒有多問種子的事就回家了。

老實說，他對花根本沒有興趣，種子才重要。所以，隔月初，他又去了秋山家。

那天就是命案發生的日子。

秋山一看到雅哉就說：「太可惜了，如果你早幾天來，就可以看到花了。」

雅哉看向院子裡的盆栽，花已經謝了。

「但是，我拍了照片。來，進屋再說。」

秋山帶雅哉走進客廳，從冰箱裡拿出保特瓶的茶，倒進玻璃杯後遞給他。秋山自己喝用水壺燒的開水。

秋山打開櫃子的抽屜，拿出一個信封，從裡面拿出一張照片，放在雅哉面前。

照片中是雅哉從來沒有見過的花，黃色的花瓣很細長，感覺很詭異。

「這也許是很了不起的花，」秋山說，「我正在調查，謝謝你們給我這麼有趣的種子。總之，我想先把這個交給你。」

秋山說著，把照片放回信封，放在雅哉面前。

雅哉瞥了信封一眼後問：「種子呢？有沒有採集到？」

秋山臉上的溫和表情突然嚴肅起來，他直視著雅哉的臉。

「眞奇怪，不管是你還是尙人，好像對花完全沒有興趣，當初你們不是說，想看看到底會開什麼花嗎？」

「是啊……」

「如果採集到種子，你打算拿來幹什麼？」

「幹什麼？沒特別想要……」

他說不出話，因爲他沒有想到秋山會問他這個問題。

「該不會……」秋山注視著雅哉的眼睛問道，「你該不會打算用來當迷幻劑吧？」

「呃……」

「你是因爲這個原因，想要讓我大量採集種子吧？」

秋山完全猜對了。雅哉低下頭，渾身發熱，耳朵深處可以聽到自己的心跳聲。

秋山深深地嘆了一口氣。

「因爲你們特別關心種子，所以我很在意，忍不住去查了一下，發現某些西洋品種的牽牛花中含有麥角酸醯胺，這種花的種子中，含量比一般的牽牛花種子高數十倍。麥角酸醯胺是具有幻覺作用的物質，你們是不是把這些種子當作迷幻劑食用？」

雅哉張開嘴唇，他想否認，卻無法發出聲音。

「眞是長了見識，」周治嘆著氣，「沒想到我外孫竟然要我製造迷幻劑，人活得太久，會遇到很多的事，也包括不愉快的事。」

「不是，秋山先生，不是你想的那樣——」

「你不必再說了，」秋山搖了搖頭，「現在我終於知道尙人自殺的原因了，八成是因爲幻覺作用的影響，你應該也知道吧？」

「……不是。」

「夠了。」秋山伸手去拿電話。

「你要打電話給誰？」

「當然是報警啊。也許你會說，吃花的種子有什麼問題，但有人爲此失去了生命，我當然不能袖手旁觀。」秋山背對著雅哉，開始撥電話。

雅哉感到極度焦躁，一旦迷幻劑的事曝光，自己會怎麼樣，別人一定會知道自己的音樂才華是假的，他想像著別人輕視、嘲笑自己的樣子。

一定要阻止，一定要阻止——雅哉滿腦子想著這件事。他不知道拿起了什麼，朝著秋山的後腦勺打了下去。老人發出呻吟，身體倒了下去，但手腳還在掙扎。雅哉見狀，立刻從背後掐住了秋山的脖子。他的思考完全停擺了。

當他回過神時，秋山已經完全不動了。雅哉內心湧起犯下了無可挽回的錯誤所產生的後悔，和如果不做些什麼，自己將走向毀滅的恐懼。

他看到放在架子上的手套。那是秋山在院子裡修剪花草時用的。他戴在手上，擦拭了所有自己碰過的東西，然後把室內翻得亂七八糟。他打開所有的抽屜，尋找所有值錢的東西，也就是強盜可能會偷的東西。他很快找到了存摺和提款卡，但他仍然沒有放棄尋找。他打開了隔壁房間的壁櫥，把裡面的東西也都翻了出來。

離開時，他發現了桌上的玻璃杯。絕對不能留在桌上。他去流理台洗了杯子，小心翼翼地用抹布擦乾，放回碗櫃，以免留下指紋。

確認周圍沒有人之後，他離開了秋山家。走到轉角處後，一路跑向車站。

他完全沒有眞實感，只希望一切都是惡夢。

37

原來走在高級飯店的走廊上，完全聽不到任何聲音。蒼太忍不住想。他以前只去過平價商務飯店或是觀光飯店，那些飯店的牆壁很薄，只要走在走廊上，就知道哪個房間住了人，但這家飯店靜悄悄的，感覺好像完全沒有客人入住。當然不可能沒人住，可見這裡的隔音設備做得很好。

他要去的房間位在走廊的最盡頭，牆上有門鈴的開關。他第一次見識到這種東西。

他微微深呼吸後，按了開關，隱約聽到鈴聲。

聽到開鎖的聲音後，門打開了，身穿白襯衫的要介站在門內。他沒有繫領帶，襯衫解開兩個釦子。好久不見的哥哥臉頰有點凹了下去。

要介默默地向他點頭，似乎示意他進房間。要介臉上的表情很溫和。

蒼太走進室內，房間內有沙發和書桌，書桌上放著電腦和資料。這裡沒有床，臥室應該在隔壁。原來這就是蜜月套房。蒼太心想。他以前當然沒有住過，甚至也沒有見識過。

「好氣派的房間，」蒼太打量著偌大的客廳說道，看到玻璃櫃內還放著酒杯，「這裡住一晚要多少錢？」

要介苦笑起來，「沒有你想像中那麼貴，任何生意都有暗盤。以前這家飯店曾經捲入麻煩，我協助他們解決，所以住宿的時候可以享受優惠價格。」

蒼太聳了聳肩膀，「原來如此，優秀的公務員果然走到哪裡都吃得開。」

「我找你來，可不是想聽你這些挖苦，先坐下吧。」

室內有兩張沙發排成L字形，窗前的是雙人沙發，另一張是單人沙發。蒼太正猶豫該坐哪一張，要介對他說：「你是客人，當然坐大張的沙發，不必客氣。如果無法很自然地決定這種事，就無法成爲大人物。」

「我又不打算成爲大人物。」蒼太在雙人沙發上坐了下來。

「蒲生家的男人怎麼可以這樣？」要介走去放在房間角落的推車，推車上有咖啡壺和咖啡杯，「喝咖啡可以嗎？如果想喝其他的，可以叫客房服務送來。」

「不用，咖啡就好。」

要介把咖啡壺裡的咖啡倒進杯子，放在咖啡盤上，放在蒼太面前。哥哥以前從來沒有爲他倒過咖啡，蒼太有點坐立難安。

今天中午過後，他接到要介的電話，說想和他談一談。他在電話中問有什麼事，要介說：「是你一直想知道的事，還是說，你什麼都不想知道嗎？」

「你只顧自己的方便。」蒼太說，之前和要介聯絡，遭到了拒絕，現在卻突然打電話給自己要求見面。沒想到要介回答說：「公務員都這樣。」

要介把自己的咖啡杯、牛奶和砂糖放在桌上後，坐了下來。

「媽呢？」蒼太說，「我猜想她和你在一起。」

「沒錯，她住在這家飯店的其他房間，但知道我找你過來，已經退房了。」要介把牛奶倒進咖啡，用茶匙攪拌著。

「她想徹底避開我嗎？」

「這是她的考量，因爲她不願意隨便敷衍你，所以只好暫時避不見面。她覺得我是蒲生家的長男，必須由我來告訴你這件事的眞相。不過——」要介抬起頭，打量著弟弟的臉，「眞沒想到你查到這麼多事，令我刮目相看，也許你有偵探的才能。不，應該說，你也有偵探的才能，因爲蒲生家的男人身上流著警察的血。」

蒼太挺直身體看著哥哥，「你終於願意對我說實話了嗎？」

「你不必露出這麼可怕的表情，先喝杯咖啡吧。我們兄弟很少這樣坐下來說話。」

「不是很少，而是從來沒有過。」蒼太喝著黑咖啡，「你們每次都排斥我。」

要介放下杯子，點了點頭。

「你會這麼想也很正常，我們的確隱瞞了你很多事。這是老爸決定的方針，雖然我預料到早晚會出問題。」

「你們到底隱瞞了什麼？」

要介從白襯衫胸前口袋拿出一個透明的塑膠小盒子。

「你知道秋山周治的命案已經偵破了嗎？」

「我看到新聞報導和網路新聞，在此之前，秋山梨乃也通知我了。我太驚訝了，沒想到他會是凶手。」

「你和大杉雅哉談過話嗎？」

「聊過幾次，」蒼太回答之後，才發現哥哥問的話不對勁，「你怎麼知道我認識他？」

「這件事等一下再說，」要介把塑膠盒放在桌上，盒子內鋪著白色棉花，上面有五毫米大小的黑色顆粒，「你知道這是什麼嗎？」

「沒錯。」

「該不會就是大杉雅哉他們當成迷幻劑服用的……」

「新聞報導只說是特殊花卉的種子。」

要介挺直身體，好像在宣告似地說：「這是牽牛花的種子。」

「黃色牽牛花的？」

「沒錯，是如夢似幻的花。」

「果然是這樣，但你爲什麼會有這個？不，我想知道，」蒼太眨了眨眼睛，「你和黃色牽牛花有什麼關係？」

要介的嘴角露出淡淡的笑容，

「不是我一個人和黃色牽牛花有關，而是和蒲生家三代有關的問題。」

蒼太忍不住挑起眉毛，「三代？這是怎麼回事？」

「你知道我們爺爺的名字嗎？」

「爺爺？別把我當傻瓜，我當然知道啊，叫意嗣吧？」

「對，叫蒲生意嗣，和老爸一樣，在警視廳上班。」

「爺爺怎麼了？」

「一九六二年九月，發生了一起慘絕人寰的事件，一個手持武士刀的男人在目黑區的住宅區砍殺、砍傷了八個人。」

「是MM事件嗎？」

「對，指揮偵查工作的就是當時搜查一課的課長，也就是我們的爺爺。」

蒼太用力吸了一口氣，原來有這種關係。

「凶手是田中和道，爺爺指揮刑警搜索田中家時，在院子裡發現了奇妙的東西。院子裡放了一整排從來沒有見過的植物盆栽，他懷疑是什麼違法的藥草，所以做了詳細調查，沒想到有來自意想不到的勢力阻止他繼續調查。是警視廳的高層和警察廳，命令他不要插手不明植物的問題。」

「爲什麼……」

蒼太嘀咕道，要介緩緩點頭。

「爺爺和你一樣，當時也無法接受，但是，當他得知事情的原委後，他不得不聽從命令。上司說，告訴他的內容是絕對機密，即使對家人也不能透露。只不過爺爺告訴了他的兒子，他的兒子又告訴了長子。」

「什麼意思？到底是怎麼回事？你不要再賣關子了。」蒼太搖晃著身體。

「不要著急，這件事無法三言兩語說完，要說明夢幻花，必須追溯到江戶時代。」

「夢幻花？」

蒼太覺得好像在哪裡聽過這三個字。

「是這麼寫的，」要介用原子筆寫在飯店的便條紙上，放在蒼太面前，上面寫著『夢幻花』三個字。

蒼太看了這三個字，終於恍然大悟。是牙醫師田原說的，黃色牽牛花是夢幻花，一旦追求，就會自取滅亡——這是田原的叔叔對他說的。

「夢幻花是什麼？」

「簡單地說，就是會導致幻覺作用的植物總稱。」

「喔……大麻和罌粟之類的嗎？」

「這些已經廣為人知的植物無法稱為夢幻花，通常主要用來觀賞，或是被視為野草或是雜草的植物，卻具有這種作用時，才稱為夢幻花。但這只是江戶幕府的一小部分人，主要是農學家使用的暗語，而這是所有夢幻花中最重要的。」要介用下巴指了指塑膠盒，

「文化文政時期❹，曾經掀起了一股栽培牽牛花的熱潮，尤其是變種牽牛花的豐富多樣令

人瞠目。文獻上記錄了目前已經無法看到的各種異樣形態的牽牛花。」

「我知道，黃色牽牛花在當時也並不稀奇。」

「沒錯，但在江戶時代，接連發生了多起奇妙的事件。之前很正常的人突然發瘋傷人或是自殺，於是，幕府展開了調查，發現了一個驚人的事實。原來有一部分人流行吃牽牛花的種子。」

「為什麼要吃牽牛花的種子？」

「原本牽牛花是作為藥物引進日本，所以食用並不奇怪，但原本用途是作為瀉藥和利尿劑，所以很難想像會流行。沒想到在調查之後發現，某一種牽牛花可以產生強烈的幻覺作用，而且，外觀上也和其他牽牛花有很大的不同。」

「該不會是……？」蒼太看向塑膠盒。

「沒錯，就是會開黃色花的品種。當時也不知道這種品種是哪裡來的，不知道是外來種，還是發生突變的結果，但和其他牽牛花的基因完全不同，導致的幻覺作用也是其中一項最大的特徵。當然，當時並沒有基因這個字眼，只是已經確立了基因的概念。於是，幕府採取了相應的措施，禁止這種危險的花在市面上出現。一旦發現黃色牽牛花，就立刻沒收，防止繼續在市面上出現，但是，這件事無法公開。如果消息走漏，就可能有人利用黃色牽牛花做黑市生意。」

蒼太頻頻搖頭，這些話太出乎意料了，但果真如此的話，很多事都有了合理的解釋。

「黃色牽牛花該不會是因爲這個原因而消失的吧？」

「沒錯，」要介說，「雖然不知道是不是所有的黃色牽牛花都是夢幻花，但幕府佈下天羅地網，隨時監視有沒有這種牽牛花在市面上出現。只要得知黃色牽牛花的消息，就會用盡各種手段調查，回收種子，所以，黃色牽牛花漸漸從市面上消失了，但是，只是消失而已，並沒有滅絕，有專人在幕府的管理下偷偷繼續栽培，打算有效利用強烈的幻覺作用。」

「要怎麼有效利用幻覺劑？」

「當作麻醉劑，江戶末期已經開始有外科手術技術，所以需要安全的麻醉技術，只是幕府垮台後，這個計畫也就中止了，但明治新政府繼續偷偷栽培黃色牽牛花，只有少數人知道這件事，不久之後，有人提議了黃色牽牛花意外的利用方法，提案的是內務省的高層，他們打算在警察偵查時作爲自白劑使用。」

「警察……」

蒼太聽了，忍不住一驚。原來警方也和這件事有關。

「警方委託某位醫學專家進行研究，但最後這項研究也中止了。因爲雖然可以作爲自白劑使用，但造成的後果太危險了。幾名接受人體實驗者變得很兇暴，或是試圖自殺，對

❹一八〇四—一八二九年的江戶幕府時期。

精神方面的作用很不穩定。於是，之後就沒有再繼續栽培黃色牽牛花。」要介一口氣說完後，把杯子裡剩下的咖啡喝完，又繼續說了下去，「照理說，應該是這樣。」

「什麼意思？」

「任何事都不可能做到天衣無縫，照理說受到嚴格控管的黃色牽牛花的種子，因爲各種原因流了出去，大量種子下落不明。但是，因爲黃色牽牛花從市面上完全消失了，所以認爲種子也消失了。沒想到——」

「發生了MM事件，」蒼太說，「田中和道家院子裡的是黃色牽牛花。」

「就是這樣，田中透過某種管道得到了種子，在自家院子栽種，採集了種子，服用後，享受那種恍惚感覺。但是，由於作用太強，導致他精神發生錯亂，警察高層當然慌了手腳。因爲雖然是之前的事，但警察畢竟曾經爲了利用而大量栽種的種子，導致了那起大肆虐殺事件，一旦這件事公諸於世，他們將愧對全國民眾。」

「所以就隱瞞了眞相嗎？我們的爺爺也無法違抗高層的壓力。」

要介露出嚴厲的眼神。

「蒲生意嗣有無法違抗的原因。」

「什麼原因？」

「當初雖是內務省的人提議將黃色牽牛花用於自白劑，但是我們的曾祖父，也就是蒲生意嗣的父親正是提議者之一。」

蒼太忍不住挺直身體，「怎麼會有這麼巧的事？」

「也未必是巧合。因爲爺爺父親在內務省工作，所以爺爺在警察界才能夠平步青雲，也才會知道黃色牽牛花的秘密。」

蒼太抓著頭，覺得繼承警官的血緣很麻煩。

「於是，MM事件就以凶手精神耗弱導致行凶殺人結案了，但爺爺認爲問題並沒有解決，況且，沒有人能夠保證今後不會再出現第二、第三個田中，他認爲自己的使命，就是要預防這種情況發生。之後，爺爺開始獨自蒐集相關消息，只要聽到有黃色牽牛花的消息，即使是天涯海角也會趕去親眼證實，並命令他的兒子也一起加入監視行動。」

「他的兒子就是……」

「當然就是我們的老爸，」要介嘴角露出笑容，「可見MM事件對爺爺造成了多麼大的衝擊。你想像一下，無辜的民眾在大街上接二連三地被武士刀砍殺，一旦親眼目睹當時的景象，絕對不願意看到這種情況再度發生，更何況自己的父親是引發這起慘案的原因之一，自己也協助隱瞞了事件的眞相。爺爺內心的罪惡感不知道有多麼強烈，老爸經常說，爺爺臨死之前，還惦記著黃色牽牛花的事。」

看到要介拿起咖啡杯，蒼太也喝了一口黑咖啡。他發現自己手心冒著汗。

「我不知道我們家的背景這麼複雜。」

「是啊。」

「哥哥，你是什麼時候知道這件事的？」

「第一次是在小學的時候，老爸告訴我的。他給我看黃色牽牛花照片，說這是會讓人瘋狂的花。那張照片似乎是爺爺找到的，老爸也繼承了爺爺的遺志，只要一有空，就蒐集相關資料。那是我第一次知道有這種東西。」

「你是因爲知道這件事，才決定進入警察廳嗎？」

「怎麼可能？」要介的眼尾擠出魚尾紋，「雖然受到老爸的影響產生了興趣，但對於夢幻花或是黃色牽牛花的事，只認爲是一段歷史。每年去牽牛花市集和老爸一起仔細觀察，也是希望有機會親眼見識一下黃色牽牛花。」

要介站了起來，去推車上拿了咖啡壺過來，在自己的杯子裡加了咖啡後問蒼太：「要不要再來一杯？」

「好啊，爸爸從來沒有向我提過這件事。」

要介爲蒼太的杯子裡倒著咖啡，「當然啊，不能把你捲入這件事，因爲你算是被害人。」

「MM事件的被害人嗎？」

「當然。」

「爸爸和媽媽結婚時，知道她是MM事件的遺屬嗎？」

「知道。老爸私下調查了那起事件的被害人之後的生活，尤其擔心那個失去父母的女孩，得知她長大之後在酒店上班。老爸假裝成客人去了幾次，和她漸漸熟識，得知她的身世後，爲無法把眞相告訴她感到難過，甚至覺得自己的行爲很卑鄙。」

「所以爸爸才和媽媽……」

要介拿起杯子，揚起嘴角，「你不要誤會，老爸並不是基於同情心而結婚的，純粹是被老媽吸引，相反地，老爸很煩惱自己到底有沒有向老媽求婚的資格。於是，老爸把一切都告訴老媽後，向她求了婚。老媽雖然很受打擊，但被老爸的誠意打動了，於是，他們就結了婚，我也爲他們的結婚感到高興。」他喝了一口咖啡，把咖啡杯放回杯盤。

「原來媽媽也知道蒲生家的秘密……」

「老爸曾向老媽發誓，如果他們有孩子，絕對不會把孩子捲入這件事。」

蒼太交握著雙手，嘆了一口氣，「原來是這麼一回事。」

「我知道你一直很不滿，但又不能告訴你，因爲這是老爸的遺志。」

「所以這次你什麼都不告訴我，而且，還乾脆從我面前消失了。」

要介靠在沙發上，蹺著二郎腿，「只是沒想到你會遇見秋山梨乃，更沒想到你們會聯手調查。」

「你是因爲看到秋山先生拍的黃花照片，才和她接觸嗎？」

「沒錯，我剛才也說了，我以爲自己這輩子無緣看到黃色牽牛花。進入警察廳後，我發現幾乎沒有人知道黃色牽牛花的事，只有在以前的資料中可以找到相關的資料，但我會不時上網，用像是黃色牽牛花、黃花、神秘的花和不知名的花這些關鍵字搜尋，作爲對老爸的悼念。這件事我持續了十幾年，都沒有發現老爸給我看的照片上的花。那天在部落格上發現取名爲『名不詳的黃花』的照片時，在細看之前，就認定和事件無關。」

「沒想到完全出乎你的意料嗎？」

「可見凡事都不能抱有成見，看到那張照片時，我太驚訝了，以爲自己的心臟停止了跳動。會不會是搞錯了？不，一定是搞錯了，我這麼告訴自己，但是越看越覺得酷似老爸以前給我看過的照片。」

「所以你就和照片的主人聯絡，得知培育這種花的人被殺了嗎？」

「而且，不知道種子是從哪裡來這件事也引起了我的注意，更讓我在意的是那盆花被偷了這件事。如果命案和黃色牽牛花有關，就非同小可，搞不好會讓世人知道有這種花的存在，老實說，我當時眞的慌了，所以就請了假，獨自展開了調查，因爲無論如何，都必須在搜查總部之前找到眞相。」

「你居然認爲自己一個人可以辦到。」

「我並不是一個人，」要介挑了挑眉毛，「你應該已經知道有人在協助我，她比我更早知道黃色牽牛花復活，並開始展開行動。」

「伊庭孝美……嗎？」

要介點了點頭。

「我剛才說，曾經委託一位醫學專家研究將黃色牽牛花作爲自白劑使用，那位專家就是姓伊庭。」

「啊……」

「當初是伊庭家保管的黃色牽牛花種子流了出去，所以，伊庭家的好幾代人也都在追查黃色牽牛花的下落，我們的爺爺查到了這件事，從某個時間點開始，和伊庭家相互交換情報。」

「所以孝美也……」

「我和秋山梨乃見面後，立刻聯絡了伊庭小姐，得知她也在追黃色牽牛花的下落，感到十分驚訝。當我們交換彼此掌握的線索後，發現了一個交集點。」

「鳥井尙人的自殺……」

「沒錯。」要介深深地點頭，「伊庭小姐透過某個管道，鎖定了工藤旭，鳥井尙人是認識工藤的樂團成員。尙人又是秋山周治的外孫，已經潛入樂團的伊庭小姐向我提供了幾條寶貴的線索，其中一條線索就是成爲破案關鍵的『福萬軒』餐券的事，也得知她遇見了你，所以，她只能離開樂團。」

蒼太垂下視線，「簡直把我當瘟神。」

「應該不是這麼一回事。」

「是嗎？」

「總之，」要介把雙肘放在沙發的扶手上，將身體緩緩靠在沙發椅背上，「這件事終於解決了，我曾經一度擔心，不知道會變成怎麼樣，但眼前至少可以暫時放心了。」

「找到種子了嗎？」

「找到了，也是伊庭小姐幫的忙，但是，還是不能大意，因為沒有任何證據可以證明，夢幻花已經完全滅絕了。」

「你以後也要繼續監視嗎？」

「沒辦法啊，必須有人去做這件事。」雖然這句話的內容很沉重，要介的語氣卻很輕鬆，「我該說的都說完了。」

蒼太抱著雙臂，「還有很多不解的事。」

「是關於她的事吧？」要介撇著嘴角，「她的事，你還是直接問本人比較好，我也只知道一部分。」

「本人……」

「當然是指伊庭孝美小姐，她也說，希望親自向你說明。」

「我可以見她嗎？」

「當然，她已經不需要躲藏了。」

「她人在哪裡？」

要介意味深長地笑了笑，用食指指著上方。

「在頂樓的酒吧，你會喝酒吧？」

蒼太皺著眉頭，看著哥哥的臉，「我們是兄弟，你連這種事都不知道嗎？」

「如果不會喝酒，可以點果汁。」

「我當然會喝酒，」蒼太站了起來，「她在那裡嗎？」

「嗯，」要介收起下巴，「你趕快去吧。」

「蒼太，」蒼太走向門口，伸手握住門把，打算開門時，聽到要介叫著他的名字，回頭一看，容貌和父親很像的哥哥對他露齒一笑說：「對不起。」

蒼太聳了聳肩，「沒關係啦。」說完，他打開門，走了出去。

38

站在酒吧門口，一個身穿黑色衣服的男人迎上前來，「請問是一位嗎？」

「不，我來找朋友——」蒼太說著，看向店內。因爲時間還早，店裡沒什麼客人。

一個女人坐在窗邊，看到那個背影，他憑直覺知道「就是她」，蒼太緩緩走了過去。

伊庭孝美正把手機放回桌上。蒼太停下腳步，低頭看著她。

孝美抬起頭，似乎已經察覺他的出現，臉上沒有驚訝，嘴角露出淡淡的笑容。

「剛才收到要介先生的電子郵件，說你現在要來。」

蒼太皺了皺眉頭，抓著鼻翼旁的位置，「原來你們隨時保持聯絡。」

「只到今天爲止，」孝美說，「請坐。」

蒼太拉著椅子坐了下來，桌上有一個裝了黃色液體的香檳杯子。

「這是……果汁嗎？」

孝美微笑著說：「這是含羞草——柳橙汁和香檳調的雞尾酒。」

蒼太以前沒聽過這種雞尾酒名字，頓時覺得她很成熟。

服務生走了過來，他點了啤酒。

孝美看向蒼太，低頭向他鞠躬，「好久不見，上次在live house時很對不起。」

「沒事。」蒼太說完，低下了頭，然後又緩緩抬起視線，但是，和孝美的目光相遇，又忍不住低下了頭。

他突然聽到了笑聲。

「你和那時候一樣，不習慣看著別人的眼睛。」

蒼太很生氣地看著她，但很快把視線移開了，因爲孝美的雙眼直視著他。

啤酒送上來了，蒼太喝了一口，沒有看她。

「你爲什麼不說話？」

蒼太眨了眨眼睛，終於看著她的臉。

「妳可以不要這麼說話嗎？這樣反而讓我更緊張。」

孝美微微偏著頭，「要像以前那樣說話嗎？」

「希望可以這樣。」

她微笑著點了點頭，微微抬起下巴開了口。

「好久不見，蒼太，你最近好嗎？」

蒼太立刻覺得一股暖流在內心擴散，他重重地嘆了一口氣，舔了舔嘴唇，「我沒想到會以這種方式和妳重逢。」

「我也一樣，不，我原本以爲這輩子都不會再和你見面了。」

「什麼時候這麼以爲？中學二年級的夏天嗎？」

「嗯，當然啊。」

兩個人相互凝視著，這次蒼太沒有移開視線。他感覺身體漸漸溫暖。

「我有很多事想要問妳，還有這次的事件，但我想先問妳那年夏天。那時候，妳家到底發生了什麼事？」

孝美痛苦地皺了皺眉頭，然後調整了心情，挺直身體說：

「首先，我外公接到了蒲生先生的電話，蒲生先生問他，知不知道你這陣子經常和我見面。我外公很驚訝，問了我媽，但我媽不知道，因爲我沒有告訴她和你見面的事。我媽來問我，我就說了實話，我用有點叛逆的態度說，我和你是朋友，這樣有什麼問題嗎？」

蒼太回想起自己當然也有同感，「結果呢？」

「外公和我媽說，有很重要的事情和我談，他們說話時，臉上的表情很嚴肅。至於他們和我談了什麼，你現在應該已經知道了。伊庭家和蒲生家一樣，都有必須完成的使命，他們也告訴我黃色牽牛花和MM事件，當我得知你母親是因爲伊庭家流出的黃色牽牛花種子而失去父母時，眞的受到了很大的打擊。」

「所以，妳決定不再和我見面嗎？」

孝美露出認眞的眼神點了點頭。

「因爲外公和我媽告訴我，你什麼都不知道，蒲生家的人不希望你捲入這件事，所以，我覺得不要和你見面比較好。因爲一旦成爲好朋友，我可能會不小心說出來。對不起，我直到今天才告訴你實話。」

蒼太用右手抓了抓頭，即使孝美現在道歉也沒什麼用了。

「所以，妳也決定要尋找黃色牽牛花。」

「是啊，但目的不太一樣，」孝美說，「我並非只想找到種子，而是想用科學的方法分析種子產生的幻覺作用，所以我才會選擇讀藥學系。」

「原來是這樣……妳爲什麼要接近工藤旭？」

「起初是因爲偶然發現了某個人臉書上所寫的內容，那個人提到吃了牽牛花的種子，陷入了恍惚，而且說那是稀有品種的牽牛花，很不容易找到。我看了之後很在意，之後也持續注意他的臉書，但他沒有再提到牽牛花。所以，我打算尋找種子的下落，因爲我一直很在意一件事。」

「什麼事？」

「MM事件。即使那起案子破案後，仍然沒有找到牽牛花種子的下落，應該說，當時並沒有徹底搜索凶手的家中。在當時的搜查一課課長的指示下，事件迅速處理結束了。」孝美的語氣中帶著諷刺，她應該知道搜查一課的課長就是蒼太他們的祖父，「但是，凶手田中一定把種子藏在某個地方，我想要尋找那些種子的下落，其實，只要稍微想一下就知道，田中平時一個人住，一定是他的家人拿走了他的遺物。」

「所以，去年秋天的時候，」蒼太說，「妳去了勝浦。」

孝美張大了眼睛，「你連這件事也知道？」

「我去了慶明大學的研究室，看到了妳的月曆。」

「原來是這樣，」她露出對蒼太刮目相看的神情，「我去勝浦，想要確認田中的老家目前的情況，沒想到房子已經轉賣給別人了，當我得知買主後，不禁嚇了一跳。那是之前曾經很有名的藝術家，之前在臉書上提到牽牛花種子的人，也在臉書上提到，他是工藤旭的歌迷，經常去工藤旭的店。我認爲這絕對不是偶然。」

「買下田中老家的工藤旭發現了牽牛花的種子——這就是妳的推理結果嗎？」

「你不認爲這是最合理的推論嗎？我立刻去了工藤旭的店，但那家店沒有問題，似乎並沒有賣迷幻劑給客人，所以，我猜想工藤旭只會把牽牛花的事告訴特別熟的客人，只和這些熟客享受恍惚的感覺。」

「很有可能。」

「所以，我決定僞裝成工藤旭的忠實歌迷，也許日後有機會知道種子的事。」

「妳的策略成功了嗎？」

孝美苦笑著搖了搖頭。

「不行，工藤旭比我想像中更加小心謹愼，雖然在我持續去那家店後，他們不時邀我去只有他們自己人參加的派對，在派對上，也會提到毒品的事，但並沒有實際使用，最多只聊有沒有用過LSD❺而已，正當我快要放棄時，發生了意想不到的事。」

「該不會是島井尙人自殺的事？」

孝美聽到蒼太的話，用力點了點頭。

「沒錯，當我得知他死去時的狀況時，確信絕對和夢幻花有關。因爲島井尙人和大杉雅哉都和工藤旭特別熟，很可能從工藤旭手上拿到了種子。」

「所以，妳就僞裝成鍵盤手加入樂團。」

「你可別小看我，我對演奏樂器很有自信，高中時，我參加了輕音樂社。」

蒼太倒吸了一口氣，立刻想起以前曾經聽過她的這段經歷，是秋山梨乃透過調查得到的消息。

「原本打算一旦得知和夢幻花無關，就立刻離開，沒想到遇見了你，所有的計畫都泡湯了。」

「我是不是該對妳說聲對不起？」

「你並不覺得有這個必要吧？而且，雖然計畫泡了湯，但最後還是達到了目的，確認黃色牽牛花的確存在。」

「是因爲秋山周治遭到殺害的案件吧？」

「沒錯，要介先生通知了我這件事，和我相互交換了手上掌握的線索，終於掌握了整

❺ 學名麥角酸二乙胺，一種常見的強效迷幻藥。

體情況，也猜到應該是尙人把種子交給了秋山先生，但是，還有好幾個問題需要釐清。其中之一，就是要追查秋山先生家被偷走的盆栽下落，另一個問題就是要追查可能還殘留在某個地方的牽牛花種子。無論如何都要避免警方在還沒有查清楚這兩個問題的情況下破案，因爲搜查總部完全不瞭解情況，一旦扣押這些物證，向外界公開，後果不堪設想。幸虧要介先生和姓早瀨的刑警聯手，找回了那盆盆栽，而且也抓到了凶手。要介先生運用警察廳的人脈，對搜查總部施壓，才能夠在不公佈黃色牽牛花秘密的情況下破案。接下來，只剩下種子的問題。要介先生向工藤先生提出交易，只要他交出所有的種子，就不會說出鳥井尙人是因爲他的關係而自殺的事。工藤旭一口答應，在他家的閣樓找到了種子，但已經所剩不多了，所以他也沒有太多的留戀。」

「原來是這樣……」

「這就是我知道的所有事，你還有什麼要問的嗎？」

蒼太搖了搖頭。

「因爲一下子聽說太多事，現在想不到任何問題。回去好好想一想之後，或許還會想到什麼，但是，除了命案的事以外，我有其他事想要問妳。」

「什麼事？」

「妳對於因爲家裡的關係而決定了自己未來的路會不會感到不滿？在妳讀中學的時候，家人就命令妳要追查黃色牽牛花，我總覺得好像太強人所難了。」

孝美輕輕地笑了笑。

「是啊，從某種意義上來說，真的有點強人所難，但你家不是也一樣嗎？要介先生從小時候就承擔了這個義務。」

「對，我哥說，這也是沒辦法的事。」

「以我個人的情況，如果說內心完全沒有不滿，當然是騙人的，但這個世界上有很多類似的情況。比方說，像是歌舞伎之類的傳統藝能，只要生在那個家庭，就有義務要繼承，老店的兒子也一樣。」

「但這些是遺傳，在有繼承義務的同時，也可以獲得利益。」

「我跟你說，這個世界上有所謂的負面資產，」孝美用溫柔的語氣說，「如果這些負面資產會自然消失，當然可以不予理會，但如果無法消失，就必須有人繼承。在確信黃色牽牛花的種子完全消失之後，必須有人加以監視。我的祖先不小心讓魔幻植物流入市面，身爲後代，必須承擔起這個義務，這是我無法逃避的義務。」

她注視著蒼太的雙眼中沒有絲毫猶豫，顯然內心具備了強烈的信念和決心。

「謝謝。」蒼太小聲地說。

「爲什麼要向我道謝？」孝美納悶地偏著頭。

「因爲妳對我說的這句話很有意義。」

「是喔。」孝美露出無法釋懷的表情，但立刻露出笑容，「我的話都說完了，接下來輪到你了。」

「我？我要說什麼？」

「當然是至今爲止的事啊，我和要介先生都很佩服你出色的偵探能力，你到底是怎麼查到MM事件的，我願意洗耳恭聽。」孝美拿起含羞草雞尾酒的杯子，用充滿好奇的眼神看著他。

蒼太點了點頭，拿起了啤酒杯。

「好，只是說來話長，要從中學二年級的夏天開始說起。」

39

八月中下旬，秋山梨乃和知基去了東京拘留所。大杉雅哉透過律師聯絡了知基，說想要和他們見面。

他們等在狹小的面會室，隔著玻璃的房間門打開，雅哉走了進來，身旁有一名警官。雅哉看到梨乃他們後，露出了尷尬的笑容，在椅子上坐了下來。他以前就很瘦，但現在感覺更瘦了。

「對不起，讓你們特地跑一趟。」雅哉說，他的聲音有點沙啞。

「你的身體怎麼樣？有好好吃飯嗎？」梨乃問。

「嗯，我沒事，謝謝。」說完，雅哉輪流看著他們兩個人，難過地皺起眉頭，「我眞的對你們很抱歉，我這麼對待你們最愛的爺爺和外公，你們一定不會原諒我，但我還是希望有機會向你們道歉，眞的很對不起。」他深深低下頭，肩膀微微顫抖著。

梨乃和知基互看了一眼，不知道該說什麼。

來這裡的路上，他們曾經討論，不知道該怎麼面對雅哉。雖然很痛恨殺害周治的凶手，但雅哉仍然是他們重要的朋友。知基說：「我內心完全沒有恨意，滿腦子的疑問，不知道爲什麼會發生這種事。」梨乃也有同感。

雅哉認爲他們的沉默是對自己的抗議，露出了痛苦的表情，雙手抱著頭。

「我這樣道歉，你們也很傷腦筋，你們一定很想說，既然要道歉，爲什麼當初要動手殺人。我眞的很愚蠢，很想一死了之，我希望可以判我死刑。」

「雅哉，」知基小聲地說，「都是藥的關係吧？因爲吃了奇怪的花的種子，腦筋變得有點不正常了吧？」

雅哉搖了搖頭，「不知道，即使是這樣，我也……也都是我的錯。」他俊俏的臉蛋滿是眼淚和鼻涕。

梨乃聽著他的啜泣聲片刻，當他停止啜泣時，梨乃開了口。

「你找我們來，是想要向我們道歉嗎？」

雅哉用衣服的袖子擦著臉。

「這也是原因之一，但我有些事想要告訴你們，尤其是對梨乃。」

「對我？什麼事？」

雅哉抬起頭，充血的雙眼看著她。

「是關於尙人的事，他一直在煩惱，從以前開始，從小時候開始。」

「煩惱什麼？」

「他爲自己無法像梨乃一樣感到煩惱。」

「像我一樣？什麼意思？這是怎麼回事？」

雅哉露出落寞的笑容。

「梨乃，妳自己可能不知道，但這種事本來就是這樣，當事人覺得根本沒什麼，旁人卻覺得很耀眼。」

「等一下，我完全不知道你在說什麼。」

雅哉的喉結動了一下，似乎在吞口水。

「尙人很希望自己有才華，想要成爲有才華的人。」

「啊？」梨乃皺起眉頭，「你在說什麼啊，沒有人像尙人那麼有才華。他的運動能力很強，在學校的功課也很優秀，畫畫也很棒，音樂也有向職業進軍的水準。他怎麼可能沒有才華，而是有太多才華了。」

她說到一半時，雅哉就緩緩搖頭。

「所以我剛才說，妳根本不瞭解。尙人的運動能力的確很強，但有辦法達到職業水準嗎？可以像妳一樣以奧運爲目標嗎？沒辦法吧？在校成績再好，也只是在有限的範圍。他經常說，雖然他的數學很好，但只是知道解題的方法而已。畫畫也一樣，他說只要盯著白紙，腦袋裡就會浮現出畫面的構想，只要根據這種構想畫出來，就可以畫出出色的畫，只不過他發現，自己的畫總是有一種似曾相識的感覺，他說自己只是瞭解繪畫的知識，懂得如何運用而已。其他人都會表示稱讚，這種稱讚只是佩服，並不是感動，無法打動任何人的心。」

雅哉把視線移回梨乃的臉上。

「不久之後，他開始覺得，自己沒有任何才華，只是假裝有才華而已。」

「但是，」梨乃開了口，「大部分人不都是這樣嗎？眞正有才華的人少之又少，雖然他說自己只是假裝有才華，能夠做到這一點，就已經很了不起了。」

「嗯，我也這麼認爲，如果尙人不是尙人，也許也會這麼想，但因爲有妳的關係，所以就不一樣了。」

「我？」

「尙人經常對我說，妳是天才。即使在同一個游泳池內，好像妳周圍的水質不一樣，好像有特別的水在推著妳前進，好像妳在和他不同的世界游泳。」

「哪有……」

「只有妳自己不認爲是這樣。聽說尙人也很會游泳，參加過好幾次縣級的比賽，但是，他曾經告訴我，即使他放棄游泳了，周圍也沒有人發現這件事。」

梨乃驚訝地看著身旁的知基，「有這回事嗎？」

知基痛苦地眨了眨眼。

「好像的確是這樣，我哥游泳了好幾年。」

「他總是說，看到梨乃，就知道自己是多麼渺小，沒有任何長處，只是一個無趣的人。」雅哉說。

「怎麼可能有這種事……」

「他發現自己在音樂上也是這樣，經常對我說，自己根本沒有才華，很羨慕我有才華，但其實我和尙人一樣，根本不是什麼天才，也根本沒有才華。我很平凡，具備的能力和別人差不多，普通得不能再普通了，卻夢想能夠比任何人更加發光發亮。我們只是模仿別人，卻好像有那麼一點成功，所以就更貪心了，想要成爲眞正的天才，這種邪念導致我和尙人沉溺於那種奇怪的花的種子，但冒牌貨終究是冒牌貨，無法成爲眞貨。」

雅哉挺直身體，繼續用嚴肅的口吻說：

「梨乃，尙人經常說妳是笨蛋，明明那麼有才華，卻浪費了自己的才華。妳必須成爲游泳選手，這是有才華的人應盡的義務，如果認爲這是負擔，就太奢侈了。他說，妳根本不知道不背負任何義務的人生有多麼空虛——」

他一口氣說完後，重重地吐了一口氣，對梨乃露出笑容。

「雅哉……」

「我請妳來，就是想要告訴妳這件事。」

梨乃點了點頭，從放在腿上的皮包裡拿出手帕。她還不知道該如何接受剛才這些話，但這番話的確打動了她。

她用手帕按著眼角。

尾聲

蒼太走進大學校門時，內心湧起的不是懷念之情，而是新鮮的感覺。他只休息了不到一個月，但各種景象似乎和以前不一樣了。

走進研究室，發現藤村獨自坐在桌前，但他並沒有在做研究，筆電螢幕上顯示的是某位偶像的部落格。

藤村似乎聽到了腳步聲，轉頭看來，立刻目瞪口呆。「蒲生，最近還好嗎？」

「還好啦。」蒼太說完，在他旁邊的椅子上坐了下來，「這裡怎麼樣？」

「沒什麼變化，整天很安靜。你怎麼樣？有沒有和家裡人好好談過日後的打算？」藤村的語氣中充滿揶揄，也許他想要說，反正不可能有什麼結論吧。

「聊了很多啊，這是我第一次和家人談那些事。」蒼太說話時，想起要介的臉龐。

「是喔？」藤村露出意外的表情，「所以，有什麼打算？」

「嗯，」蒼太拿起藤村放在桌子上的三色原子筆，筆桿是白色的，但上方兩公分左右是黑色的，那個部分和核能發電所使用的某種鈾燃料尺寸相同，這是他幾年前去參觀發電廠時拿到的紀念品。

「結論就是，」蒼太說，「我決定繼續下去。」

「繼續？繼續什麼？」

「當然是研究啊，我要一輩子和核電爲伍。」

藤村張大眼睛，「眞的假的？」

「眞的啊。」

「怎麼回事？你上次不是說，這個行業沒有未來嗎？」

「也許的確沒有未來，但核電本身並不會消失。」

藤村警戒地抱起雙臂。

「他們不是說，二〇三〇年要關閉所有的核電廠嗎？」

「是說不再仰賴核能發電，即使二〇三〇年，所有核電廠都停止運作，但核電廠本身並沒有消失，廢爐工作幾乎才剛起步，超過五十座核電廠還保管了大量使用後的核廢料。」

「這……」藤村點了點頭，「的確是這樣。」

「如果是普通的住家，只要不去處理，就會成爲廢墟，但核電廠不一樣，如果不處理，無法自動廢爐。即使不再發電，也必須進行嚴格控管，小心謹愼地執行廢爐的步驟。而且，廢爐時，會產生大量放射性廢棄物，目前還沒有決定掩埋的場所，也不知道能不能找到掩埋的場所。即使找到了地方，要掩埋在那裡，也需要幾萬年的時間，才能讓放射能下降到安全的水準。這個國家已經無法避開核電問題了，因爲在幾十年前，已經做出了選擇。」

藤村露出沉痛的表情不發一語，蒼太看著他苦笑起來，抓了抓頭。

「對不起，我這是在班門弄斧。」

「不，不會啦……所以，你打算繼續和核電爲伍嗎？」

「嗯，」蒼太收起下巴，「如果日本今後要繼續使用核電，包括安全方面在內，都需要有比目前更高水準的技術。如果打算廢棄，我認爲比推動核電需要更高度的技術，因爲必須面對世界上任何人都不曾經歷過的問題。」

藤村皺著眉頭，發出低吟聲。

「我能理解你說的話，但恐怕日子會很不好過，還要承受世人冷漠的眼光，更將面臨數十年都無法解決的問題。」

「這個世界上，有所謂的負面資產，」蒼太回答說，「如果這些負面資產會自然消失，當然可以不予理會，但如果無法消失，就必須有人繼承，即使那個人就是我也無所謂。」

藤村打量著蒼太的臉，緩緩搖著頭。

「這是怎麼回事？你在東京時到底發生了什麼事？你太帥了。」

「因爲我遇見了很帥的人，兩個很帥的人。」

蒼太站了起來，走到窗邊。這時，手機收到了電子郵件。打開一看，是秋山梨乃傳來的。那起事件解決之後，他們就沒再見過面，只約定下次要找時間約會。

電子郵件的主旨是『再挑戰』。

『你好，你在大阪嗎？我想了很久，決定重回泳池。雖然不知道能不能順利，但我打算鼓起勇氣跳下去，所以，先向你報告我的決心。』

看完內容，蒼太聳了聳肩。看來暫時沒時間約會了。

他看向窗外，籠罩著天空的白雲散開了，露出一小片蔚藍的天空。

春日
ハルヒブンコ
文庫
08

夢幻花 むげんばな

夢幻花 / 東野圭吾著 ; 王蘊潔譯. --
初版. -- 臺北市 : 春天出版國際, 2014.05
面 ; 公分. -- (春日文庫 ; 8)
譯自 : 夢幻花
ISBN 978-986-5706-15-9(平裝)

861.57 103007108

ISBN 978-986-5706-15-9
Printed in Taiwan

作　　者　東野圭吾
譯　　者　王蘊潔
總 編 輯　莊宜勳
主　　編　鍾靈、孟繁珍

出 版 者　春天出版國際文化有限公司
地　　址　台北市信義路四段458號3樓
電　　話　02-7718-0898
傳　　真　02-7718-2388
E－mail　story@bookspring.com.tw
網　　址　http://www.bookspring.com.tw
部 落 格　http://blog.pixnet.net/bookspring
郵政帳號　19705538
戶　　名　春天出版國際文化有限公司
法律顧問　蕭顯忠律師事務所
出版日期　二〇一四年五月初版
　　　　　二〇一四年七月初版三十六刷

定　　價　380元

總 經 銷　楨德圖書事業有限公司
地　　址　新北市新店區寶興路45巷6弄6號5樓
電　　話　02-8919-3186
傳　　真　02-8914-5524
香港總代理　一代匯集
地　　址　九龍旺角塘尾道64號 龍駒企業大廈10 B&D室
電　　話　852-2783-8102
傳　　真　852-2396-0050